장담 신무협 장편소설
ORIENTAL FANTASY STORY & ADVENTURE
①

쌍룡기 *1*
쌍룡출도(雙龍出道)

초판 1쇄 인쇄 / 2010년 2월 22일
초판 1쇄 발행 / 2010년 3월 2일

지은이 / 장담

발행인 / 오영배
편집장 / 김경인
펴낸 곳 / (주)삼양출판사 · 드림북스

주소 / 서울특별시 강북구 미아8동 322-10호
대표 전화 / 02-980-2112 팩스 / 02-983-0660
편집부 전화 / 02-980-2116 팩스 / 02-983-8201
블로그 / blog.naver.com/dream_books

등록번호 / 제9-00046호
등록일자 / 1999년 3월 11일

ⓒ 장담, 2010

값 8,000원

(주)삼양출판사 · 드림북스의 서면 허락 없이는 어떠한
형태나 수단으로도 이 책의 내용을 이용하지 못합니다.

ISBN 978-89-542-3680-5   04810
ISBN 978-89-542-3679-9   (세트)

* 지은이와 협의하에 인지는 생략합니다.
* 잘못된 책은 구입한 곳에서 바꾸어 드립니다.

서(序) 007
제1장 혼돈의 바람 019
제2장 바람은 불기 시작하고 043
제3장 세상에 나와 첫 번째 임무를 맡다 075
제4장 여자 앞에서 약한 모습을 보이는 것은 마누라 하나면 충분하다 107
제5장 내가 바로…… 151
제6장 두 여인의 가슴에는 꽃이 피고 171
제7장 열다섯 살만 되었어도…… 227
제8장 강한 남자가 되다 243
제9장 회천수혼(回天手魂) 269
제10장 한 번 싸워봐! 299

서(序)

1.

언제부터인가, 천기가 뒤틀리고, 대지가 진저리치며 소리없는 비명을 내질렀다. 그러한 날 밤이 되면, 어김없이 하늘에서 형형색색의 황홀한 유성우가 쏟아졌다.

그러한 일은 일갑자(一甲子; 60년) 동안 모두 열두 번에 걸쳐서 일어났다. 그리고 혼돈혈란(混沌血亂)의 주역이 될 초인 열셋이 태어났다.

열둘이 아닌 열셋이.

"너는 그들이 누군지 아느냐?"
길고 탐스러운 수염이 가슴까지 늘어진 백의노인이 자애로운 표정을 지으며 물었다.

그의 앞에는 대여섯 살가량의 소년이 앉아 있었는데, 소년은 호기심이 잔뜩 배인 또랑또랑한 눈망울을 빛내며 대답했다.

"십삼파천황(十三破天荒)이요!"

'허허허, 그놈 참 똘똘하게 생겼다. 역시 핏줄은 속일 수 없단 말이야.'

백의노인은 흐뭇한 웃음을 지으며 고개를 끄덕였다.

"내 이제부터 그들에 대한 이야기를 해주마."

소년은 탁자에 팔을 얹고 턱을 괴고는, 이야기를 들을 완벽한 준비 자세를 갖추었다. 그때 뭘 봤는지 고개를 모로 꼰 소년의 눈이 반짝였다.

"어? 할아버지, 눈은 왜 그래요? 할머니에게 또 맞았어요?"

백의노인은 눈 가장자리의 멍든 부분이 보이지 않게 고개를 살짝 돌렸다.

"험, 맞은 게 아니라, 맞아준 거란다. 자자, 이제 이야기를 시작하마. 너는 그들 중 제일 나중에 태어난 사람이 누군지 아느냐?"

2.

청천하늘에 구름 한 점 없는 어느 늦여름 오후.

낡은 청색 도관을 쓴 노도인(老道人)은 한 여인의 품에 안긴 아기를 내려다보았다.

 막 만개한 꽃처럼 아름다운 여인의 품에 안겨 있는 아기는, 이제 겨우 태어난 지 사십칠 일이 지난 갓난아기였다.

 핏줄이 다 보일 정도로 맑은 피부. 갓난아기답지 않게 초롱초롱한 눈망울. 선동(仙童)이 환생한 것이 아닌가 하는 생각이 절로 들만큼 예쁜 아기였다.

 한데 아기의 머리를 살펴보는 노도인의 얼굴은 그리 밝지 않았다.

 아기의 머리 위에는 커다란 점이 세 개 박혀 있었는데, 백회혈을 중심으로 정확히 삼각형을 이루고 있는 것이 아닌가.

 역삼각 형태의 커다란 점 세 개.

 사실 그 점의 존재 자체는 그리 중요하지 않았다. 세상을 뒤져보면 그와 같은 점을 가진 사람이 하나뿐인 것은 아닐 테니까.

 문제는, 아기가 태어난 날이 칠월 칠일이요, 시각이 자시 정(밤 12시)이라는 것이었다.

 "허어, 이럴 수가. 태천삼령성(太天三靈星)을 내 생전에 직접 보게 될 줄이야······."

 "태천삼령성이 뭔가요? 안 좋은 건가요, 사숙?"

 무심코 입을 열었던 노도인은 흠칫하며 여인의 표정을 살폈다.

여인은 호기심이 동한 눈빛으로 자신을 바라보고 있있나.

한데 호기심이 동한 것치고는 눈빛이 너무 싸늘했다. 어찌나 싸늘하고 날카로운지, 애써 기른 수염이 모조리 잘려나가는 느낌이 들 정도였다.

'말해주고 본전도 못 찾는 거 아냐?'

여인은 사저(師姐)의 제자였다.

암호랑이보다 더 성질 사나운 사저가 사질녀와 함께 자신의 도관에 찾아온 것은 칠 년 전 이른 봄이었다.

사질녀를 처음 봤을 때만 해도 정말 즐거웠다.

홀아비도사가 사는 곳에 아름다운 여아가 왔으니 도관에 사시사철 꽃향기가 흐를 것이 아닌가!

하지만 그게 얼마나 엄청난 착각인지 사흘이 지나지 않아 절실히 깨달았다.

싫은 소리 좀 했다고 사숙의 밥 속에 모래를 집어넣는 사질이 어디 있단 말인가!

비무 중에 아끼는 옷이 좀 찢어졌다고, 자신의 옷을 모조리 꺼내서 보름간 빨래통에 처박아 놓기도 했다. 홀아비냄새를 제거한다면서!

결국 세 벌은 썩은 냄새가 심하게 나서 그냥 버려야만 했다. 두 벌은 방망이로 너무 세게 두들겨서 구멍이 났고.

어디 그뿐인가?

비무에서 한 번 지면, 이길 때까지 달려들 정도로 고집도 셌다.
 사저가 어떻게 키웠는지 무공이 엄청 강했는데, 하마터면 자신이 크게 다칠 뻔한 적도 있었다. 물론 사질녀는 조금도 걱정해주지 않았지만.
 그런데도 사저는 무조건 사질녀의 편을 들었다. 사숙이 되어가지고 사질녀를 괴롭힌다면서.
 '꽃향기가 흘러? 기대를 한 내가 미쳤지!'
 꽃향기는커녕 화사한 봄날도 찬바람 쌩쌩 부는 한겨울처럼 느껴질 정도였다.
 '그때 도관을 떠났으면 내 인생이 달라졌을지도……'
 두 여인과 함께 산 오 년간, 그의 마음은 오십 년 이상 늙어버렸다. 참고 참다 보니 도력이 더 깊어지긴 했지만, 그것은 전혀 위로가 되지 않았다.
 두 번 다시 기억하고 싶지 않은 오 년의 세월.
 노도인은 아픈(?) 과거를 떠올리며 입술을 혀로 적셨다. 그러고는 최대한 조심하며 입을 열었다. 이제 와서 또다시 그런 꼴을 당할 수는 없는 일이 아닌가.
 "험, 언젠가 본문의 밀전(密典)을 본 적이 있는데, 태천삼령성이 역삼각으로 찍힌 아이가 세상에 나오면 난세(亂世)가 온다고 하더구나."
 아이를 안고 있는 여인이 갑자기 옥구슬이 구르는 듯한 웃음을 터트렸다.

"호호호호, 정말 재미있는 말씀이군요. 사숙께선 그 말을 믿으세요?"

"난들 알겠느냐? 그저 천 년 넘게 전해져 온 밀전에 그리 쓰여 있으니 그런가 보다 하는 것이지."

여인은 노도인을 지그시 응시했다.

"정말 밀전에 나온 것과 똑같은가요?"

노도인은 다시 한 번 아이를 살펴보는 척하다가 고개를 갸웃거렸다.

"그러고 보니 완전히 같지는 않은 것 같구나. 밀전에 의하면 동공(瞳孔)이 하나 더 있다고 했는데, 하나뿐인 걸 보니……."

"그럼 걱정할 것 없겠군요."

노도인은 재빨리 한 발짝 물러났다.

"글쎄, 어쩌면 네 말이 맞을지도……."

여인이 정색한 표정으로 말했다.

"생각해 보세요, 사숙. 이제 갓난아기예요. 설령 완전히 똑같다고 해도 갓난아기가 무슨 힘이 있어 세상을 어지럽게 만든단 말이에요?"

"밀전에 쓰여 있는 말이 그렇다는 거지……. 허험!"

"사숙께서 어찌 질녀에게 헛된 말을 하시겠습니까마는, 이번 일은 사숙께서 잘못 보신 것 같군요."

"뭐 그럴지도……."

"설령 이 아이로 인해 어떤 일이 벌어진다 해도 저는 별 걱정을 하지 않아요. 그 역시 하늘이 원해서 일어나는 일인 만큼, 제가 걱정한다고 해서 달라질 것도 아니잖아요? 더구나 이 아이로 인해 반드시 나쁜 일이 벌어진다는 법도 없고 말이에요."

여인의 목소리가 낮게 깔리자, 노도인의 목소리도 바닥으로 깔렸다.

"그거야 그렇다만……."

기세를 잡은 여인이 노도인의 어깨를 더욱 짓눌렀다.

"다시는 누구에게도 그 이야기를 하지 말아주셨으면 해요, 사숙. 제가 사숙님을 계속 공경하기를 바라신다면요. 아마 사부님께서도 제가 사숙님을 공경하시길 원하실 거예요."

은근한 협박.

'끄응, 이놈의 주둥이. 괜히 말해 가지고 이게 무슨 꼴이야?'

속이 쓰렸다. 하지만 이 정도는 예전에 비하면 협박도 아니었다.

'전 같으면, 입을 봉해버리기 전에 입조심하라고 했을 텐데, 그래도 아기엄마가 되었다고 많이 사람 됐군.'

노도인은 그렇게 생각하며 근엄한 표정으로 고개를 힘차게 끄덕였다.

"당연하지! 내 어찌 아이에게 해가 될 일을 하겠느냐? 걱정마라, 허험."

그제야 여인이 환하게 웃으며 고개를 숙였다.

"고마워요, 사숙. 사숙께서 원하시는 도관은 아마 내년쯤 완공될 거예요."

노도인의 얼굴이 펴졌다.

그가 낙양에 온 것은 아이의 운명을 논하기 위함이 아니었다. 그저 허물어져 가는 도관을 다시 지을 돈이 필요해서 왔을 뿐이었다. 그게 아니었다면, 사저의 성격을 꼭 빼다 박은 사질녀를 뭐 하러 찾아온단 말인가.

"고맙구나, 허허허."

노도인은 기분 좋게 웃으며 몸을 일으켰다.

엉덩이에 가시가 박힌 기분. 목적을 달성한 이상 더 있어봐야 좋을 게 없었다.

"험! 바빠서 그만 가봐야겠다."

"아이 때문에 멀리 나가 보지 못해요. 이해해주세요."

"허허허, 걱정 말고 아이나 돌보거라."

'제발 나오지 마라. 안 나오는 게 나를 도와주는 거다.'

노도인은 행여나 여인이 마음을 바꿀까봐, 방을 나서자마자 곧바로 정문으로 향했다.

'딱 보니까 애비를 닮은 거 같아. 저 아이가 사저와 영영이의 성격을 닮지만 않아도 다행이지……'

그는 난세보다 그게 더 걱정이었다.

구파의 장문인과 동배인 자신을, 길거리에 돗자리나 깔고 있는 엉터리도사처럼 여기는 사람은 사저와 사질녀로 족한 것이다.
 '그러고 보면, 그놈도 참 불쌍하단 말이야. 어쩌다 저 아이에게 잡혀서…….'

 노도인이 나간 지 얼마 되지 않아 스무 서너 살쯤으로 보이는 청년이 방으로 들어왔다.
 "청진도장께서 당신을 찾아왔다고 들었는데, 가셨소?"
 여인이 방긋 웃으며 대답했다.
 "예, 좀 전에 가셨어요. 그런데 사숙님이 우리 아기를 보더니 글쎄, 훗날 아주 크게 될 아이가 태어났다지 뭐예요? 호호호호."
 "오오, 그래요?"
 청년은 눈을 크게 뜨며 정말로 기뻐하는 표정을 지었다.
 그녀의 말을 모두 믿어서가 아니었다. 사실이 아니라 해도 일단은 믿는 표정을 지어야만 했다. 안 그러면 며칠간 괴로울 테니까.
 '아마 사흘은 비무를 하자며 두들겨 패겠지.'
 하지만 그녀의 말을 완전히 믿지는 않아도, 아들이 크게 될 아이라는 것에는 이의가 없었다. 자신의 아들은 절대 평범한 아이가 아니니까.
 그는 여인의 가슴에 안긴 아기를 향해 환하게 웃었다.
 "어이구, 우리 아들, 어서 커서 아버지하고 놀아야지?"

아들에게는 자신과 꼭 닮은 점이 하나 있었다. 그래서 그는 아들이 더 사랑스러웠다.

아내의 구박을 견디며 붙어 있는 것도, 순전히 자신과 닮은 아들 때문이었다.

'그것은 네 엄마도 모른단다. 네가 눈알을 뒤집고 기절했을 때 나만 봤거든.'

보름 전, 시비가 안고 있던 아이를 바닥에 떨어뜨리는 바람에 까무러친 적이 있었다. 그때 충격을 받은 아이의 눈알이 뒤집어졌는데, 하얀 안구에 커다란 진주알 같은 영롱한 점 하나가 찍혀 있는 것이 아닌가.

자신과 아들이 닮은 점은 바로 그것이었다.

제삼의 눈동자를 가졌다는 것!

제1장
혼돈의 바람

1.

낙양에서 제일 크고 아름다운 장원을 꼽으라면 누구든 천보장(千寶莊)을 꼽았다.

주인은 황금선랑(黃金仙郞) 이영영.

그녀는 낙양제일부호이자, 강호무림에서도 손가락 발가락 합해서 고수를 꼽으면 능히 그 안에 들어갈 정도의 고수였다.

또한 전 중원을 통틀어도 열 손가락 안에 들어갈 정도로 예뻤다. 성격은 얼굴과 조금, 아니 많이 달랐지만.

그녀의 성격이 제대로 알려진 것은, 그녀가 천보장의 주인이 된 지 일 년이 막 지날 무렵이었다.

그녀가 뛰어난 수완을 발휘해서 황금을 긁어모으자, 질시에 찬 상인들이 술을 마실 때마다 그녀를 '황금에 미친 독부(毒婦)'라고 부르며 안주처럼 씹어댔다.

한데 그렇게 부르던 사람 몇 명이 어느 날 갑자기 팔다리 부러진 병신이 되었다.

그때부터 사람들은 아무리 술에 취해도 말을 조심했다.

팔다리가 부러진 사람들 중에는 강호에서 내로라하는 고수도 있었고, 황궁의 권력자와 가까운 사람도 있었다. 그런데 그런 사람들조차 자신의 팔다리를 부러뜨린 사람이 누군지 절대 말하지 않았던 것이다.

말하지 않아도 모르는 사람이 거의 없었지만.

"앞으로 나를 욕하려거든, 모가지가 부러질 각오를 해야 할 거야!"

황금선랑이 선언하듯 그렇게 말했으니까.

어쨌든, 그런 황금선랑이 주인인 천보장은 매우 화려했다.

삼십여 채의 크고 작은 건물들이 아름다운 정원과 기막힌 조화를 이루며 지어진 천보장은 세상에서 제일 행복한 사람들이 사는 곳 같았다.

하지만 현실은 꼭 그렇지만도 않았다. 황금이 많다고 해서 꼭 행복하란 법은 없는 것이다.

2.

어느 봄날 오후.

낙양 천보장 후원의 따사롭게 내리쬐는 태양 아래에서 한 사람이 검무(劍舞)를 추었다.

하늘과 땅은 물론 주위의 모든 것이 그의 상대였다.

검을 하늘로 뻗으면 구름에 구멍이 뻥 뚫리고, 사선으로 땅을 그으면 지진이라도 난 것처럼 땅이 쩍 갈라졌다.

한 바퀴 몸을 휘돌리면 폭풍이 일어나고, 휘도는 상태로 검을 펼치면 검기가 해일처럼 일어나 사방으로 밀려갔다.

물론 정말로 그런 것은 아니었다. 그저 그의 마음속에서 일어나는 변화일 뿐.

그렇게 그가 검을 펼치기 시작한 지 한 시진이 다 되어갈 즈음이었다.

"타앗!"

기합소리와 함께 뻗어나간 검이 허공에 마지막 점을 찍었다.

검의 주인은 자신의 검이 점을 찍은 허공을 노려보았다.

미세한 떨림도 없이 허공에 머물러 있는 검첨.

그대로 손을 놓아도 검이 허공에 떠있을 것만 같았다.

부동지세(不動之勢).

가히 일류고수가 아니면 흉내 내기 힘든 자세였다.

검의 주인은 한참 동안 그 자세를 유지하고는, 천천히 검을 잡아당겼다. 조금만 흔들려도 큰일이 날 것처럼 신중하게.

그리고 검이 가슴까지 온 다음에야 자세를 바로잡고 숨을 내쉬었다.

"후우······."

누가 보면 오랜 세월 수련해온 중견고수가 검을 펼치는 것처럼 보였다.

그러나 검의 주인은 나이가 그리 많지 않았다.

체구는 어른과 비교해도 뒤지지 않을 만큼 건장했지만, 얼굴에는 아직 보송보송한 솜털이 그대로 남아 있었다.

열다섯.

그랬다. 중견고수처럼 보였던 검의 주인은 이제 겨우 열다섯의 소년이었다.

'이제 중천화도 쉬지 않고 펼칠 수 있게 되었군. 흠, 아버지에게 배운 지 일 년 만인가?'

소년은 흐뭇해하며 이마의 땀을 닦았다.

그때 삼십 대로 보이는 무사가 월동문을 넘어 후원으로 들어왔다.

"공자님, 천보전에서 사람이 왔습니다."

들어온 사람은 소년의 호위무사 중 하나였다.

"무슨 일로 온 거죠?"

"장주님께서 찾으신다고 합니다. 천보전으로 가 보시지요."

"어머니가?"

"예, 수련이 끝나면 바로 들르라 하셨다고 합니다."

소년은 이마를 찌푸렸다.

느낌이 좋지 않았다.

그냥 기우라면 좋으련만, 그의 느낌은 틀린 적이 별로 없다는 게 문제였다.

'무슨 일이지? 아버지하고 무슨 일이 있었나?'

천보장의 주인은 아버지가 아니라 어머니였다.

본래 천보장을 일으킨 사람도 어머니였고, 돈을 버는 수완도 어머니가 월등해서 모든 주도권을 어머니가 가지고 있었다.

아버지는 돈 버는 일에 영 소질이 없어서 입도 제대로 뻥끗 못했다. 성격이 물러서 사람을 다스리는 일도 젬병이었고.

꼭 그게 아니라도 어머니에게 기를 못 폈지만. 무공도 어머니가 훨씬 강했으니까.

'혹시 또 몰래 나갔다가 들킨 거 아냐?'

언제부턴가 아버지는 해가 진 후 아무도 몰래 가끔 어디를 다녀오시곤 했다. 천보장에서 그 사실을 아는 사람은 자신밖에 없었다.

만일 그걸 들켰다면 보통 문제가 아니었다.

하지만 그는 곧 고개를 저었다.

'아냐, 그럼 나를 부를 일이 없지.'

성격도, 무공도 상대가 되지 않는 아버지가 어떤 일을 벌였다면 굳이 자신을 부를 리가 없었다. 오히려 자신 몰래 어머니가 알아서 해결했을 것이다.
'흐음, 그러면 결국 나와 관련된 일이라는 말인데……'
소년은 검을 검집에 넣으며 몸을 돌렸다.

소년이 어이없는 표정을 지은 것은 어머니와 마주 앉은 지 반각도 채 지나지 않아서였다.
"어머니, 저번에 싫다고 말했잖아요."
"싫다고 할 일을 미루면 안 되는 법이니라. 그러니 어미가 시키는 대로 해라."
"저 이제 열다섯이라고요."
"누가 모른다던?"
"좌우간, 저는 절대 안 해요. 절대!"
"안 하긴 왜 안 해? 얼마나 좋은 조건인데. 이 어미가 이미 날짜까지 잡아놨으니까, 그렇게 알고 하라는 대로 해라. 알았지?"
날짜까지 잡았다고?
그럼 언쟁을 벌여봐야 아무 소용이 없다는 말이었다. 어머니는 약속을 철두철미하게 지키는 분이니까.
소년은 어머니와 쓸데없는 언쟁을 벌이기 싫어서 자리를 털고 일어났다. 그리고 곧장 몸을 돌렸다.

"무영아! 내 말 알아들었지?"

뒤에서 어머니가 부르는데도, 그는 걸음을 멈추지 않고 방문을 열었다.

고개를 들자 파란 하늘에 유유히 떠가는 구름이 보였다.

'결국……. 후우……. 죄송합니다, 어머니.'

3.

옥으로 빚은 것처럼 하얀 섬섬옥수가 나비처럼 나풀거리며 가슴에 내려앉았다.

퍽!

정통으로 가슴을 맞은 남자는 뒤로 다섯 걸음이나 물러났다.

충격이 적지 않은지, 얼굴이 창백해진 그는 검을 늘어뜨리고 처연한 표정을 지었다.

"내가 졌……."

그가 패배를 시인하고 검을 거두면 여인도 손을 멈추는 게 보통이었다. 하지만 오늘은 달랐다.

여인은 공격을 멈추지 않고 두 손을 엇갈리며 내질렀다.

수십 개의 수영(手影)이 허공을 가득 메우는가 싶더니, 강풍에 떨어지는 매화꽃잎처럼 쏟아졌다.

남자는 다급히 검을 뻗어 수영을 튕겨냈다.

그러나 그가 튕겨내기에는 수영이 너무 많았다. 그리고 수영에는 그가 막아내기 버거울 만큼 강력한 힘이 실려 있었다.

일순간, 하얀 매화꽃 같은 섬섬옥수가 그의 가슴과 복부에 무차별적으로 처박혔다.

퍼버버벅!

바닥을 몇 바퀴나 구른 그는 신음을 속으로 삼키고 상반신을 세웠다.

'크읔.'

지팡이처럼 그의 몸을 지탱하는 검이 잘게 떨렸다.

갈비뼈가 부러진 것처럼 욱신거리고, 내장이 뒤틀렸는지 속이 울렁거려 숨쉬기도 힘들었다.

'젠장, 갈비뼈가 부러진 건 아닌지 모르겠네.'

하지만 그는 겉으로 일체 표를 내지 않고 몸을 일으켰다.

그의 가슴에 일장을 날린 당사자는 다름 아닌 그의 부인이었다. 모르는 사람이 들으면 눈을 휘둥그렇게 뜰지 몰라도, 그와 부인이 비무를 벌이는 것은 가끔 있는 일이었다. 오늘처럼 심하게 손을 쓴 적은 자주 없지만.

그때마다 패하는 건 그였다. 그럴 수밖에 없었다. 그의 부인은 그보다 훨씬 강했으니까.

"이제 기분이 좀 풀리오?"

"호호호, 미안해요. 무영이 때문에 괜히 당신만 몇 대 맞고 말았네요. 이해하세요."

실컷 두들겨 패고 이해하라니.

하지만 그는 부인이 짜증을 털어내고 웃었다는 것만으로 만족했다.

"나야 뭐……. 그런데 그 녀석도 참, 왜 어머니의 말을 듣지 않는지 원."

"정말 당신이 부추긴 건 아니죠?"

"내가 미쳤소? 의심할 걸 의심하구려."

"호호호, 하긴 당신이 저를 속일 리가 없지요."

"허허허, 알아주니 고맙구려."

남자는 다행이라는 듯 웃음을 지었다.

사실 겉으로는 웃고 있지만 가슴은 무척이나 쓰렸다.

부인은 가끔 화가 날 때마다, 짜증이 날 때마다 그와 비무를 했다.

화를 풀고 짜증을 털어내기 위해서!

남편을 두들겨 패면서 자신의 기분을 풀다니.

솔직히 서러웠다.

하지만 어쩌랴, 그래도 부인인데.

부인이 눈을 치켜뜨고 목소리 높여서 신경질 부리는 것보다는, 차라리 자신이 한 대 맞고 마는 게 나았다. 그래도 자신을 때린 날은 미안한 마음에 아양을 떠는 시늉이라도 해주니까.

'후우, 남자의 인생이 이런 것은 아닐 진데……. 어쩌다가…….'

혼돈의 바람 29

고개를 쳐들자 파란 하늘이 보였다. 하얀 구름이 푸른 물결을 헤치며 나아가는 모습이 그렇게 보기 좋을 수가 없었다.

'나도 한때는 저렇게 살고 싶었는데, 부인과 애들을 놔둔 채 그럴 수도 없고……'

사실 그보다는 후환이 두려웠다.

죽을 각오를 하지 않는 이상, 집을 떠나 뜬구름처럼 살아간다는 것은 생각도 못할 일이었다.

'젠장! 사도관아, 사도관아, 왜 이렇게 사는 거냐!'

그때 뒤에서 부인의 목소리가 들렸다.

"여보, 곧 식사할 때가 돼가니 씻고 옷 갈아입으셔야죠."

그는 고개를 내리고 몸을 돌렸다. 어느새 환하게 바뀐 얼굴에는 웃음마저 떠올라 있었다.

"하하, 알았소. 하늘이 하도 맑아서 시간 흐르는 것도 잊었구려."

세 걸음을 옮기는 사이, 그는 다시 예전의 모습으로 돌아갔다.

마음은 굴뚝같아도 별수 없었다.

비록 돈은 마누라가 벌지만, 마누라에게는 남편이요, 자식들에게는 아버지였다.

'에혀, 별수 없지 뭐. 무영이 크는 모습 보는 재미로 살아야지.'

4.

어둠이 짙게 깔린 시각.

거대한 장원의 구석진 곳에 있는 삼층탑 지하 깊숙한 곳에 언제부턴지 두 사람이 마주 앉아 있었다.

한 사람은 이제 열다섯 살의 소년 사도무영이었고, 맞은편에 앉아 있는 삼십 대 후반의 중년인은 사도관이었다.

두 사람은 서로를 마주보며 일생일대의 결정을 내리기 직전의 심각한 표정을 지었다.

그렇게 마주본 지 얼마나 지났을까. 먼저 사도무영이 입을 열었다.

"내일 날이 밝으면 떠나겠습니다."

사도관의 눈빛이 겨울날의 문풍지처럼 떨렸다.

"꼭 떠나야겠냐?"

'네가 떠나면 나는 무슨 재미로 살지?'

붙잡고 싶었다. 그러나 아들의 마음을 알기에 차마 붙잡을 수가 없었다.

사도무영은 아버지의 마음도 모르고 송곳을 쑥 내밀었다.

"저는 아버지처럼 살고 싶지 않아요."

'자식, 말하는 것하고는……'

사도관이 굵은 눈썹을 꿈틀거리며 대꾸했다.

"나도 원래부터 이렇게 살려고 하지는 않았다. 풍운의 꿈을 안고 강호에 나왔을 때만 해도 포부가 컸지. 뭐 강호에 나오자마자 네 엄마를 만나는 바람에 다 물거품이 되었지만."

사도무영이 한숨을 쉬고는 눈을 치켜떴다.

"후우, 대체 왜 어머니에게 눌려서 사시는 거예요?"

"험, 세상에 어디 나만 그러더냐?"

"어머니가 뭐라고 하면 눈에 힘을 주고 대항도 좀 하세요. 남자가 되어서 그 정도 배짱도 없어요?"

"너도 알다시피, 네 어미가 나보다 더 강하잖냐."

"그건 그렇지만……. 에이, 그런다고 설마 어머니가 아버지에게 뭐라고 하겠어요?"

"너 아직도 네 엄마 성질 모르냐?"

"뭐 모르는 건 아니지만……."

"이 나이 들어서까지 비무 핑계 댄 구타에 당하기는 나도 싫어, 임마."

잠시 침묵이 맴돌았다.

한참 만에 사도관이 다시 입을 열었다.

"후우, 사실 하산하자마자 네 엄마에게 코가 꿰여서 이렇게 되긴 했지만, 나도 나름대로 꿈이 있었다. 그래서 네 엄마에게 이렇게 말했지. 한 삼 년 정도 강호를 돌아다니며 경험을 쌓아야겠다고."

"그런데요?"

"네 엄마는 그렇게 하라고 했다. 남자는 세상을 알아야 하는 거라고 하면서 말이다."

도저히 믿을 수 없는 말을 들었다는 듯 사도무영의 눈이 커졌다.

"그래요? 정말요?"

"그래 임마. 그래서 기분 좋게 강호로 나갔는데…… 사흘 만에 한 여자를 만났다. 아주 아름다운 여자였어. 마음씨도 곱고. 그런데 말이다……"

사도관의 눈빛이 몽롱하게 변했다.

사도무영은 그걸 보고 즉시 상황을 눈치챘다.

"어머니한테 들켰군요."

사도관이 고개를 끄덕였다.

"감시자를 붙였나 보더라. 그날 즉시 끌려왔지."

"쯔쯔쯔, 조심하시지."

"나도 설마 감시자를 붙일 줄은 몰랐지 뭐."

"그런데 왜 그 이야기를 하시는 거예요?"

사도관은 아들을 똑바로 쳐다보았다. 그리고 잔잔한 목소리로 입을 열었다.

"나가면, 마음껏 놀고 와라. 세상 구경도 하고, 여자도 만나고. 네 엄마가 벼르고 있는 혼인을 하기 전에 말이다."

석 달 후, 열여섯 살이 되면 엄마가 골라준 여자와 혼인을 해야 한다.

알지도 못하는 여자와 혼인을 하라니! 그것도 열여섯 살에!

절대 그럴 수는 없었다.

"저도 제 나름대로의 꿈이 있어요. 아직은 혼인하기 싫어요."

"예쁘다던데……."

"아무리 예뻐도 싫은 건 싫은 거예요."

"그 집안이 개봉 최고의 부호라고 하더구나."

"엄마나 교교는 돈이 최고라고 생각하지만, 제 생각은 달라요, 아버지."

교교는 자신보다 두 살 아래의 여동생이다. 나이도 어린 것이 어찌나 영악하고 돈을 좋아하는지 엄마를 쏙 빼다 닮았다. 그래서 그는 여동생도 별로 마음에 안 들었다.

"하긴 돈에 얽매이는 것보다 자유로움과 야망을 꿈꾸는 게 사내다운 삶이지. 과연 내 아들이다!"

"바로 그거라니까요? 역시 아버지와 저는 마음이 맞아요."

두 사람은 마주 보며 슬며시 미소를 지었다.

바로 그때였다.

"여보오오오!"

밖에서 꾀꼬리 노랫소리보다 아름다운 목소리가 들렸다.

순간 두 사람의 얼굴에서 미소가 씻은 듯이 사라졌다.

"헉, 네, 네 엄마다."

"이, 이런……."

아름다운 목소리가 조금 더 크게 들렸다.

"여보, 어디 있어요? 혹시 영아와 함께 있는 거 아니에요?"
두 사람은 숨을 멈추고 위를 올려다보았다.
덜컹, 덜컹.
아름다운 목소리의 주인이 문을 흔드는 듯했다. 하지만 안에서 잠근 터라 열리지는 않고 소리만 났다.
"문까지 잠그고 뭐해요?"
꾀꼬리보다 아름다운 목소리가 조금 높아졌다.
그리고 곧이어 뭔가 부서지는 소리가 들렸다.
우직!
아무래도 삼층탑의 입구에 걸쳐놓은 빗장이 부러지는 소리 같았다.
사도관의 낯빛이 하얗게 변했다.
"헉! 네 엄마가 들어오려나 보다."
"어떡하죠, 아버지? 아무래도 눈치챈 것 같은데."
"어떡할래?"
사도무영이 사도관을 바라보고 비장한 어조로 말했다.
"이곳에 밖으로 나가는 통로가 있다고 했죠? 마음먹은 김에 오늘 떠나겠습니다."
이제 아들과 헤어지는 건가? 아들이 없으면 어떻게 견디지?
사도관은 눈꺼풀이 잘게 떨렸지만 최대한 참았다. 아들에게만큼은 약한 모습을 보이고 싶지 않았다.
"할 수 없지. 네 맘이 정 그렇다면……"

사도관은 벌떡 일어나서 구석진 곳의 석탁을 옆으로 치웠다. 가로세로 식 자가량의 구멍이 시커먼 속을 보이며 드러났다.

"어서 가라, 아들아."

사도무영은 막상 구멍을 보자 뒤에 벌어질 상황이 걱정되었다.

"아버지, 어머니가 가만 안 둘 텐데……."

사도관은 이를 지그시 깨물고 비장한 표정을 지었다.

내 한 목숨 바쳐 아들에게 자유를 주리라! 꼭 그런 표정이었다.

"내 걱정 말고 어서 가라. 뒤는 내가 책임지마."

사도무영은 하는 수 없이 구멍 안으로 기어 들어갔다.

사도관은 아들이 사라지는 것을 보며 주먹을 움켜쥐었다.

'까짓 거, 설마 죽기야 하겠어?'

솔직히 겁은 났지만, 그보다는 마누라의 뜻을 꺾었다는 희열이 더 컸다.

'세상이 당신 뜻대로 되는 것만은 아니라고!'

그때 밖에서 뾰족한 목소리가 들리며 삼층탑이 흔들렸다.

"여봇! 안 나올 거예요?"

여느 때보다 커다란 분노가 느껴지는 목소리였다. 성질이 단단히 났다는 말.

하지만 그것이 끝이 아니었다.

"이 인간이 정말!"

사도관의 얼굴이 하얗게 굳어졌다.

자신을 '이 인간'이라 부르면 화가 최고조로 났다는 소리다.

언젠가 그렇게 부른 다음 날, 정말 딱 죽지 않을 만큼 두들겨 맞은 적이 있었다. 물론 비무를 빙자해서.

한데 오늘은 그날보다 더 화가 난 것 같았다.

잡히면 정말 죽을지 모른다는 생각이 떠오른 순간, 사도관은 자신도 모르게 구멍 안으로 기어 들어갔다.

'지미, 나도 모르겠다.'

구멍 안으로 들어간 그는 재빨리 석탁을 잡아당겨 구멍을 막았다. 그리고 아들이 지나간 길을 따라 정신없이 손발을 놀렸다.

원래 있던 비밀통로를 발견한 후 자신이 오랜 노력 끝에 더욱 길고, 완벽하게 복원했다. 당연히 마누라 몰래!

복원한 후 가끔 몰래 밖으로 나가고 싶을 때 사용해왔는데 한 번도 들키지 않았었다.

아마 마누라가 아무리 영악해도 바로 찾아내지는 못할 것이었다.

'이게 다 당신 때문이야! 당신이 나에게 조금만 자유를 줬어도 이러지는 않았을 거야!'

사도관은 이를 악물고 앞으로 나아갔다.

자유를 찾아서!

사도무영은 장원 밖의 빈 창고로 나온 후 좌우를 둘러보았다.

아버지의 비밀통로를 이용한 것은 그도 처음이었다.

'여긴 어디지?'

그는 창고의 문을 살짝 열고 밖을 둘러보았다. 그때였다. 뒤쪽 구멍에서 누군가가 나오는 소리가 들렸다.

깜짝 놀라 고개를 돌린 그의 눈에 아버지가 보였다.

두 눈이 휘둥그레진 그가 다급히 물었다.

"아버지, 어쩌시려고 따라온 거예요?"

"흐흐흐흐, 나도 이판사판이다. 되돌아가기는 이미 늦었고, 한 일 년만 놀다 들어갈란다. 우리 함께 떠나자, 무영아."

"어머니는요?"

"마음에 맞는 모녀끼리 잘 지내라고 하지 뭐."

"난리가 날 텐데요."

"서신을 써서 보낼 거다. 잠깐 바람 좀 쐬고 온다고 말이다. 설마 잡아먹기야 하겠냐?"

사도무영은 아버지를 뚫어지게 쳐다보았다.

온갖 표정이 다 떠올라 있었다.

불안, 초조, 오기, 희열…….

전과 다른 점이라면, 눈빛이 빛나고 있다는 것이다.

그는 아버지의 눈빛이 이전으로 돌아가는 걸 원치 않았다. 그것만으로도 이유는 충분했다.

"좋아요, 그럼 같이 가요."
"흐흐흐, 솔직히 너도 좋지?"
"예, 아버지."
"자, 가자!"
진달래꽃 향기가 온 산을 뒤덮던 봄날, 그렇게 두 부자는 자유를 찾아 집을 떠났다.

5.

어느 봄날 밤.
두 여인이 마주앉았다.
나이 든 여인은 연분홍 궁장을 걸치고 있었는데, 눈이 부실 정도로 아름다웠다. 서른 후반이 다된 지금도 그러하거늘, 젊었을 적에는 세상의 모든 총각들 눈을 멀게 하고도 남았을 듯했다.
그린 듯 초승달처럼 휘어진 눈썹. 그 아래 놓인 두 눈은 보름달을 반으로 쪼개 놓은 것만 같아 누구도 마주보기가 힘들 정도로 완벽하게 아름다웠다.
한데 무슨 일인지, 그토록 아름다운 여인이 두 눈에 쌍심지를 켰다.
그리고 앵두보다 더 붉게 빛나는 입술에서, 옥쟁반에 옥구슬이 부딪쳐 깨지는 소리가 나왔다.

"이 인간이 도망을 쳐? 그것도 무영이까지 데리고!"

크면 그 여인만큼이나 아름다워질 자질을 갖춘 소녀가 곧바로 말을 받아쳤다.

"엄마! 가만 두면 안 돼! 나중에 장가가면 오빠도 도망칠 거 아냐?"

"당연히 가만 두면 안 되지!"

"어떻게 할 거야?"

나이든 여인, 황금선랑 이영영이 밖을 향해 소리쳤다.

"단학!"

곧 나직하면서도 묵직한 대답이 들려왔다.

"부르셨습니까."

"들어와 봐."

곧 한 사람이 들어왔다.

나이는 사십 전후로 보였는데, 긴 얼굴에 일자 눈썹, 실처럼 가느다란 눈에 조그맣고 통통한 입술이 묘하게 어울리는 자였다.

이영영은 차가운 눈으로 그를 보며 명을 내렸다.

"그대가 밖을 좀 나갔다 와야겠다."

단학이라 불린 자가 통통한 입술을 벌리며 놀란 목소리를 내뱉었다.

"속하가 직접 말입니까?"

"그래."

단학은 입을 닫고 명을 기다렸다.

자신이 직접 어떤 일처리를 위해 밖으로 나가는 경우는 거의 없었다. 천보장에 몸을 담은 지 십오 년. 그가 일을 처리하기 위해 직접 나선 것은 단 두 번뿐이었다. 그렇다면 그만큼 중요한 일이라는 말.

곧 이영영의 말이 이어졌다.

"애들 데리고 나가서, 무영이하고 그 애 아버지 좀 잡아…… 아니, 데려와라."

단학의 가느다란 눈이 반짝였다.

차마 잡아오라는 말은 못하지만, 그것만으로도 황금선랑의 마음을 아는 것은 어렵지 않았다.

한데 두 부자가 언제 밖으로 나갔단 말인가? 왜 나갔을까?

단학은 궁금해도 묻지 않았다. 눈앞에 있는 여인의 심기를 건드려봐야 좋을 게 하나도 없었다. 대충 짐작 가는 바가 없는 것도 아니었고.

"예, 장주."

"너무 심하게는 다루지 말고. 특히 무영이는 얼굴 안 다치게 데려와. 혼인날짜가 얼마 안 남았으니까."

"명심하겠습니다."

"후원의 단풍탑(斷風塔) 지하에서 시작해. 그곳의 개구멍으로 나갔으니까."

"알겠습니다. 그럼……"

이영영은 단학이 나가자, 이를 으드득 갈았다.

"내가 못해준 게 뭐야? 왜 도망쳐?"

소녀, 사도교교는 옥빛 손가락으로 입을 가리며 괴이한 웃음을 흘렸다.

"푸흐흐흐, 나는 단 아저씨만 보면 웃겨 죽겠어. 근데 엄마, 단 아저씨가 아빠하고 오빠를 잡아올 수 있을까?"

"흥, 단학이라면 곧 잡아올 거다. 비록 저렇게 생겼어도 천하에서 단학을 이길 수 있는 사람은 그리 많지 않아."

"피이, 그래봐야 엄마에게 패해서 가신이 된 사람이잖아."

"그만큼 이 엄마가 대단하다는 걸 알아야지, 요것아."

"에헤헤헤, 나도 나중에 엄마만큼 강해져야지."

"당연히 그래야지! 남자보다 약하면 끌려 다닐 수밖에 없단다. 그러면 평생 종살이를 해야 돼. 흥! 왜 여자들이 남자들을 위해서 종살이를 한단 말이냐?"

"내 말이 그 말이라니까? 나도 나중에 엄마처럼 살 거야."

진달래꽃이 산야에 만발한 그날 밤.

그렇게 두 모녀는 도망친 두 부자를 앵두 같은 입술을 오물거리며 마음껏 씹었다.

그때만 해도 아무도 몰랐다.

마침내…… 잠들어 있던 혼돈의 바람이 깨어나 강호를 휘어감기 시작했다는 걸.

1.

사도관은 두 팔을 활짝 펼치고 별을 품에 안았다.
"우와와와와! 공기도 확실히 다르다, 그치, 아들아!"
"예, 아버지. 그런데 최대한 멀리 도망가야 할 텐데, 어디로 가죠?"
"음하하하, 내가 생각해 둔 곳이 있다."
"어딘데요?"
"동정호!"
"너무 멀지 않아요?"
사도관이 움찔하며 대답했다.
"멀긴 멀지. 그래도 남자라면 동정호 구경쯤은 한 번 해봐야하는 거란다."

"거기까지 가려면 돈이 좀 들겠죠?"

사도관이 잠시 입을 닫았다.

돈?

많이 든다. 보름은 가야 할 테니까. 그리고 거기 가서도 돈이 필요할 것이고.

문제는 가진 돈이 몇 푼 안 된다는 것이다.

사도관은 품속을 뒤져 돈주머니를 꺼내보았다.

안에는 은자 석 냥이 들어 있었다. 기껏해야 대엿새, 아껴 쓴다면 열흘 정도는 버틸 것 같았다.

하지만 돈이 없다고 해서 목표를 수정할 수는 없는 일. 오랜만에 자유를 찾고 처음으로 세운 목표가 아닌가.

"걱정마라! 까짓 거, 설마 굶어죽겠냐? 너는 그냥 이 아버지만 믿어라!"

사도무영은 조금 불안했지만 무조건 아버지를 믿기로 했다.

이제 세상에 나왔는데, 아버지를 믿지 않으면 누구를 믿는단 말인가?

"그런데 아버지. 어머니가 우릴 잡으라고 누굴 내보낼까요?"

사도관의 이마가 좁혀졌다.

문득 한 사람이 떠올랐다. 순간 그렇게 즐겁던 얼굴이 송충이를 씹은 것처럼 일그러졌다.

"제길, 빨리 가자. 아마 네 엄마는 분명 단학, 그 징그러운 인간을 내보낼 거다."

단학이라면 사도무영도 잘 알았다.

평상시에는 능글맞게 움직이지만 목표물이 생기면 찰거머리처럼 변하는 자였다.

거머리 같다고 해서 행동이 느리다는 게 아니었다. 그만큼 끈질기다는 거지. 한때 살문의 문주였던 자가 느릴 리가 없잖은가 말이다.

아마 어머니를 죽이려다 실패하고, 거꾸로 어머니의 부하가 되지 않았다면 지금쯤 강호에서 제법 잘나가고 있을 터였다.

"단학 아저씨가 아버지보다 더 강한가요?"

움찔한 사도관이 어물어물 대답하고는 길을 재촉했다.

"그거야 붙어봐야 알지. 빨리 가자!"

'짜식이, 낯부끄럽게 그런 걸 물어……'

두 부자의 걸음이 빨라지던 그 시각.

비밀통로와 연결된 창고에서 다섯 사람이 나왔다. 선두에 선 사람은 단학이었다.

그는 좌우를 훑어보더니 가느다란 눈을 더욱 가느다랗게 하고 한 곳을 바라보았다.

"흠, 이쪽으로 간 것 같군."

그는 막 걸음을 옮기려다 말고 갑자기 웃음을 터트렸다.

"킬킬킬, 나도 대공의 마음을 잘 알고 있소이다. 그동안 얼마나 답답했겠수?"

곁에서 지켜본 지 십오 년이다. 그가 어찌 사도관의 마음을 모를까?

"하지만 어쩔 수 없구려. 나도 장주께 시달리기는 싫으니까 말이오. 대신 한 열흘 정도는 실컷 놀도록 놔두리다."

그는 장담했다. 열흘, 그 시간이면 충분히 잡을 수 있을 거라고. 그 때문에 급한 마음을 먹지 않고, 오랜만에 바깥바람을 쐰다는 느긋한 마음으로 두 사람의 뒤를 쫓았다.

"가자. 일단 두 분의 위치는 파악해 놓아야 하니까."

천귀살(天鬼殺) 단학. 그의 인생에 두 번째로 큰 실수였다.

물론 첫 번째는, 황금선랑을 죽여 달라는 청부를 맡은 거였고. 지금은…… 후회하지 않지만.

2.

사도관과 사도무영은 날듯이 뛰어서 백 리를 벗어났다.

"제길, 오랫동안 수련을 게을리 했더니 겨우 백 리 뛰었다고 숨이 차네."

거친 숨을 쉬는 사도관에 비해 사도무영은 얼굴만 붉어졌을 뿐이었다.

"그러게 평상시 좀 열심히 수련하시지 그랬어요?"

명색이 강호에서 백대 고수에 낀다는 아버지가 거친 숨을 쉰다. 사도무영은 아무래도 이상하다는 생각이 들었다.

'혹시 강호에서 백 위 안에 든다는 것, 거짓말 아니야?'

언젠가 아버지가 말했다. 강호에서 백대 고수에는 들어갈 거라고.

그럼 초절정의 경지에 오른 고수라는 말인데, 그런 고수가 백 리 뛰고 헉헉거린다면 누가 믿을까?

사도관은 귀신같이 사도무영의 마음을 눈치채고 한 마디 했다.

"전에는 천 리 길도 쉬지 않고 달렸는데……. 뭐 이제부터라도 열심히 하면 곧 원상복구 되겠지."

'정말일까?'

하긴 그동안 게을렀다는 것은 분명한 사실이었다. 아버지가 수련하는 모습을 본 적이 몇 번 없었으니까.

자기에게 무공을 가르쳐 줄 때도 구결만 가르쳐 주고 동작은 대충 한 번만 보여주곤 했었다. 너는 영특해서 한 번만 보여줘도 될 거라며.

어쩌면 그렇게 게으르게 살고도 살이 찌지 않은 것 자체가 더 이상했다.

사도무영은 그런 아버지의 게으름을 자신이 고쳐보기로 작정했다.

"그럼 앞으로는 저하고 함께 수련해요, 아버지."
사도관의 몸이 흔들렸다.
아들은 자신과 달리 몸이 힘든 것을 마다하지 않았다. 하루의 반을 수련하며 보내고도 시간이 모자람을 아쉬워할 정도니까.
하지만 자신은 그렇게 할 자신이 없었다.
그는 못들은 척 대꾸하지 않고 걸음만 옮겼다.
"조금만 내려가면 여주가 나온다. 그곳에서 좀 자고 가자."
"할 거죠, 아버지?"
"봐서……."
'너는 네 어미가 영약을 많이 먹여서 괜찮지만, 이 아버지는 영약 찌꺼기도 제대로 못 얻어먹어서 너하고 몸이 틀려, 임마.'

조금만 가면 나온다던 여주는 오십 리를 가도록 보이지 않았다.
이리 꺾어지고, 저리 꺾어지고. 동으로 갔다, 서로 갔다.
그렇게 헤매던 두 사람이, 여주가 아닌 여양에 도착한 것은 새벽어스름이 밀려들 무렵이었다.
하지만 사도관은 길을 잘못 든 것에 대해서 조금도 미안해하지 않았다.
"봐라, 아버지 말대로 얼마 안 되지?"
사도무영은 살짝 꼬아서 대답했다.

"그래도 다행히 해가 뜨기 전에는 도착했네요."
"커험, 좌우간 도착했으니 어디 가서 좀 쉬자."
두 사람은 꿈에도 몰랐다.
단학이 그 바람에 엉뚱한 길로 빠졌다는 걸.

  단학은 아무리 가도 사도관의 흔적이 보이지 않자 짜증이 났다.
"빌어먹을, 어떻게 된 거야? 설마 이 양반이 추적을 따돌리는 기술이라도 배운 거 아냐?"
  하지만 자신이 아는 사도관은 그런 술수를 부릴 줄 아는 사람이 아니었다.
  조금은 순진하다고 할 정도로, 곧이곧대로 행동하는 사람이 사도관인 것이다.
  그래서 자신이 미워하지 못하는 사람이기도 했다.
"이제부터 둘로 나누어서 찾는다. 연호, 두 사람을 데리고 등봉 쪽으로 가라."
  연호라 불린 장한이 허리를 숙였다.
"예, 문주."
"백 리 정도 가도 흔적이 보이지 않으면 여주로 내려와라."
  단학은 그렇게 명을 내리고 자신은 여주로 향했다.

3.

 사도관과 사도무영이 잠자리에서 일어난 것은 정오 무렵이었다.

 마음은 더 자고 싶었다. 하지만 단학이 쫓아올지 모른다는 생각에 뒤통수가 가려워서 잠이 오지 않았다.

 자리에서 일어난 두 사람은 아래층으로 내려가 간단하게 소면과 교자를 시켜 배를 채웠다. 좀 더 맛있는 걸 사먹고 싶었지만, 돈을 벌기 전까지는 가진 것이나마 아껴야 했다.

 식사를 마친 사도관과 사도무영은 주문해 놓은 육포와 만두 몇 개를 챙겨들고 곧장 객잔을 나섰다.

 수중에 당분간 쓸 돈이 있는 이상, 낙양에서 최대한 멀어져야 했다.

 여양을 벗어난 두 부자는 강을 건너 계속 남쪽으로 향했다.

 살살 불어오는 봄바람이 가슴속까지 시원하게 쓸고 지나간다. 옅은 화향이 코를 간질이며 흘러간다.

 사도관은 흥얼거리며 자유의 기분을 만끽했다.

 콧노래가 절로 나오고, 발걸음도 가볍기만 했다.

 사도무영도 즐겁기는 마찬가지였다. 아마 금전적 여유만 있었다면 더욱 즐거웠을 것이다.

 아니 하다못해 아버지의 품속에 얼마나 남았는지 모르기만 했어도 그럭저럭 즐거운 기분이었을 터였다.

하지만 아버지의 품속에 남은 은자가 얼마 안 된다는 걸 알기에 즐거움이 반감되고, 거기에 더해 조금 걱정까지 되었다.

사도무영은 흥얼거리는 아버지의 옆모습을 보며 슬쩍 물어보았다.

"아버지, 뭘 해서 돈을 벌죠?"

사도관은 조금도 걱정하지 않았다.

"음하하, 걱정 마라. 세상은 무지 넓으니까. 돈 벌 방법은 얼마든지 있단다!"

세상이 넓다는 것은 자신도 안다. 돈 벌 방법이 많다는 것도 안다.

문제는 당장 며칠 사이에 돈을 벌어야 한다는 것이었다.

그리고 더 큰 문제는, 그동안 아버지가 돈을 벌어본 경험이 있다는 말을 들어본 적이 없다는 것이었다.

'어머니가 다 벌었지. 아버지는 쓰기만 하고.'

그래도 어쩌랴. 아버지가 그리 말하는데.

사도무영은 속편하게 생각하기로 했다.

'알아서 하시겠지. 그래도 어른이신데.'

여양에서 백 리를 내려가자 복우산에서 뻗은 산줄기가 앞을 가로막았다.

그러나 제법 넓은 고갯길이 계곡을 따라 길게 뻗어 있어서

길을 잃을 위험성은 없어 보였다.

"평정산 쪽으로 돌아가면 편하긴 한데, 백 리나 더 돌아가야 한다. 길을 모르면 몰라도 굳이 백 리를 돌아갈 필요가 뭐 있겠느냐. 하하하."

더구나 사도관이 자신 있게 말하며 걸음을 옮기니 사도무영으로선 따라가는 수밖에 없었다.

그렇게 산길로 접어든 지 한 시진이 넘어가자, 석양이 지고 어스름이 밀려들기 시작했다.

이상했다. 아버지 말대로라면 지금쯤 산길이 끝나고 마을이 나와야 했다. 그런데 산길은 도무지 끝날 생각을 하지 않았다.

잘못하면 밤새 걷든지, 아니면 노숙을 해야 할 것 같다.

사도무영이 그에 대해 염려하며 물어보려고 했을 때는, 이미 사도관의 얼굴에서도 웃음기가 사라진 뒤였다.

사도무영이 넌지시 물었다.

"아버지, 정말 길을 아는 거예요?"

"물론이지! 옛날에 한 번 가본 적이 있거든."

사도관이 자신 있게 말했다.

하지만 사도무영은 믿을 수가 없었다.

바로 전날도 그 말을 믿었다가 밤새 헤매지 않았는가 말이다. 그래서 이번에는 반문을 했다.

"정말이죠?"

"어. 조금 오래 되긴 했지만…… 분명히 가본 길 같은데……."
 사도관의 목소리가 점점 작아졌다.
 고개를 두리번거리는 것이 아무래도 수상했다.
 사도무영은 미리부터 노숙할 각오를 했다.
 '차라리 혼자 왔으면 내 맘대로 가기라도 하지. 에휴.'
 자유를 찾아 집을 떠난 지 만 하루, 사도무영은 처음으로 아버지와 함께 떠난 것을 후회했다.
 한데 바로 그때였다. 사도관이 눈을 크게 뜨고 어느 한 곳을 가리켰다.
 "앗! 저기 봐라, 무영아! 보이지?"
 사도무영은 아버지가 가리킨 곳을 바라보았다. 저만치, 어둠이 내려앉은 숲속에서 불빛이 보였다.
 두 사람은 경공을 펼치듯 빠르게 걸었다.
 사도관의 얼굴에서도 다시 웃음이 피어났다.
 "하하하, 그럼 그렇지. 내가 잘못 알았을 리가 없지."
 '아버지가 말한 마을은 아닌 것 같은데요?'
 사도무영은 고개를 갸웃거렸다. 하지만 아버지의 자존심을 생각해서 따지지는 않았다.
 '휴우, 다행이다. 하마터면 실없는 애비가 될 뻔했군.'
 사도관도 몰래 안도의 숨을 쉬었다.

 그렇게 오 리 정도 가자 어둠을 띠처럼 두른 담이 보였다.

우거진 나무들로 인해 건물은 보이지 않았지만, 불빛이 보였다는 것은 사람이 살고 있다는 말이 아닌가.

사도관은 호탕하게 웃으며 사도무영의 등을 때렸다.

"하하, 이 아비만 믿고 걱정 말라고 했잖아."

담장에 접근하자 건물이 보였다. 대충 보이는 것만 해도 서너 채는 되었다.

'저 정도면 하룻밤 정도는 재워주겠군.'

아들에게 위신이 선 것 같다는 생각에, 사도관은 내심 흐뭇해하며 정문이 있는 곳으로 갔다.

정문은 꼭 닫혀 있었다.

탕탕!

사도관이 정문을 두드리며 안쪽을 향해 소리쳤다.

"계시오!"

사도무영이 옆에서 그 모습을 바라보고는, 넌지시 물었다.

"아는 집인가요?"

사도관은 고개를 저었다. 그래도 입가의 웃음을 지우지는 않았다.

"강호에는 사해가 다 동도라는 말이 있다. 걱정마라, 문전박대하지는 않을 거다."

마치 그 말을 기다렸다는 듯 안에서 사람의 목소리가 들려왔다.

"우리는 손님을 받지 않으니 그냥 가쇼!"

상당히 까칠한 목소리.

사도관은 웃음을 지우고 눈을 치켜떴다. 짙은 눈썹이 위로 꺾어졌다.

아들에게 자신 있게 말했는데, 이렇게 형편없이 짓밟히다니!

"두 사람이 쉴 곳도 없단 말이오? 너무 하는 거 아니오!"

안쪽의 사람도 만만치 않았다.

"손님 받지 않는다니까! 꺼져, 이 자식들아!"

사도관의 얼굴이 벌게졌다.

오랜만에 듣는 상소리는 평소 만사태평인 사도관의 성격마저 흔들었다.

아들 앞에서 이런 무시를 당하다니! 그것도 계속!

그가 안에 대고 소리쳤다.

"돈 주면 될 거 아닌가!"

사도무영은 슬쩍 아버지의 소매를 잡아당겼다.

"아버지, 그 돈 주면 내일은 어떻게 하려고요?"

자존심 때문에 큰소리를 치긴 했지만, 막상 그 말을 들으니 사도관도 조금 걱정이 되었다.

그는 돈 문제를 슬쩍 뒤로 미루고 다시 말했다.

"험, 돈은 나중에 이야기하고, 일단 문이나 열어보게!"

안쪽에서 잔뜩 짜증난 목소리가 흘러나왔다.

"아, 그 자식, 꽤나 끈질기네. 그냥 인심 쓰는 셈치고 조용히 보내려고 했더니……."

그리고 뒤이어 단말마 같은 뾰족한 목소리가 멀리서 들렸다.

"도망…… 악! 읍읍!"

사도관과 사도무영은 서로를 마주보았다.

"여자 목소리지?"

그것도 어린 소녀의 목소리 같았다.

"이상한데요?"

그때 빗장을 여는 소리가 났다.

두 사람의 눈이 문을 향했다. 조금 전만 해도 한 사람밖에 없었다. 그런데 급박한 발자국 소리가 나는가 싶더니 서너 사람의 기운이 느껴졌다.

아니나 다를까, 곧 문이 열리고 세 명의 장한이 모습을 드러냈다.

험상궂은 모습. 척 봐도 '나 산적이오.' 하는 듯한 얼굴들이 어둠 속에서 웃음을 짓고 있었다.

"흐흐흐, 돈이 있다고?"

산적들 중 콧대가 부러져서 콧날이 활처럼 꺾인 자가 음충맞은 웃음을 흘리며 걸어 나왔다.

사도관은 눈살을 찌푸렸다.

재수도 더럽게 없지. 겨우 찾은 곳이 산적들 소굴이라니.

하지만 사도무영의 생각은 조금 달랐다. 그는 주위를 둘러

싸는 세 사람을 보며 눈을 빛냈다.

"여기가 당신들 집입니까?"

콧대 부러진 산적이 낄낄거리며 대답했다.

"우리 집이냐고? 낄낄, 조금 전부터 우리 것이 되긴 했지."

"조금 전부터? 그럼 그 전까지는 당신들 집이 아니었단 말인데…… 그럼 조금 전 비명의 주인이 이 집 주인인가 보군요."

"그 녀석, 똑똑하군. 맞다. 하지만 중요한 건 그게 아니다. 너와 네 아버지가 살려면 돈을 내놔야 한다는 거, 그게 중요하지. 크크크크."

사도무영은 조금도 겁먹지 않고 사도관을 바라보았다.

"들었죠, 아버지? 이 사람들은 도둑인가 봐요."

"아무래도 그런 것 같구나."

"도둑을 잡아가면 관청에서 포상금을 준다던데, 어때요?"

사도관도 그 말을 알아들을 정도의 눈치는 있었다.

"그거 아주 훌륭한 생각이다."

그는 태연하게 대답하고는, 콧대 부러진 산적을 향해 손짓을 했다.

"너, 못생긴 놈, 이리 와봐."

콧대 부러진 산적은 어이가 없는지, 눈에 힘을 주고 옆구리에서 칼을 뽑아 들었다.

"이 자식이 간덩이가 부었나? 어디서!"

순간, 사도관이 스윽, 한 걸음 내딛는가 싶더니, 호박 깨지는 소리와 함께 콧대 부러진 산적의 머리가 홱 돌아갔다.

퍽!

"끅!"

"오라면 오지, 왜 칼을 뽑아?"

옆에서 실실 웃으며 구경하던 산적 둘은 상황이 이상하게 돌아가자 칼과 도끼를 뽑아 들었다.

"이 새끼들이!"

"죽여 버려!"

하지만 사도관은 일개 산적이 상대할 수 있는 사람이 아니었다. 비록 아들에게 큰소리친 것처럼 강호에서 백 위 안에 들지는 못해도, 명색이 절정고수인 것이다.

뻑! 빡!

굳이 여러 번 손 쓸 것도 없었다.

한 놈은 일 장 밖으로 튕겨져서 뱃속에 든 것을 모조리 토해 내고, 다른 한 놈은 그 자리에 주저앉아서 고개를 푹 숙였다.

하지만 산적들은 그 세 명이 전부가 아니었다.

소란이 일자 안쪽의 전각에서 십여 명이 마당으로 우르르 몰려나왔다.

"무슨 일이야!"

"저놈은 뭐지? 어? 노각이 쓰러져 있잖아?"

"웬 놈이냐?"

그들은 바닥에 널브러진 세 명의 산적을 보고는 웅성거리며 달려왔다.
 사도관은 목을 한 바퀴 돌리면서 주먹을 맞잡고 우두둑 소리가 나도록 힘을 주었다. 그리고는 사도무영을 향해 말했다.
 "너는 여기 있어라, 저놈들은 이 아버지가 처리할 테니까. 한 놈 당 은자 열 냥만 받아도 여비 걱정은 하지 않아도 되겠는 걸? 하하하하, 그러고 보면 참 고마운 놈들이구나."
 사도무영은 널브러진 산적들의 무기 중 직배도를 발로 차서 띄워 올리고는 손에 쥐었다.
 "숫자가 많으니 함께하죠."
 "그럴까? 근데 어지간하면 죽이지는 마라. 머리만 잘라가기는 싫으니까."
 그건 사도무영도 싫었다.

 사도무영은 사도관의 말대로 피를 보지 않고 칼등으로 산적들을 때려눕혔다.
 어머니와 아버지에게 무공을 배운 지 십 년. 어디 그뿐인가? 장원의 고수들을 졸라서 닥치는 대로 무공을 익힌 그였다.
 게다가 내공도 열다섯의 나이라고는 믿어지지 않을 만큼 탄탄했다. 어머니가 몸에 좋다고 구해온 약을 빠짐없이 먹으며 내공으로 승화시킨 것이다.
 산적치고는 제법 강했지만, 두 사람이 열네 명의 산적을 기어 다니게 만드는 데는 촌각이면 충분했다.

사도관의 손에도 언제 주워들었는지 투박한 박도가 들려 있었는데, 그는 베기 위해 만들어진 박도를 두들겨 패는 용도로 사용했다.

"아이고!"

"끄어어……."

팔다리 꺾어진 자가 다수였고, 기절해서 땅에 처박힌 자도 반은 되었다. 그중 어떤 자는 땅에 처박히면서 튀어나온 돌에 머리가 깨지기도 했다.

사도무영은 그들을 보며 고개를 갸웃거렸다.

생사를 건 실전은 처음이었다. 상대가 산적이어서 그렇지.

그런데 자신의 손에 당해서 팔다리가 부러지고 피를 쏟고 있는데도, 이상하게 아무런 감정을 느낄 수가 없었다.

'다른 사람들은 처음으로 실전을 하면 손발이 떨리고 몸이 굳는다는데…….'

꼭 오늘만 그런 것은 아니었다. 상황은 조금 다르지만 어릴 때도 비슷한 경험을 한 적이 있었다.

사람이 바로 눈앞에서 칼을 맞고 죽어가는 것을 본 적이 있었는데, 조금도 겁이 나지 않았었다.

사람들은 자신의 그런 모습을 보고는, 어머니의 냉정함을 닮아서 그런다고 수군거리곤 했다.

정말로 자신에게 냉혈의 피가 흐르는 것이 아닐까?

'그럼 어때? 사내대장부가 이 정도에 떨리면 그것도 문제지.'

사도무영은 깊게 생각하지 않고 안쪽으로 들어갔다.

뒤에 남은 사도관이 산적들의 몸을 발로 툭툭 차서 꼼짝 못하게 혈도를 찍어 버렸다. 한 놈 한 놈이 모두 돈이었다.

"그놈들, 별것도 아닌 것들이 말이야."

그사이 사도무영은 건물 쪽으로 향했다.

사도관이 힐끔 쳐다보더니, 그래도 강호물을 조금 먹었다고 주의를 주었다.

"조심해라, 숨어 있는 놈이 있을지 모르니까."

사도무영은 그 말을 들으며 방문을 잡아당겼다.

순간, 갑자기 눈앞이 번쩍이며 칼 한 자루가 머리 위로 떨어졌다.

사도무영은 몸을 옆으로 틀고는, 칼이 코앞을 스치며 떨어져 내리자 상대의 칼 든 손을 움켜쥐고 홱 잡아당겼다.

갑작스런 일수에 칼을 휘두른 자의 중심이 흐트러졌다.

사도무영은 기회를 놓치지 않고 상대의 복부를 냅다 올려 찼다.

피하고자시고 할 틈도 없이 발끝이 상대의 복부에 틀어박혔다.

퍽!

"크억!"

입을 쩍 벌린 산적은 눈이 튀어나올 것처럼 붉어진 채 앞으로 꼬꾸라졌다.

사도무영은 기습을 간단하게 처리하고 방 안을 살펴보았다.

흐트러진 방 한쪽에는 산적으로 보이는 시신 네 구가 흥건한 핏속에 아무렇게나 널브러져 있었다.

그리고 방 한가운데에는 커다란 보따리 세 개가 놓여 있었는데, 보따리 너머 의자에 두 사람이 앉아 있었다. 밧줄로 꽁꽁 묶인 채.

둘 다 여자였다. 산적들에게 맞았는지 벌게진 얼굴에 머리가 흐트러진 삼십 대 중반가량의 중년여인과 이제 열예닐곱 살 정도로 보이는 소녀. 모녀인 것처럼 보이기도 하고, 아닌 것 같기도 했다.

한데 두 여자는 사도무영이 쳐다보는데도 잔뜩 긴장한 채 움직이지 않았다. 입에 물려 있는 재갈로 인해 말도 하지 못했고.

사도무영이 방 안의 두 여자를 바라보고 있는 사이, 뒤쫓아 온 사도관이 먼저 방 안으로 들어갔다.

"하하, 두려워 마십시오. 우리는 산적들과 한 패가 아닙니다."

낭랑한 목소리에 두 여자의 표정이 조금씩 풀어졌다.

사도관은 두 여자를 안심시키기 위해 너스레를 떨었다.

"밖에 있는 놈들을 제 아들과 함께 다 때려눕혔지요. 이제는 걱정하지 않아도 됩니다. 그런데…… 이 장원의 주인이십니까?"
 두 여자는 거의 동시에 고개를 끄덕였다.
 "흠, 다른 사람들은 없습니까? 집안일을 돌보는 하인들이 있을 것 같은데. 혹시 산적들에게 당한 것 아닙니까?"
 긴장이 풀어진 두 여자는 답답하다는 표정으로 사도관을 빤히 바라보았다.
 입이 막혀 있는 사람에게 자꾸 질문만 하다니!
 사도무영이 아버지를 흘겨보며 말했다.
 "아버지도 참, 밧줄부터 풀어줘야죠."
 "어? 이런, 깜박했군."
 사도관은 두 여자에게 다가가 칼을 휘둘렀다.
 번쩍!
 두 번의 칼질에 두 여자를 묶은 밧줄이 토막 나며 바닥으로 떨어졌다.
 두 여자는 밧줄이 풀렸는데도 얼굴이 하얗게 질린 채 움직이지 않았다.
 뒤에 서 있던 사도무영이 버럭 소리쳤다.
 "뭐하는 거예요! 그냥 풀면 되지, 왜 칼을 휘둘러요?"
 그것도 그냥 휘두른 건가? 밧줄을 자르기 위해서 칼날이 몸에 닿을 듯 말듯 휘둘렀지?
 아마 두 여자는 칼바람에 심장이 덜컥 내려앉았을 것이었다.

하지만 사도관은, 자신에게는 조금도 잘못이 없다는 표정으로 대답했다.

"처음 보는 여자들 몸에 손을 댈 수는 없잖아? 치욕이라 생각하고 뭐라 할지도 모르는데."

그렇다고 겁에 질린 사람들을 향해 칼을 휘두르다니.

사도무영은 한숨이 나왔다.

"에휴, 사람 구하는데 무슨 치욕까지……."

"야 임마, 여자들 마음은 그게 아니라니까? 네 엄마 같았으면 나 벌써 반쯤 죽었어, 임마."

사도무영의 눈이 위로 치켜떠졌다.

"칼을 휘둘렀으면 더할 걸요?"

"어…… 그건 그렇지."

아마 반이 아니라, 완전히 묵사발 났을 터였다.

두 여자는 괴상한 부자의 말을 들으며 입을 막고 있던 천을 풀려고 했다.

하지만 밧줄에 세게 묶였던 팔이 제대로 움직여지지 않는지 쉽게 풀지 못했다.

사도무영이 그걸 보고 아버지에게 말했다.

"잘 안 풀리나 봐요, 아버지가 좀 풀어주세요. 이번에는 칼로 하지 말고요."

사도관은 고개를 끄덕이고 두 여자의 뒤로 돌아갔다.

두 여자는 고개를 반쯤 숙이고 사도관이 하는 대로 맡겨 두었다.

 사도관은 매듭을 풀기 위해 천의 양쪽 끝을 잡았다.

 한데 매듭은 그의 마음대로 풀리지는 않고, 머리카락이 흔들리며 손등만 간질였다.

 사도관의 손이 덜덜 떨렸다. 그리고 곧 입도 떨렸다.

 "무, 무영아, 네, 네가 해 봐라. 잘 안 풀리는데?"

 사도무영은 고개를 푹 숙였다가 슬며시 들고는, 사도관의 옆으로 갔다.

 나이 어린 소녀의 고개가 조금 더 숙여졌다. 얼굴을 살짝 붉힌 채.

 사도무영은 사도관이 옆으로 물러나자 매듭의 양쪽을 잡았다.

 그리고 가볍게 잡아 당겼다.

 뚝!

 천이 힘없이 끊어지며 소녀의 입이 자유로워졌다.

 사도무영은 중년여인의 매듭도 가볍게 잡아당겨 끊어내고는 아버지를 바라보았다.

 "무식하게 칼로만 안 끊으면 됐지, 누가 매듭을 일일이 풀라고 했어요? 그리고 손은 또 왜 떨어요?"

 "그게…… 나는 여자 살에 손이 닿으면 몸이 떨리거든."

 사도무영의 눈이 조금씩 커졌다.

 "그럼…… 저 어릴 때, 어머니가 아버지를 가끔 사시나무라고 불렀던 이유가……?"

사도관이 슬며시 고개를 돌리며 변명 아닌 변명을 했다.

"네 엄마야 괜찮지. 뭐 옛날에는 조금 그랬지만."

"풉!"

웃을 상황이 아닌데도 소녀의 입에서 웃음이 터졌다.

중년여인도 별 이상한 사람 다 본다는 듯 고개를 살짝 꼬고 사도관을 바라보았다.

사도관은 어색해진 상황을 벗어나기 위해 짐짓 목에 힘을 주고 말했다.

"밖이 시끄러운 걸 보니 놈들이 벌써 깨어났나 보다. 일단 밖에 있는 자들을 처리하자. 묶어서 관아로 데려가야지?"

그래야 돈을 받을 테니까.

그는 힘차게 걸어가 방문을 밀쳤다.

순간, 그의 몸이 그대로 굳었다.

"지, 지미, 겁나게 많네."

어둠이 깔린 마당으로 무사들이 들어서고 있었다. 언뜻 봐도 수십 명은 되어 보였다.

산적이라면 걱정할 것도 없었다. 문제는 들어서는 자들이 정식 무사라는 것이었다.

복장으로 봐선 복우산 일대의 패자인 귀마궁의 무사들 같았다.

귀마궁은 마도의 중심 세력인 마도십삼파 중 하나. 자신 혼자라면 빠져나갈 수 있겠지만, 아들도 있고, 여인도 둘이나 있는 상황이었다.
"저놈입니다, 소궁주!"
산적 중 한 놈이 사도관을 가리키며 소리쳤다. 콧대가 부러진 그놈이었다.
"빌어먹을, 여비 좀 쉽게 버는가 했더니……."
쾅!
사도관은 방문을 닫고 다급히 물었다.
"뒤로 나가는 문은 없소?"
중년여인도 상황을 알고 당황한 목소리로 말했다.
"저 안쪽에……."
"무영아, 네가 여기 두 분과 앞장서라! 뒤는 내가 맡을 테니까!"
사도무영은 침착하게 두 여인을 이끌고 빠르게 뒷문을 빠져나갔다.
그때 방문이 부서지며 대여섯 명의 무사가 안으로 들이닥쳤다.
와장창!
사도관은 그들이 중심을 잡기도 전에 달려들며 박도를 휘둘렀다.
빽! 빽!
몽둥이로 두들겨 패는 것처럼 둔탁한 소리가 나며 서너 명이 힘 한 번 못 써보고 꼬꾸라졌다.

 동료늘이 순식산에 추풍닉엽처럼 쓰리지지, 뒤늦게 들어온 자들은 사도관에게 달려들지 못했다.

 "죽고 싶으면 덤벼!"

 사도관은 버럭 소리를 지르고는, 그들을 향해 눈을 부라리며 박도를 치켜들었다.

 무사들이 흠칫하며 뒤로 주르륵 물러났다.

 사도관은 그 틈을 이용해 뒷문 쪽으로 신형을 날렸다.

 그제야 무사들이 앞 다투어 소리쳤다.

 "놈들이 뒷문으로 도망간다!"

 "잡아라!"

 "남자들은 죽이고 계집들은 생포해!"

 사도관이 뒷문으로 나섰을 때 사도무영은 겨우 십여 장 정도 앞에 가고 있었다.

 "빨리 가자, 무영아!"

 사도무영도 빨리 가고 싶었다. 하지만 두 여인이 문제였다. 그녀들의 걸음으로 무사들의 추적을 뿌리친다는 것은 불가능에 가까웠다.

 "이대로는 잡힐 수밖에 없어요! 아무래도 업고 가야 할 것 같아요."

 사도무영의 눈이 두 여인을 향했다.

 "업어도 되겠어요?"

다행히 여인들은 상황을 깨닫지 못할 만큼 어리석지 않았다.

"예……."

소녀가 기어들어가는 목소리로 말하자, 사도무영은 대뜸 등을 내밀었다. 소녀가 재빨리 사도무영의 등에 업혔다.

문제는 사도관이었다. 그는 중년여인을 업지 않고 머뭇거렸다. 유난히 큰 가슴, 둥근 엉덩이. 그녀를 업고 달리면 내력이 꼬일지도 몰랐다.

"아버지! 뭐해요!"

그러다 사도무영이 소리치자 다른 방법을 택했다.

퍽!

지풍을 날려 중년여인의 수혈을 제압한 그는 그녀를 어깨에 걸치고 달렸다.

어쨌든 이곳을 벗어나기만 하면 되는 일이 아닌가.

생각보다 허리가 가늘고 몸도 가벼워서 어깨에 걸치고 달릴 만했다.

"놈들이 여자를 납치해 간다!"

"놓치면 안 된다! 잡아!"

뒤에서 귀마궁 무사들의 목소리가 더욱 커졌다.

그럴수록 사도관과 사도무영의 발걸음은 더욱 빨라졌다.

'나쁜 새끼들. 지들이 납치해 가려고 해놓고 우리 보고 납치해 간다고 하다니.'

사도관은 그 점이 불만이었지만, 돌아서서 따지지 않고 발을 더욱 빨리 놀렸다.

 칙칙한 회의, 가슴에 새겨진 귀(鬼)자.
 귀마궁의 복장을 한 중년인은 난감한 표정을 지은 채, 흑의를 입은 청년을 향해 입을 열었다.
 "보통 놈들이 아닙니다, 공자. 워낙 빨라서 수하들이 따라잡지 못하고 있습니다."
 청년의 가슴에도 '귀'자가 새겨져 있었는데, 조금 전 산적이 소궁주라 부른 자였다.
 "누군지 알아봤느냐?"
 "어두워서 확실히는……"
 "바보같이! 그 계집이 얼마나 중요한지 모른단 말이냐?"
 "속하가 어찌 모르겠습니까?"
 "그런데 놓쳐? 내일이면 그 계집을 데리러 사람이 올 것이다. 그때 뭐라고 할 것이냐? 겨우 찾았는데 놓쳤다고 하면, 그들이 우리를 얼마나 얕보겠느냐?"
 중년인은 입이 열 개라도 할 말이 없었다.
 "수하들이 쫓고 있으니 곧 좋은 소식이 있을 것입니다, 공자."
 "제기랄, 형의 비웃음이 벌써부터 귓속에서 맴도는군."
 청년은 미간을 잔뜩 찌푸렸다.

그는 귀마궁주 엄호의 둘째 아들 엄우청이란 자였다.

이각 전만 해도, 그는 큰 공을 세웠다는 생각에 한껏 마음이 부풀었다.

자신이 다잡았다 놓친 소녀가 얼마나 중요한지 정확히는 알지 못했다. 하지만 아버지가 특명을 내렸을 때는 그만한 이유가 있을 거라 생각했다.

더구나 이번 임무는 자신에게만 내려진 게 아니었다. 자기가 그렇게 싫어하는 형 역시 함께 투입된 상황인 것이다.

'형의 코를 납작하게 해 줄 수 있는 기회였는데……. 빌어먹을!'

운 좋게도 자신이 부리는 삼룡채에서 계집을 찾아냈다. 해서 이번만큼은 형을 앞섰다고 좋아했거늘, 일장춘몽이 되어 버렸다.

아니 거꾸로 형의 비아냥거림을 감당해야 할 판이다.

어디 그뿐인가? 이미 궁에다가 계집을 찾았다고 자랑스럽게 소식을 전한 터였다. 만약 놓쳤다는 소식을 들으면, 불호령이 떨어질 것은 뻔한 일이었다.

칭찬 대신 욕먹을 생각을 하니 분노가 곱절로 끓어올랐다.

입술을 질겅질겅 깨문 그는 한쪽에 서 있는 산적들을 노려보았다.

"잡았으면 바로 데려올 것이지, 몇 푼 나가지도 않는 물건을 욕심내고 머뭇거리다가 놓쳐? 내 네놈들을 믿은 게 잘못이지."

"저, 저희는……."

엄우청은 산적의 말은 들은 척도 않고 중년인을 바라보았다.

"능곡, 삼룡채에는 내가 말하겠다. 모두 죽여라."

회의의 중년인, 추혈대주 능곡은 살짝 고개를 숙이고는, 수하들을 향해 고개를 슥 저었다.

'죽여!' 그 뜻이었다.

산적들은 안색이 하얗게 질린 채 부들부들 떨며 소리쳤다.

"소, 소궁주! 제발 용서를……."

"살려주십시오, 소궁주!"

하지만 귀마궁의 무사들은 추호도 인정을 두지 않고 도검을 휘둘렀다.

"으악!"

"이 개새끼들! 실컷 이용하고……. 커억!"

엄우청은 비명소리를 뒤로 하고 장원을 나섰다.

"능곡, 놈들을 쫓는다. 잡을 때까지 돌아갈 생각들 하지 마!"

1.

사도관과 사도무영은 부지런히 다리를 놀려 오십 리를 달린 후에야 걸음을 늦추었다.

"휴우, 쫓아오는 소리가 들리지 않는 걸로 봐서 포기한 것 같네요, 아버지."

"그러게. 좀 쉬었다 가자."

어둠 속에서 계곡물 흐르는 소리가 들렸다.

두 사람은 물가로 다가가 소녀와 중년여인을 내려놓았다.

사도무영의 등에서 내린 소녀가 사도관과 사도무영을 향해 깊숙이 허리를 숙였다.

"구해주셔서 고맙습니다, 대협."

"험, 별 말을. 당연히 할 일을 했을 뿐입니다."

사도관은 너스레를 떨며 중년여인의 혈도를 풀어주고는 짐짓 모르는 척했다.

밤이어서 얼굴이 붉어진 것을 아들에게 들키지 않은 게 다행이었다.

"아버지, 여기가 어디쯤인지 아세요?"

"글쎄?"

달빛을 벗 삼아 밤길을 달렸다.

보이는 것은 하늘에 떠 있는 달과 별, 그리고 시커먼 산 그림자뿐이었다.

그때 정신을 차린 중년여인이 무릎을 꿇고 입을 열었다.

"덕분에 무사할 수 있었습니다, 대협. 아가씨를 구해주신 것에 대해 천녀, 진심으로 감사드립니다."

사도관은 재빨리 그녀의 어깨를 잡아 일으키고는, 천하에서 가장 정의로운 협사처럼 말했다.

"어허, 인사 받으려고 한 것 아니외다. 아마 강호 동도 누구라도 나와 같이 행동했을 거요."

자신처럼, 업으면 손이 떨릴까봐 수혈을 짚고 어깨에 걸치지는 않겠지만.

그래도 어쨌든 사도관의 진심이 담긴 말이었다.

여인은 감격한 표정으로 고개를 들고 사도관이 궁금해 하는 것을 알려주었다.

"이곳은 공하곡인 거 같습니다, 대협."

그리 말해서는 사도관도 사도무영도 이곳이 어딘지 알지 못했다. 중년여인이 눈치 빠르게 설명을 덧붙였다.

"그 장원에서 남동쪽으로 오십 리 정도 떨어진 곳이지요."

"흠, 그럼 조금 쉬었다 가도 되겠군요."

사도관이 여유롭게 말하며 바위에 걸터앉을 때였다. 소녀가 나직이 말했다.

"오래 쉬어서는 안 될 거예요. 놈들이 쉽게 포기하지 않을 테니까요."

어둠이 깔린 숲속에서 지저귀는 새소리보다 더 맑은 목소리. 꿈속에서 선녀가 귓속말로 속삭이는 것 같았다.

하지만 사도무영은 목소리보다, 소녀의 말 속에 들어 있는 의미를 생각하며 의문을 품었다.

쉽게 포기하지 않을 거라 했다. 그들이 포기할 수 없는 어떤 이유가 두 여인에게 있다는 뜻.

마도십삼파 중 하나인 귀마궁이 왜 이 여인들을 악착같이 잡으려는 걸까?

단순히 소녀가 아름다워서 그런 것만은 아닌 듯했다.

또 하나 의문은, 방 안의 산적들을 누가 죽였냐, 하는 것이었다.

시신들의 상흔이 깨끗한 걸로 봐서 예사 솜씨가 아니었다.

그의 눈이 중년여인을 향했다.

"방 안의 산적들은 부인께서 처치하신 겁니까?"

중년여인은 굳이 숨기지 않았다.

"맞아요, 공자. 그들은 내가 죽였어요. 비록 고수라 할 정도는 아니지만, 그럭저럭 이 몸 하나 지킬 정도는 된답니다."

그 말을 들으니 의문이 더 커졌다.

"그럼 왜 그들에게……?"

"한 놈을 죽였더니, 놈들이 산공독을 풀었어요. 다급히 숨을 멈췄지만 이미 공력이 흐트러져서 삼초 이상을 쓸 수가 없었지요."

일류고수 수준에 오른 그녀였다. 몸만 정상이었다면 산적들에게 당하지 않았을 것이다.

결국 그녀는 삼초 만에 네 명의 산적을 처치한 후 진기가 완전히 흐트러져서 남아 있던 산적들의 손에 잡히고 만 것이다.

사도관이 물었다.

"그런데, 귀마궁이 왜 장원을 친 거요?"

중년여인의 눈빛이 잘게 흔들렸다. 뭔가 말 못할 사연이 있는 것 같았다.

그런데 소녀가 말했다.

"저를 잡아가려고 온 거예요."

"아가씨……."

중년여인이 다급히 말리자, 소녀는 씁쓸한 표정으로 고개를 젓고는 말을 이었다.

"어차피 저들의 손에서 벗어나려면 이분들의 도움이 필요해요, 유모."
"그래도……."
"도움을 청하면서 진실을 숨기면 누가 도와주려 하겠어요?"
틀린 말이 아니었다. 하기에 유모라 불린 중년여인도 더 말리지 못했다.
소녀는 중년여인을 납득시키고 사도관과 사도무영을 바라보았다.
두 부자는 천하 어디에 내놓아도 영준하다는 소리를 들을 만큼 잘 생긴 사람들이었다. 하지만 그보다 더 마음에 드는 점은 심성이 깨끗하다는 것이었다.
어느 정도는 믿어도 될 수 있는 사람들.
그녀의 직감이 그렇게 말하고 있었다.
"괜찮으시다면 대협의 함자를 알아도 되겠는지요?"
"험, 나는 사도관이라 하오. 그리고 이 아이는 내 아들인 무영이고."
소녀는 두 사람의 이름을 가슴에 새기고 사연을 말했다.
"소녀는 조화설이라고 합니다. 귀마궁이 저를 잡아가려고 하는 것은 누군가의 부탁을 받았기 때문이에요."
"대체 누가 어린 소저를 잡아달라고 했단 말이오?"
"현천교(玄天敎)라는 곳이에요."
"현천교?"

사도관이 고개를 갸웃거렸다. 처음 들어보는 이류이었다.

소녀는 그럴 줄 알았다는 듯 쓴웃음을 지었다.

그 이름을 제대로 아는 사람은 강호에 그리 많지 않았다. 아니 그곳과 관련된 사람이 아니면 아는 사람이 거의 없었다. 하지만 또 다른 이름을 대면, 거꾸로 모르는 사람이 없을 것이다.

그러나 그녀는 또 다른 이름을 말하지 않았다. 그럼 두 부자가 기겁하고 손을 뗄지 모르니까.

'미안해요.'

그녀는 두 사람이 곁에서 떠나가는 게 두려웠다.

그때 사도무영이 조화설을 뚫어지게 바라보며 물었다.

"소저를 잡아달라고 했다면 그만한 이유가 있을 것 같은데요?"

"그들이 원하는 걸 제가 가지고 있거든요."

"그게 뭔지 말씀해 주실 수 있나요?"

"미안해요. 그건 말해준다고 알 수 있는 것도 아니고, 말해줄 수도 없어요. 다만, 유형의 물건이 아니라는 것만 말씀드릴 수 있으니, 소녀의 사정을 양해해 주셨으면 합니다."

형상을 갖춘 물건이 아니라는 말.

그것은 어떤 비밀일 수도 있고, 그녀만이 아는 지식일 수도 있었다. 아니면 또 다른 것이든지.

"그러니까, 현천교라는 곳에서 소저가 가지고 있는 무형의 뭔가를 얻기 위해서 잡아가려 한다, 그 말이죠?"
 "맞아요, 사도 공자."
 대충 상황을 알 것도 같았다.
 사도무영은 느릿하니 고개를 끄덕이더니 조화설에게 다시 물었다.
 "아버지와 저에게 도움을 청한다 했는데, 어떤 도움을 청하려는 거죠?"
 "저와 유모를 황산까지 데려다 주신다면, 충분한 보답을 해 드리겠어요."
 사도무영은 보답이라는 말에 눈이 번쩍 뜨였다.
 그러잖아도 돈을 벌어야 할 판이었다.
 다만 자신과 아버지는 동정호에 갈 계획인데, 황산과 동정호는 천 리도 더 떨어져 있다는 점이 문제였다.
 사도무영은 일단 아버지에게 물었다.
 "아버지, 갈까요? 황산도 구경할 것이 많다고 하던데."
 사실 동정호에 반드시 가야 할 이유는 없었다. 황산부터 구경하고 동정호에 간다고 해서 누가 뭐라 할 것인가?
 더구나 소녀는 동생만큼이나 예뻤다. 그리고 마음은 동생보다 백 배 더 곱게 느껴졌다.
 이렇게 아름다운 소녀와 여행을 하는 것도 좋은 추억이 될 것 같았다.
 "어? 뭐 그것도 괜찮을 거 같은데……. 일단 조건을 먼저 들어보자꾸나."

얼버무리며 대답한 사노관이 조화설에게 물었다.

"소저, 우리를 호위로 쓰려면 대가에 대해서 명확히 해야 할 것 같네. 우리에게 여유가 있으면 나중에 받아도 괜찮은데, 당장 돈이 얼마 없어서 말이야."

산적들을 관청에 넘기지 못한 게 아쉬웠다.

'적어도 은자 백 냥은 벌 수 있었는데……'

그 돈만 생겼으면 공짜로라도 해 줄 수 있거늘.

조화설은 품속 깊은 곳에서 작은 주머니를 꺼냈다.

산적들은 다행히도 그녀의 몸 깊숙한 곳은 뒤지지 않았다. 제압하기 위해 손을 대는 것 외에는 절대 함부로 취급해선 안 된다는 명령 때문이었다. 심지어 그녀의 몸에 붙은 것은 머리카락 하나도 억지로 떼어내면 안 되었다.

덕분에 중년여인도 죽임을 당하지 않았고, 품속 깊숙이 감춰두었던 작은 주머니도 고스란히 남아 있었다.

그녀는 주머니를 사도관에게 내밀었다.

"일단 이것을 선불로 드릴게요."

중년여인이 그걸 보더니 다급히 말렸다.

"아가씨, 그것은……"

"유모, 신외지물일 뿐이에요. 제아무리 귀한 것도 살아 있을 때 귀한 것이잖아요?"

"그래도 주인어른께서 마지막으로 남겨 주신 건데……"

"유모라면 조금 전과 같은 상황이 닥쳤을 때, 이 물건과 교환해서 풀려날 수 있다면 어떻게 하겠어요?"

오래 생각할 것도 없었다. 풀려날 수만 있다면 무엇을 못 주겠는가.

중년여인은 어쩔 수 없음을 알고 한숨을 내쉬며 고개를 저었다.

그러다 문득 어떤 생각이 났는지, 급히 머리에 꽂힌 비녀 두 개 중 하나를 뽑아 사도관에게 내밀었다.

"가운데가 금으로 되어 있습니다. 이거라면 은자 열 냥은 받을 수 있을 테니, 꼭 필요한 경우가 아니면 그 주머니에 든 물건을 처분하지 말아주십시오, 대협. 황산에 도착하면 그에 합당한 다른 것으로 그 대가를 치르겠습니다."

목에 칼이 들어와도 정의협사를 표방하는 사도관이다.

그는 중년여인의 마음에 감동한 듯 힘차게 고개를 끄덕였다.

"걱정 마시오. 아주 급한 경우가 아니면 절대 팔지 않겠소."

그때 사도무영이 손을 내밀었다.

"그 주머니는 제가 가지고 있을게요."

사도무영은 아버지가 못미더웠다. 팔지는 않겠지만, 워낙 덤벙거리는 성격이어서 잃어버릴지 몰랐다.

사도관도 자신의 그런 성격을 알기에 순순히 사도무영에게 주머니를 넘겼다. 아들인 사도무영은 자신과 성격이 많이 달랐다.

　자신과 이영영을 반반 섞어 놓았다고나 할까?

　한데 사도무영이 주머니를 받자, 무엇 때문인지 조화설의 얼굴이 붉어졌다. 어둠 때문에 표는 별로 나지 않았지만.

　얼굴이 붉어진 그녀를 향해 사도관이 지나가듯이 물었다.

　"그런데 소저는 방년 나이가 어떻게 되시는가?"

　"열일곱입니다."

　"흠, 그럼 우리 무영이보다 두 살 많군."

　사도무영은 아버지를 흘겨보았다.

　'그걸 왜 물어요! 그럼 누나라고 불러야 하잖아요!'

　좌우간 눈치도 없는 아버지다.

　속에서 열불이 난 사도무영은 아버지가 또 엉뚱한 소리를 하기 전에 길을 재촉했다.

　"아버지, 놈들이 올지 모르니 그만 가요."

　"어? 어, 그러자꾸나. 자, 그만 갑시다."

　사도관이 바위에서 몸을 일으키자 조화설과 중년여인도 일어섰다.

　"네, 대협."

　바로 그때였다.

　삐이이익!

　멀리서 휘파람소리가 들렸다. 그리고 곧 그에 답하듯 단발적인 휘파람소리가 이어졌다.

삐익! 삐이익!

사도관 부자와 두 여인은 마음이 다급해졌다.

사도무영이 조화설에게 물었다.

"아무래도 계속 업고 가야 할 것 같은데, 괜찮겠습니까?"

귀마궁이 쫓아오는데 터벅터벅 걸어갈 수는 없는 일이 아닌가. 그랬다가는 금방 꼬리를 잡힐 텐데.

조화설은 얼굴을 붉히며 미미하게 고개를 끄덕였다.

"어쩔 수 없죠."

그녀로선 밤인 게 다행이었다.

사도무영도 환한 웃음을 억지로 감춘 채 등을 내밀었다.

곧 부드러운 몸이 등에 그대로 느껴졌다. 봉긋한 느낌 역시.

'확실히 가슴이 교교와는 비교가 안 돼. 부드럽고……'

힘이 불끈 솟았다. 이대로 황산까지 업고 가라고 해도 갈 수 있을 것 같았다.

반면 사도관은 의견을 묻지도 않고 곧바로 유모의 수혈을 짚어버렸다.

"미안하오. 아직 산공독이 풀린 것 같지 않아서 그런 것이니 이해해 주시오."

그러고는 축 늘어진 유모를 어깨에 걸쳐 멨다.

어쩔 수 없었다. 업고 가는 것은 자신이 없고, 빨리 가기 위해서 메고라도 가야 하는데, 아무래도 의견을 묻다 보면 손이 떨려서 엉뚱한 곳을 찌를지 몰랐다.

'나이가 들었는데도 허리에 군살이 없고 부드럽단 말이야. 얼굴도 곱고…….'

두 부자는 흐뭇한 웃음을 지으며 계곡을 떠났다.

저녁을 굶었는데도 이상하게 기운이 더 났다.

2.

"제기랄! 이 양반이 여기서 뭘 한 거지?"

단학은 어둠에 잠긴 장원을 둘러보며 눈살을 찌푸렸다.

마당 여기저기에 십여 구의 시신이 널려 있었다.

목이 잘리고, 배가 갈라진 시신에서 흘러나온 피로 바닥이 흥건했다.

그리고 장원의 구석진 곳에도 가솔로 보이는 사람 아홉이 죽어 있었다.

코를 찌르는 비릿한 피 냄새.

싸움이 제법 크게 벌어진 것 같다.

겨우 사도관 부자의 꼬리를 잡고 빠르게 쫓아왔는데, 이게 어찌된 일이란 말인가?

사도관이 다치는 거야 문제될 것도 없었다. 하지만 사도무영이 다쳤다면 문제가 컸다.

특히 얼굴에 상처라도 입었다면…….

단학은 어깨를 후드득 떨며 그런 일이 없기만을 바랐다.

다행이라면, 정황으로 봐서 무공이 강한 자들과 싸운 것 같지는 않다는 점이었다.

곧 사방으로 흩어졌던 수하들이 모여들었다.

"백 명 정도 모였던 걸로 추정됩니다."

"집안의 가재도구가 그대로 남은 걸로 봐서, 산적들만 침입한 것은 아닌 듯 보입니다. 게다가 방 안에 독을 쓴 흔적이 희미하게 남아 있습니다. 아무래도 수상합니다, 문주."

"누군가가 장원의 뒤쪽으로 도주한 것 같습니다. 수십 명이 다급하게 뒤쪽으로 움직인 흔적이 남아 있습니다."

단학은 수하들의 연이은 보고를 들으며 혀로 입술을 핥았다.

장원에 무사들이 침범했다. 산적이든 강호인이든, 백 명도 넘는 무사들이. 산공독까지 써가면서.

그리고 싸움이 났다.

사도관 부자의 성격을 누구보다 잘 아는 그였다.

무사들이 장원을 강압적으로 압박했다면 보고만 있을 두 사람이 아니다. 보나마나 어깨에 힘주고 끼어들었을 게 뻔했다.

'젠장, 또 정의협사 흉내 낸 거 아냐? 그러다 다치면 누구 죽으라고……. 빨리 찾아서 데려가야겠어!'

무사가 백 명이나 움직인 이상, 흔적을 쫓는 것은 그리 어렵지 않을 터였다.

그는 자신했다.

'열흘이면 충분해.'

설령 흔적을 놓친다 해도 걱정하지 않았다.

오면서 조사한 바에 따르면, 두 부자는 동정호로 가는 길을 물었다고 했다.

사도관이 동정호에 가려는 이유를 누구보다 잘 아는 사람이 바로 자신이었다.

오래전, 그곳에서 그를 잡아왔으니까.

'후후후, 당신은 부처 손 안에 든 오공이야.'

3.

하남성은 산지가 반, 평원이 반이었다.

산지는 서쪽에, 평원은 동쪽에 밀집되어 있었는데, 복우산(伏牛山)과 웅이산(熊耳山)이 서부를 뒤덮은 대표적인 산지였다.

마도십삼파 중 하나인 귀마궁(鬼魔宮)이 그중 남쪽에 있는 복우산에 둥지를 튼 것은 오십 년 전이었다.

그들은 복우산 깊숙한 곳에 틀어박혀서, 남들 몰래 힘을 키웠다. 어설프게 힘을 드러내면, 정천맹이 가만두지 않을 거라는 걸 알기 때문이었다.

그러기를 삼십 년.

귀마궁은 어느 정도 자신감이 섰을 때서야 외부에 힘을 드러냈다.

놀란 정천맹이 다급히 대책을 세웠을 때는, 그들의 힘이 이미 구대문파 중 하나와 겨루어도 지지 않을 만큼 커져 있는 상태였다.

그리고 이십 년이 흐른 지금은, 마도의 수백문파 중 가장 세력이 큰 십삼파의 하나로 꼽혔다.

혜성같이 나타나 마도십삼파의 하나가 된 귀마궁의 현 궁주는 귀환마종(鬼幻魔宗) 엄호.

그는 귀마궁을 세운 전대 궁주 엄황의 장자로, 칠사(七邪) 팔마(八魔)로 불리는 당금 마도의 대표적인 고수 십오 인에 속했다.

또한 천하의 모든 강호고수들을 통틀어도 능히 백 위 안에 든다는 초절정의 고수이기도 했다.

한데 태양이 복우산의 동쪽 산정 위로 솟구치는 어느 봄날 아침. 천하에 무서울 것이 없는 그 엄호의 입에서 초조한 목소리가 흘러나왔다.

"찾긴 찾았는데, 놓쳤다고?"

"남동쪽으로 도주하는 그들을 추적 중이라 합니다, 궁주."

그의 앞에 서 있던 중년인이 허리를 숙이며 답했다.

엄호의 가늘게 쭉 찢어진 눈초리가 위로 올라갔다.

"병신 같은 놈. 무공도 익히지 못한 계집 하나를 잡지 못해 놓치다니."

"그래도 그 계집을 이렇게 빨리 찾아낸 것은 점수를 줄 만한 일이 아니겠습니까?"

"찾으면 뭐 하나? 잡지 못하면 찾지 못한 것만도 못한 법이라네."

"너무 심려 마십시오. 이공자가 비록 독선적이긴 해도, 나름 치밀한 면이 있습니다. 그리고 독하지요. 곧 잡을 수 있을 것입니다."

치밀한 것은 몰라도, 독하다는 말은 엄호도 공감했다. 하지만 그것만으로는 안심할 수가 없었다.

그는 눈을 가늘게 뜨고 중년인, 귀마궁의 군사나 다름없는 귀곡당의 당주 위사웅을 바라보았다.

"설마 정천맹 놈들은 아니겠지?"

"그건 아닌 것 같습니다, 궁주."

"그나마 다행이군. 첫째는 어디 있는가?"

"대공자께선 등주 쪽으로 가셨습니다."

"그럼 그리 멀리 떨어지지는 않았겠군. 즉시 우광에게 연락해서 둘째를 도와 계집을 잡으라 해라. 최대한 정천맹을 자극하지 않도록 조심하고."

"예, 궁주."

"그리고 삼귀를 보내서 우광과 우청을 도와주라고 해."

위사웅은 움찔하며 고개를 들었다. 하지만 엄호의 확고한 표정을 보고는 고개를 숙이고 순순히 대답했다.
"알겠습니다, 궁주."

4.

 등 뒤에서 쌔근거리는 소리가 들렸다. 잠이 든 것 같았다.
 사도무영은 조화설이 잠에서 깨지 않도록 발걸음을 최대한 조심했다.
 어느덧 한 시진은 지난 듯했다. 사람을 업은 채 경공을 펼치다 보니 이마에 땀이 송골송골 맺혔다. 조금 힘이 들었지만, 그래도 그의 표정은 서산으로 넘어가는 달빛만큼이나 밝았다.
 '후우, 다행히 놈들을 따돌린 것 같군.'
 처음 십 리를 벗어날 때까지는 추적자들의 휘파람소리가 간간이 들렸다. 그러다 이십 리를 지나자 어쩌다 한 번, 먼 곳에서 들리더니, 삼십 리를 지날 즈음부터는 아예 들리지 않았다.
 저들이 포기했을까?
 조화설의 말이 사실이라면, 포기할 자들이 아니다.
 다행이라면 어둠이 자신들을 도와주고 있다는 것이었다.
 제아무리 추적술이 뛰어나도 어두운 밤에 자신들을 쫓아오기는 쉽지 않을 터. 밤이 샐 때까지는 안심해도 될 것 같았다.
 단학 같은 자만 없다면 말이다.

그렇게 언덕을 하나 넘어가자, 저만치 불빛이 모여 있는 게 보였다. 제법 커다랗게 보이는 마을이었다.

"무영아, 우리 뭐 좀 먹어야 하는 거 아니냐?"

마을을 본 사도관이 그제야 저녁을 굶었다는 걸 깨닫고 물었다.

꼬르륵.

그 말을 기다렸다는 듯 사도무영의 뱃속이 반응을 보였다.

"저 마을로 가요, 아버지."

사도무영은 마을로 들어가기 전 조화설을 깨웠다.

"조 소저, 저기서 식사라도 하고 가죠."

"예? 어머……."

조화설은 재빨리 입가의 침을 닦고 다소곳이 내렸다. 이미 흘러나온 침이 사도무영의 등에 묘한 그림을 그려놓았는데도, 그녀는 절대 자기가 한 것이 아닌 것처럼 태연한 표정을 지었다.

사도관도 유모의 수혈을 풀어주었다. 유모는 수혈이 풀리자 온몸을 비틀어서, 불편한 자세 때문에 뻑적지근해진 부위를 풀었다. 그리고 운기를 해보더니 밝아진 표정으로 말했다.

"이제 기운이 어느 정도 돌아온 것 같습니다, 대협. 그간 고마웠습니다."

"뭐 그 정도 일로……. 하, 하."

갑자기 수혈을 제압당하고 어깨에 걸쳐진다면 어느 여인이 기분 좋을 건가?

 한데도 유모는 조금도 기분 나쁜 표정이 아니다. 오히려 자신을 안전하게 이동시켜 준 걸 고마워하며 인사부터 한다.

 사도관은 속으로 한숨이 나왔다.

 '에혀, 마누라가 이 여인의 반만 마음을 썼어도 내가 왜 집을 나오겠나?'

 한편으로는, 유모의 내공이 돌아왔다는 사실이 조금은 아쉬웠다.

 이제 다시는 어깨에 걸칠 수 없을 테니까.

 사도관과 사도무영은 두 여인과 함께 방성으로 들어갔다.

 방성(方城)은 서남부 산지에서 중부평원으로 넘어가는 길목이자, 오랜 옛날부터 군사적 요충지였다. 그 덕에 제법 큰 장이 형성되어서 오가는 사람을 위한 객잔과 주루도 마을 규모에 비해 많았다.

 다만 문제는, 지금 시간이 해시에서 자시로 넘어가는 시각(밤 11시경)이라는 점이었다.

 객잔이 전부 문을 닫은 건 아닐까?

 사도무영과 두 여인은 걱정이 앞섰다.

 하지만 사도관은 조금도 걱정하지 않았다.

 '술꾼들이 언제 시간을 따지나?'

강호를 돌아다닐 때 얻은 경험상, 술꾼들은 '조금만 더!'를 외치며 주구장창 마셔댔다.

결국 객잔이 문을 닫으려면 자시가 지나야 했다. 손님이 없다면 몰라도.

그는 아들과 두 여인을 데리고, 성큼성큼 자신 있게 큰 길이 있는 곳으로 향했다.

밤이 늦어서인지 오가는 사람이 거의 보이지 않았다. 한데도 객잔은 그 시간까지 문을 닫지 않고 영업 중이었다.

사도관은 대로 양편에 있는 객잔 세 곳 중 한 곳의 깃발을 보고는 바로 마음을 정했다.

백향객잔(白香客盞).

객잔의 이름이 그 옛날 동정호에서 만났던 여인과 이름이 같았던 것이다.

"저기로 가자."

객잔 안에는 세 개의 탁자에 손님이 십여 명 정도 앉아 있었다. 개중에는 평민도 있었고, 도검을 찬 무사도 있었다.

네 사람은 그들에게 신경 쓰지 않고, 구석진 곳에 있는 탁자를 차지했다.

곧 점소이가 다가왔다. 약간 짜증이 묻어난 표정으로.

그러다 조화설을 보고는 언제 짜증을 냈냐는 듯 환한 웃음을 지으며 물었다.

"뭘 드시겠습니까, 손님?"

사도관이 요리를 두어 가지 시켰다.

"소면과 교자, 그리고 돼지고기 볶은 것하고 야채를 좀 주게."

그때 주렴이 젖혀지며 등에 길쭉한 보따리를 맨 노인이 객잔 안으로 들어왔다.

사도무영은 마침 문이 마주보이는 곳에 앉아 있어서 그 노인이 들어오는 것을 처음부터 끝까지 볼 수 있었다.

복장으로 봐서 도인인 듯했는데, 도복이 특이하게도 짙은 회색이었다.

하얗고 긴 눈썹, 그 아래에 박혀 있는 음침하게 느껴질 정도로 깊게 잠긴 두 눈. 약간 휘어진 매부리코와 얇은 입술. 염소처럼 가느다라면서도 긴 수염.

키는 다섯 자가 겨우 넘을 정도로 작았고, 몸은 뼈만 남은 듯이 빼빼 말라 보였다.

나이는 예순쯤? 아니 일흔쯤?

얼굴에 주름이 자글자글해서 정확히 짐작하기가 쉽지 않았다.

'괴이한 도인이시네.'

사도무영이 그리 생각한 것은, 노도인의 겉모습보다 깊게 잠긴 두 눈 때문이었다.

일반 사람의 눈동자가 보통 검은색과 갈색 계통인데, 노도인의 눈동자는 회색이었던 것이다.

그나마도 푸른빛이 느껴지는 회색. 어찌 보면 사이하게 느껴지고, 또 어찌 보면 병을 앓고 있는 것처럼 보이는 눈동자였다.

'도복도 그렇고, 생김새도 그렇고, 눈도 그렇고……. 정말 세상에는 별 사람이 다 있군.'

그사이 노도인은 빈 탁자로 가더니, 사도무영과 사선으로 마주보이는 자리에 앉았다.

사도무영은 그제야 시선을 돌리고 엽차 잔을 잡았다.

그때였다. 한 줄기 전음이 귀청을 울렸다.

『이놈아, 왜 그리 사람을 뚫어지게 보느냐?』

카랑카랑한 노인의 목소리.

사도무영은 전음의 주인이 누군지 짐작하고, 고개를 돌려 노도인을 바라보았다.

역시나 노도인이 자신을 바라보고 있었다.

내공이 일류고수의 수준에 이르지 못하면 전개할 수 없는 전음을 자연스럽게 펼치다니.

'역시 평범한 도인은 아니구나.'

그는 아버지가 신경 쓰지 않도록 전음으로 답해 주었다.

『죄송합니다. 노도장님의 도복과 눈빛이 남달라 보여서 그만 실례를 했습니다.』

그저 사실대로 말했을 뿐이었다.

한데 노도인은 굳어진 표정으로 사도무영을 직시했다.

나이도 어린 사도무영이 전음을 펼치는 게 의외여서 그런 것도 있었지만, 보다 큰 이유는 따로 있었다.

『내 눈빛이 남다르다고? 무엇이 다르더냐?』

『그냥 회색 눈동자에 푸른빛이 보여서, 혹시 몸이 안 좋으신 건가, 생각했을 뿐입니다.』

노도인의 눈빛이 기이하게 일렁였다.

『내 회색 눈동자에 푸른빛이 보인단 말이지?』

『예, 그런데…… 왜 그러십니까? 혹시 제가 실수라도…….』

『아니다. 별거 아니니 더 이상 나에게 신경 쓰지 마라.』

노도인은 그 말을 끝으로 고개를 돌렸다.

『알겠습니다.』

사도무영은 노도인의 행동이 이상했지만, 더 이상 묻지 않았다.

점소이가 탁자에 음식을 내려놓는데 무사 다섯이 객잔으로 들어왔다.

짙푸른 청의, 싸늘한 표정. 그들의 몸에서 흘러나오는 냉기에 왁자지껄 떠들던 사람들이 목소리를 죽였다.

"흥! 멀리 도망간 줄 알았더니, 여기 있었군."

사도관과 사도무영, 두 여인은 흠칫하며 몸이 굳어졌다.

사도관은 들었던 젓가락을 내려놓고, 의자 옆에 세워 놓은 박도의 손잡이를 움켜쥐었다.

'빌어먹을 놈들. 다 먹고 난 다음에 오면 오죽 좋아? 하필 이제 막 먹으려는데 오다니.'

점소이는 재빨리 그릇을 내려놓고 총총히 주방 쪽으로 도망갔다. 점소이 생활 오 년, 곧 심상치 않은 일이 벌어질 거라는 걸 경험상 본능으로 느낀 것이다.

그사이 무사들이 그들 쪽으로 다가왔다.

사도관과 사도무영은 눈짓을 나누고 천천히 자리에서 일어났다.

그때 무사들 중 하나가 말했다.

"늙은이, 순순히 물건을 내놓으면 죄를 묻지 않고 살려주지."

'응?'

사도관과 사도무영은 의아한 표정을 지으며 서로를 쳐다보았다.

늙은이라고?

사도관은 아직 늙은이라 불릴 정도로 늙지 않았다. 그건 분명한 사실이었다.

서른 살이라고 거짓말을 해도 열 명 중 다섯은 믿을 정도로 젊게 보이는 사람이 바로 사도관인 것이다.

사도무영은 고개를 돌려 무사들을 바라보았다.

무사들이 이 장 떨어진 곳까지 다가왔는데, 그들은 자신들이 아닌 노도인을 보고 있었다.
"귀가 먹었나? 왜 대답이 없지?"
"하긴 죽이고 가져가는 게 더 빠를지 모르겠군."
걸음을 멈춘 무사들이 일제히 무기를 뽑아들었다.
스르릉.
팽팽한 긴장감이 객잔 안을 짓눌렀다.
금방이라도 싸움이 벌어질 것 같은 상황.
객잔 안에 있던 사람들은 슬금슬금 자리에서 일어나더니 밖으로 도망쳤다.
사도무영도 사도관을 바라보며 어깨를 으쓱했다.
"아버지, 자리를 옮기죠."
싸움이 벌어지는 곳에서 식사를 할 수 없는 것도 문제지만, 조화설과 유모가 더 걱정이었다.
사도관은 요리 그릇을 들고 두 여인에게 말했다.
"저쪽으로 갑시다."
잔뜩 긴장하고 있던 조화설과 유모는 기다렸다는 듯 자리에서 일어났다.
사도무영은 구석진 곳으로 자리를 옮기면서도 노도인 쪽의 상황을 주시했다.
노도인이 고수라는 걸 모르지는 않았다.
그러나 무사들의 기세도 만만치 않게 느껴졌다. 더구나 다섯이나 되는 숫자는 사도무영으로 하여금 노인을 걱정하지 않을 수 없게 만들었다.

 노도인은 사도관 일행이 자리를 옮긴 뒤에야 반응을 보였다.

 "원시천존도 이해해 줄 거야. 지옥이 그리도 가고 싶다는데 보내줘야지."

 나직한 목소리가 노도인의 입에서 흘러나온 순간, 무사들 중 하나가 냅다 칼을 휘두르며 달려들었다.

 "이 늙은이가 지금 누굴 놀리는 거냐!"

 쉬익!

 칼날이 노도인의 머리 위로 떨어졌다.

 한데도 노도인은 검지를 세운 오른손을 가슴 높이로 들어올린 채 꼼짝도 하지 않았다.

 "헛! 위험……."

 사도무영이 다급히 소리쳤다. 그러나 마지막 말을 끝맺지는 못했다. 노도인을 향해 떨어지던 칼날이, 마치 보이지 않는 벽에 부딪친 것처럼 옆으로 흐르는 것이 아닌가.

 그게 끝이 아니었다.

 노도인이 오른손 검지를 앞으로 쭉 뻗자, 뽁! 하는 소리가 나는가 싶더니 칼을 휘두르던 무사가 뒤로 주춤거리며 물러났다.

 사도무영은 물러나는 무사의 이마에 붉은 점이 찍힌 것을 보고 불끈 주먹을 움켜쥐었다.

'가공할 지공(指功)이다!'

워낙 빨리 벌어진 일이어서, 남은 자들은 이마에 구멍이 뚫린 동료가 쓰러진 다음에야 정신을 차렸다.

동료가 어떤 수법에 당했는지, 그것은 나중에 알아봐도 되는 일. 노도인의 무서움을 모르는 그들은 일단 노도인을 죽이고 물건을 뺏기로 작정했다.

"이 늙은이가!"

"죽여!"

넷이 동시에 무기를 휘두르며 달려들자, 노도인이 손을 쫙 펼치며 흔들었다. 순간 노도인의 손가락 끝에서 영롱한 빛이 쭉 뻗어나갔다.

동시에 기괴한 웃음소리가 노도인의 누런 잇새에서 흘러나왔다.

"클!"

뒤이어 모래부대를 두들기는 소리가 나더니, 달려들던 자들이 일제히 뒤로 튕겨졌다.

퍼버버벅!

와장창! 털썩!

한 번 쓰러진 그들은 다시 일어서지 못했다. 이마에 구멍이 뚫리고 뇌가 곤죽이 된 상태. 즉사한 것이다.

"썩을 놈들. 식사도 못하게 하는군."

무사 다섯을 간단하게 죽인 노도인은 옆에 놓아두었던 보따리를 등에 매고 자리에서 일어났다. 보따리 안에는 네모난 곽이 들어있는 것 같았는데, 길이가 두 자 정도 되어 보였다.

그때 노도인과 사도무영의 눈이 마주쳤다.

사도무영은 노도인의 회색 눈에 떠오른 청광이 유난히 진하게 느껴진다는 생각이 들었다.

노도인은 사도무영을 보며 입꼬리를 비틀었다.

『인연이 여기서 끝날 것 같지는 않구나. 귀찮은 놈들이 몰려오기 전에 그만 가야겠다. 다음에 보자, 어린놈아.』

그러고는 곧장 객잔을 빠져나갔다.

사도무영은 노도인이 완전히 시야에서 사라질 때까지 눈을 떼지 않았다.

그때 사도관이 질린 표정으로 말했다.

"정말 굉장한 고수구나."

자신도 절정의 경지에 이른 고수다. 하지만 객잔에 쓰러져 있는 다섯 중 하나도 노도인처럼 간단하게 죽일 자신이 없었다.

사도무영은 노도인이 예상보다 훨씬 강한 고수라는 것도 놀라웠지만, 그보다는 전음의 내용에 신경이 쓰였다.

'귀찮은 놈들이 몰려온다고? 아무래도 안 되겠어.'

더 이상 객잔에 있으면 엉뚱한 일에 휘말릴지도 모르는 일. 사도관을 재촉했다.

"아버지, 음식을 싸가지고 나가지요?"

사도관도 시체를 옆에 두고 음식을 먹을 정도로 비위가 좋은 사람은 아니었다.

"그러자. 사람이 죽은 데서 뭘 먹겠냐?"

의외라면 조화설과 유모였다.

두 여인은 다섯 사람이 죽어 널브러져 있는데도 그리 놀라지 않았다.

오히려 유모는, 사도무영이 음식을 싸서 나가자는 말에 주방으로 가서 유지를 얻어오는 침착함을 보여주었다.

 사도관 일행이 유지에 음식을 싸서 객잔을 나선 지 일각이 지날 즈음 두 사람이 객잔으로 들어섰다.

한 사람은 덩치가 컸고, 한 사람은 그 반쪽밖에 되지 않았다. 나이는 쉰이 넘은 것처럼 보였는데, 똑같이 핏빛의 붉은 옷을 입고 있었다.

"젠장, 겨우 꼬리를 잡았는데 또 놓쳤군."

"눈치가 귀신같은 늙은이라 잡으려면 쉽지 않을 거다. 그래도 목적지를 아는 이상 우리 손을 벗어나지는 못할 게야."

덩치 큰 혈의인이 죽어 있는 다섯 사람을 보더니 조소를 지었다.

"멍청한 놈들. 그 늙은이가 어떤 괴물인지도 모르고 무작정 달려들다니."

"크크크, 그 늙은이의 무서움을 아는 사람이 천하에 몇이나 되겠느냐?"

누 혈의인이 주거니 받거니 말을 하고 있는데 한 사람이 더 객잔으로 들어섰다. 대꼬챙이처럼 마른 노인이었다.

"흐흐흐, 쌍혈, 그럼 네놈들은 그 늙은이를 이길 자신이 있더냐?"

키가 작은 혈의인이 냉랭히 말했다.

"함부로 말하지 마라, 죽마(竹魔)."

죽마라 불린 노인은 피식 웃으며 널브러져 있는 무사들의 머리를 발로 밟아서 굴리며 이마에 난 구멍을 살펴보았다.

"정말 무섭군. 대체 어떤 지공이기에 이런 위력을 발휘한단 말인가?"

키가 작은 혈의인, 단혈마(短血魔)가 눈살을 찌푸리며 말했다.

"혹시 십대지공 중 하나라는 멸혼지(滅魂指)가 아닐까?"

죽마라는 노인이 턱을 쓰다듬으며 고개를 끄덕였다.

"그럴지도 모르지. 좌우간 한 가지만은 분명한 것 같군. 우리가 함께 손을 쓰지 않으면 잡기 힘들다는 것 말이야."

"그래서 네놈을 놔두고 있는 것이지."

"후후후, 어쨌든 물건을 회수한 다음에 보자고. 어디 놈을 또 쫓아볼까?"

1.

사도관 일행은 방성에서 머물지 않았다.

조화설의 말대로, 추적해 오는 자들이 포기하지 않을 거라면 방성에 머무르기에는 너무 위험했다. 힘들어도 밤길을 재촉하는 수밖에.

다행히 조화설과 유모도 반대하지 않았다. 그녀들은 적이 집요하게 추적하는 이유를 누구보다 잘 알고 있는 사람들. 하루 잠을 자지 않더라도 더 멀리 벗어나기를 원했다.

방성에서부터는 내공을 회복한 유모가 조화설을 업었다.

사도무영은 조금 아쉬웠지만, 표정을 드러내지는 않았다.

사도관도 왠지 어깨가 허전했다.

'약기운이 약했나 보군.'

유모가 산공독의 기운을 빨리 몰아낸 것은 약기운이 약해서가 아니었다.

그녀가 방심하지만 않았다면 사도관 부자가 굳이 산적들과 싸울 필요도 없었다. 산적들은 모두 그녀에게 죽었을 테니까.

비록 사도관에게는 뒤지지만, 유모의 공력은 그가 생각했던 것보다 높았던 것이다.

그렇게 방성을 나선 사도관과 사도무영은 그녀의 실력을 시험해 볼 겸 속도를 조금씩 높였다.

유모는 조화설을 업고서도 지친 기색 없이 뒤를 따라갔다.

쉬지 않고 오십여 리를 동쪽으로 이동하자 동남쪽으로 꺾어지는 넓은 계곡이 나왔다.

일행은 물을 따라 계곡 안쪽으로 들어갔다. 계곡을 따라 난 길이 잘 다듬어져 있는 걸로 봐서 남쪽으로 통하는 길이 있을 법했다.

그렇다면 고개를 넘는 것이, 산을 끼고 북쪽으로 빙 돌아서 가는 것보다 훨씬 빠를 것이었다. 혹시 모를 추적자도 피할 수 있을 테고.

한데 달빛과 별빛을 벗 삼은 그들이 계곡을 따라 십 리 정도 들어갔을 때였다. 사도관이 먼저 흠칫하며 걸음을 멈추고, 뒤이어 사도무영의 표정도 딱딱하게 굳어졌다.

그때 나직한 웃음소리가 계곡에 나직이 메아리쳤다.

"킬킬킬, 사경이 넘은 밤중에 산길을 걷다니, 뭐하는 놈들이지?"

사도관과 사도무영은 조화설과 유모를 보호하는 자세를 취하며 몸을 돌렸다.

세 사람이 어둠속에서 모습을 보이더니, 사도관 일행을 향해 다가왔다.

키가 사도무영보다 머리 하나는 큰 자, 그의 반밖에 안 되어 보이는 자, 그리고 대꼬챙이처럼 빼빼 마른 노인. 쌍혈과 죽마였다.

사도관은 그들을 보며 박도를 든 손에 힘을 주었다.

자신들은 추적을 받고 있는 상황, 매사에 조심해야 했다.

"누구시오?"

죽마가 사도관을 향해 다가가며 물었다.

"그건 알 것 없고……. 혹시 늙은 도사 하나 못 봤느냐?"

사도무영의 뇌리에 퍼뜩 노도장의 말이 떠올랐다.

'귀찮은 놈들이 몰려온다더니, 이 사람들인가?'

한편으로는 자신들을 쫓는 추적자들이 아니라는 것에 안도했다.

그때 사도관이 굳은 표정으로 대답했다.

"보지 못했소."

"그래?"

여자 앞에서 약한 모습을 보이는 것은 마누라 하나면 충분하다

단혈이 짧게 말하며 사도관 일행을 둘러보았다.

"가족인가? 그 칼을 보니 산적놈들 칼처럼 생겼는데, 설마 저 계집들을 납치한 것은 아니겠지?"

"칼은 산적에게 빼앗은 것일 뿐이오. 저 여인들도 납치당한 것이 아니니, 신경 쓰지 말고 가실 길이나 가시구려."

죽마는 유모와 조화설을 끈적끈적한 눈빛으로 바라보았다.

"이제 보니 계집들의 미색이 보통이 아니군. 아무래도 수상해. 저런 계집들이 왜 이 시간에 산길을 걷는 거지?"

"그건 귀하가 관여할 일이 아닌 거 같소만?"

"흠, 그래도 세상일이란 또 모르는 일. 일단 네놈을 잡아놓고 물어보면 진실을 말해줄지도 모르지. 흐흐흐……."

대꼬챙이 같은 노인이 음흉한 웃음을 흘리며 유모와 조화설의 위아래를 훑어본다.

사도관은 어렴풋이 죽마의 의도를 눈치채고 눈을 부라렸다.

"이 영감태기가 노망이 들었나?"

"흐흐흐, 그 늙은이를 잡지 못해서 그러잖아도 울화가 쌓였는데 잘 됐군."

"이 사악한 늙은이가 완전 미쳤구나!"

"네놈에게는 흥미가 없으니 그만 뒈져라."

죽마가 스윽 미끄러지듯 나아가며 사도관의 목을 향해 손을 뻗었다.

순식간에 거리가 좁혀지는가 싶더니, 쇠갈고리 같은 손가락이 사도관의 목덜미를 향해 떨어져 내렸다.

사도관은 죽마의 손가락이 목으로 날아들자, 침착하게 한 걸음 물러서며 박도를 휘둘렀다.

죽마는 손목을 비틀어 박도를 쳐냈다.

따당!

손가락과 칼이 부딪친 소리라 하기엔 믿을 수 없을 만큼 강한 쇳소리가 났다.

"헛! 이놈이……!"

뒤로 한 걸음 밀려난 죽마의 눈이 쭉 찢어졌다. 박도를 튕겨 내기는커녕 자신이 오히려 밀려났다.

때마침 들려오는 쌍혈마의 비웃음소리.

"그깟 촌놈 하나 처리 못하고, 꼴좋군."

죽마는 살광을 번들거리며 사도관을 노려보았다.

"찢어죽일 놈. 곱게 죽여주려고 했더니 스스로 화를 부르는구나."

사도관도 지지 않고 소리쳤다.

"흥! 다 늙어 곧 죽을 놈이 어디서 헛수작이냐?"

"이놈!"

죽마는 시퍼렇게 변한 손가락을 치켜들고 사도관을 덮쳤다.

사도관은 비천검 이십칠식을 박도로 펼치며 죽마의 공세를 막아냈다.

쩌저정! 떠덩!

순식간에 십여 초가 흐르며 막상막하의 접전이 벌어졌다.

사도관이 죽마의 공세를 조금도 밀리지 않고 막아내자, 쌍혈마의 입가에 떠올랐던 비웃음이 서서히 사라졌다.

덩치 큰 거혈마(巨血魔)가 옆구리에 끼어 놓았던 도끼를 뽑으며 말했다.

"형, 빨리 죽이고 그 늙은이를 잡으러 가죠."

단혈마는 고개를 끄덕이며 뒷짐 진 손을 풀었다.

"아무래도 그래야 할 것 같다."

사도관과 죽마의 싸움을 초조한 표정으로 지켜보던 사도무영은 이를 지그시 악물었다.

과연 자신이 저 두 사람을 막아낼 수 있을까?

아버지가 상대하고 있는 자 못지않게 강해 보이는 자들이다. 그것도 둘이나 된다.

그렇다고 물러서서 도주할 수도 없는 일.

사도무영은 직배도를 쥔 손에 힘을 주고 쌍혈마를 노려보았다. 긴장되는 와중에도 은근히 화가 났다.

'집 나온 지 하루 조금 넘었을 뿐인데, 이게 무슨 꼴이야?'

세상에 나가면 즐거운 일만 있을 거라 생각한 건 아니었다.

하지만 이렇게까지 힘들 줄은 생각도 못했다.

자신의 출도를 기다렸다는 듯 가는 길마다 일이 터진다. 귀마궁의 추적을 받는 것만으로는 모자랐는지, 이제 절정고수와 싸워야 할 판이다.

하늘이 시샘하는 건가?

'예쁜 여자와 함께 길을 가서 좋아했더니……'

그때 가까이 다가온 단혈마가 고개를 모로 꼬고 말했다.

"응? 이제 보니 새카맣게 어린놈이잖아?"

마음이 꼬인 사도무영이 툭 쏘아붙였다.

"그래도 노인장보다는 큽니다."

"흥! 애새끼가 어디서! 아직 물건도 안 영글었을 놈이……."

"걱정 마요. 장가갈 정도는 되니까."

단혈마의 눈초리가 역팔자로 꺾였다.

"뭐 이런 놈이 다 있어?"

도끼를 든 채 성큼성큼 사도무영에게 다가온 거혈마가 말했다.

"내 눈엔 네놈도 작아."

"덩치 큰 사람치고 영리한 사람 없다던데, 노인장은 어떨지 모르겠군요."

어차피 입을 연 김에 그냥 해본 소리였다. 한데도 거혈마는 뭔가 마음에 걸리는 게 있는지, 움찔하며 단혈마를 내려다보았다.

단혈마는 동생의 우매한 행동에 왈칵 짜증이 났지만, 지금은 그 일로 동생을 야단칠 때가 아니었다.

"일단 죽여 놓고 보자."

"어, 알았어, 형."

거혈마는 황소보다 더 큰 눈을 부라리며 도끼를 들어올렸다.

사도무영도 바짝 긴장한 채 도를 들어 거혈마를 가리켰다.

십 년 동안 무공을 익혔다. 나름 자신감도 있었다. 아버지도 그렇고, 어머니 역시 아마 자신의 나이 또래에선 대적할 자가 거의 없을 거라는 말을 했으니까.

하지만 고슴도치도 제 새끼는 예뻐 보인다 하지 않던가? 그 말을 다 믿지는 않았다.

더구나 실전을 경험해 본 것은 산적들과 싸운 것이 전부였다.

물론 장원에서도 일급 호위무사들과 가끔 비무를 하긴 했다. 그러나 그것은 말 그대로 비무일 뿐이었다. 삶과 죽음을 넘나드는 생사투와는 본질 자체가 다른 비무.

그들이 장주의 아들인 자신과 비무하면서 전력을 다했을까? 다칠지 모르는데? 그랬다가는 어머니에게 맞아죽을지 모르는데?

자신이 아는 한, 천보장에 그런 배짱이 있는 사람은 아무도 없었다. 그러니 자신이 정말 강한 것인지 확신이 안 설 수밖에.

'후우…….'

속으로 길게 숨을 들이쉰 사도무영은 공력을 끌어올려 칼에 주입했다.

상대의 무기는 중병인 거부(巨斧). 어지간해선 맞받아치기도 힘들 터였다.

순간, 도신을 타고 옅은 도기가 흘렀다.

"어? 이 자식, 제법인데?"

단혈마가 정말 놀랐다는 표정을 지으며 한소리 했다.

거혈마도 도끼를 고쳐 잡고 신중하게 허리를 숙였다. 조금 전과 달리, 둔해 보이던 그의 몸에서 투기가 발산되며 적을 맞이한 곰처럼 변했다.

사도무영은 갑자기 변한 거혈마에게서 압박감을 느꼈지만, 그 덕에 오히려 마음이 편해졌다.

강약을 떠나서, 상대의 능력을 알고 싸우는 게 모르는 것보다는 나았다. 그에 맞게 대처하면 될 테니까.

다만 문제는 한 사람이 더 있다는 점이었다.

유모가 어느 정도 견딜 수 있을까?

자신이 잘못 안 게 아니라면, 십 초 이상은 바랄 수 없을 것 같았다.

"차앗!"

결국 사도무영은 기합을 내지르며 선공을 취했다. 조금이라도 유리한 상황을 만들기 위해서.

어둠이 깔려 있는 상황. 잘하면 뜻밖의 효과를 볼지도 몰랐다.

거혈마는 급히 도끼를 휘두르며 사도무영의 공격을 막아냈다.

쩌정! 콰광!

미련해 보이는 체구와 달리 거혈마의 움직임은 곰보다 훨씬 빨랐다.

그는 눈 깜짝할 사이 펼쳐진 사도무영의 오 초 공격을 한 걸음도 물러서지 않고 받아냈다.

사도무영은 중도(重刀)인 붕산도(崩山刀)와 쾌도(快刀)인 섬전도(閃電刀)를 적절히 섞어 펼쳤다.

장원의 호위무사들에게 심심풀이로 배운 도법이었다. 절기라 할 수는 없지만, 그래도 장점만 취해서 쉴 새 없이 펼치니 거혈마도 쉽게 반격을 가하지 못했다.

번뜩이는 도영이 어둠을 가르며 폭포수처럼 쏟아졌다.

도끼도 점점 더 위세를 보이며 도세의 그물을 갈랐다.

콰광! 쩌저저정!

병장기 부딪치는 소리가 귀청이 따가울 정도로 메아리치며 계곡을 흔들었다.

십여 초가 지나자 사도무영의 이가 악물렸다.

미련해 보이는 덩치는 괴물처럼 힘이 강했다. 공력도 자신보다 높았다. 공력을 구성이나 끌어올렸는데도, 도와 부가 연속적으로 부딪치자 손은 물론 어깨까지 저릿했다.

선공의 득마저 없었다면 연신 물러나기에 바빴을 터. 사도무영은 마음이 다급해졌다.

이길 수 있으면 좋겠지만, 천운이 따르기 전에는 힘들 것 같다.

'아버지가 저 대꼬챙이 같은 자를 물리칠 때까지는 견뎌야 해!'

사도관과 죽마의 싸움은 미세하나마 사도관이 우세를 점하고 있었다. 당장 결판이 나지는 않겠지만, 그대로만 진행된다면 사도관이 이길 것 같았다. 반쪽짜리 혈의인이 끼어들지만 않는다면.

한데 재수 없는 예상은 잘 들어맞는다더니, 죽마가 불리해지고 거혈마조차 바로 사도무영을 처리하지 못하자, 단혈마가 혀를 차며 움직였다.

"쯔쯔쯔, 그런 실력으로 그 늙은이를 잡겠다고? 어리석은 놈."

단혈마는 꼬챙이처럼 생긴 검을 빼들고 사도관과 죽마가 싸우는 곳으로 다가갔다. 애비 되는 놈만 처리하면 어린놈은 문제 될 것이 없었다.

'크크크, 잘하면 오늘 회춘할 수 있겠군. 낄낄낄.'

조화설을 보호하고 있던 유모가 소리쳤다.

"대협! 조심하세요!"

사도관도 단혈마가 접근하는 것을 알고 있었다.

초조한 마음이 든 그는 비천검 대신 사문의 절기인 천화검을 펼치며 죽마를 몰아붙였다.

여자 앞에서 약한 모습을 보이는 것은 마누라 하나면 충분하다

그 바람에 죽마만 죽을 맛이었다.

낮짝만 반반할 뿐 별로 강할 것 같지 않았는데 그게 아니었다.

그는 자존심이 상했지만, 꾹 참고 사도관이 방심할 때만 기다렸다. 그런데 단혈마가 다가오자, 방심은커녕 더욱 강한 공격이 무지막지하게 쏟아지는 것이 아닌가.

'저 빌어먹을 놈 때문에……!'

단혈마는 죽마의 사정을 알아주지 않았다. 알아줄 생각도 없었고.

그는 사도관의 측면을 공격해 들어갔다.

협공하는 것쯤은 조금도 비겁하게 생각하지 않았다. 목적을 위해서라면 더 비겁한 짓도 얼마든지 할 수 있었다.

사도관으로선 한 사람이라면 몰라도 두 사람은 무리였다. 더구나 어둠 속에서의 공격이라 막아내기가 더욱 힘들었다.

일순간에 사도관의 손발이 어지러워졌다.

사오 초가 지나는 사이 서너 군데 옷이 찢겨지고, 피마저 보이기 시작했다.

사도무영은 아버지가 위험에 처한 걸 보고 분노가 끓어올랐다.

절정고수라는 자들이 아무렇지도 않게 합공을 하다니! 자존심도 없단 말인가!

"비겁하게 합공을 하다니!"

버럭 소리친 그는 젖 먹던 힘까지 모조리 끌어올렸다.

상대가 자신보다 강하다는 걸 모르지 않았다. 하지만 이길 방법이 없는 것은 아니었다. 최소한 머리 쓰는 것은 자신이 나을 테니까.

그는 폭풍처럼 도를 휘두르며 거혈마를 공격했다.

거혈마가 자신 있게 도끼를 휘둘러 도를 막는 순간, 사도무영은 발에 밟힌 자갈 하나를 차올렸다.

주먹 절반 크기의 자갈은 정확하게 거혈마의 무릎을 때렸다.

빡!

자갈에 맞았다 해서 꿈적할 거혈마가 아니었다. 몽둥이로 맞아도 웃을 수 있는 그였다.

문제는 자갈이 때린 부위였다.

느닷없이 날아든 자갈이 무릎을 때리자, 거혈마의 다리가 반사적으로 움찔했다. 동시에 중심이 흔들리고 수비에 틈이 보였다.

비록 미미한 틈이었지만, 고수들 간의 대결에서 그 차이는 결코 작지 않았다.

그 상황을 예상하고 있던 사도무영은 거혈마의 수비에 틈이 보이자, 그 즉시 달려들며 틈 사이로 칼을 밀어 넣었다.

"어어!"

대경한 거혈마가 주춤거리며 물러섰다.

여유가 생긴 사도무영은 거혈마를 놔둔 채 사도관이 있는 곳으로 신형을 날렸다.

서너 걸음 물러섰던 거혈마도 곧장 사도무영의 뒤를 쫓아 땅을 박찼다.

"이리 안 와!"

단혈마는 사도무영이 뒤에서 달려들자, 몸을 틀며 옆으로 두어 걸음 비켜섰다. 그사이 사도무영은 사도관의 옆에 나란히 섰다.

그때부터 싸움의 양상이 조금 달라졌다.

이 대 삼의 싸움.

사도관과 사도무영이 불리한 것은 분명했지만, 당장 표가 날 정도로 밀리지도 않았다. 서로의 무공을 잘 아는 까닭이었다.

한편, 조화설을 업고 있던 유모는 다섯 사람이 싸우는 사이 조금씩 뒤로 물러났다.

사도관 부자는 그녀가 짐작했던 것보다 훨씬 강했다. 그러나 적들을 물리칠 수 있을 정도는 되지 못했다.

싸움에 끼어들 실력이 되지 못하는 그녀가 선택할 수 있는 방법은 오직 하나였다.

상황이 불리하다 싶으면 도망가는 수밖에.

'정말 죄송합니다, 대협!'

사도관 부자를 놔두고 도망가는 게 비겁한 일이긴 하지만 하는 수 없었다. 그녀에게는 사도관 부자의 목숨보다 조화설의 안전이 백 배 더 중요했다.

그리고 어쩌면, 그녀와 조화설이 도망가는 게 사도관 부자에게도 나을지 몰랐다. 자신들만 없으면 도망갈 수 있을 테니까.

"아가씨, 저를 꼭 잡으세요."

조화설은 유모의 말뜻을 알면서도 말리지 못했다.

자신의 어깨에 얼마나 무거운 짐이 실려 있는지 누구보다 잘 아는 것이다.

단혈마가 유모의 생각을 간파한 것은 이십여 초가 흘렀을 무렵이었다.

"죽마! 내 아우와 이놈들을 맡아라!"

냉랭히 소리친 단혈마는 유모와 조화설이 있는 곳을 향해 몸을 날렸다.

그냥 지나쳐도 되는 걸 왜 싸우는데? 저 계집들 때문이 아닌가?

"저것들이 누구를 바보로 만들 일 있나!"

사도관과 사도무영은 마음이 다급해졌지만, 죽마와 거혈마에게 잡혀서 옴짝달싹 할 수가 없었다.

"빨리 도망가요!"

사도무영이 소리쳤다.

유모는 단혈마가 달려오는 것을 보고 즉시 뒤로 돌아서 달렸다. 하지만 조화설을 업은 그녀가 떨치기에는 단혈마의 움직임이 너무 빨랐다.

"킬킬킬, 어딜 도망치려고!"

단숨에 거리를 삼 장까지 좁힌 단혈마가 킬킬거리며 유모를 향해 손을 뻗었다.

유모는 홱 돌아서며 일장을 쳐냈다.

"죽어!"

"어림없는 짓!"

단혈마는 유모의 일장을 직접 맞받아쳤다. 한 번에 제압할 요량으로 구성의 공력을 실어서.

펑!

"흐읍!"

유모는 억눌린 신음을 토해내며 뒤로 튕겨지듯이 밀려났다.

"제법이다만, 네년은 절대 내 손을 벗어날 수 없다. 크크크."

별 충격을 받지 않은 듯 단혈마는 음흉한 웃음을 지으며 유모를 향해 발을 내딛었다.

가까이서 보니 눈이 돌아갈 정도로 예쁜 계집들이었다. 조화설은 물론이고 유모 역시.

더구나 삼십 대의 풍만함이 느껴지는 유모는 그의 욕망을 끓어오르게 하고도 남았다.

"말만 잘 들으면 죽이지 않을 것이니 걱정 마라."

한 걸음에 이 장을 좁힌 단혈마는 유모를 향해 손을 내밀었다.

유모는 일장 격돌의 충격으로 속이 울렁거리고 어질어질했지만, 이를 악문 채 뒤로 물러났다.

그때 문득, 눈앞에 누군가가 어른거리는 것처럼 느껴졌다.

단혈마가 코앞까지 다가왔다 생각한 그녀는 혼신을 다해 두 손을 휘둘렀다.

"멈춰요, 유모!"

조화설이 소리쳤다. 하지만 이미 뻗어나간 손을 거두기에는 늦은 상태. 대신 그녀는 공격 방향을 최대한 비틀었다.

동시에 둔중한 충돌음이 들렸다.

쿵!

유모는 이제 끝인가 하는 절망감에 비틀거리며 물러났다.

한데 이상하게도 아무런 충격이 느껴지지 않았다.

아니 충격을 받기는커녕 오히려 사악한 늙은이가 얼굴을 일그러뜨린 채 물러나는 것이 아닌가?

"뒤로 멀찌감치 물러나 있게나."

그때 카랑카랑한 목소리가 들려왔다.

유모는 뭔가 상황에 변화가 생겼음을 직감하고 오 장가량 물러났다.

그제야 한쪽에 서 있는 노인이 보였다. 객잔에서 무사 다섯을 한순간에 해치웠던 바로 그 노도장이었다.

사도무영은 객잔에서 봤던 회의도복의 노도장이 나타난 것을 알고 전력을 다해 거혈마의 공세를 막았다.

일류 무사 다섯을 단숨에 제거한 노도장이다. 그러면 땅딸막한 노마를 충분히 상대하고도 남음이 있었다.

아버지와 둘이서 덩치와 대꼬챙이만 막으면 되는 상황. 그 정도라면 해볼 만했다.

거꾸로 당황한 것은 거혈마와 죽마였다.

노도장, 망혼진인(亡魂眞人)은 단혈마 혼자서 상대할 수 있는 사람이 아니었다.

오죽하면 셋이 손을 잡았을까.

거혈마가 먼저 미친 듯이 도끼를 휘둘렀다.

"비켜!"

사도무영이 그의 도끼를 맞받고 두어 걸음 물러서자, 거혈마는 물러서는 사도무영을 놔두고 단혈마가 있는 곳으로 달려갔다.

그 바람에 혼자 남게 된 죽마만 마음이 다급해졌다.

팽팽한 접전 중에 혼자만 빠져나가면 남은 사람은 어떻게 하란 말인가.

'내가 저런 멍청한 놈들과 손을 잡은 게 잘못이지!'

그는 비장의 무공인 청죽마혼조로 사도관의 공세를 막았다.

따다당!

사도관은 시퍼런 손가락이 어른거리자 도를 휘두르며 한 걸음 물러섰다.

그사이 뒤로 빠진 죽마는 땅을 박차고 거혈마의 뒤를 따라갔다.

사도관과 사도무영은 진기를 다스릴 틈도 없이 그들의 뒤를 쫓아갔다.

숨이 턱까지 차올랐고, 몸 여기저기 부상을 입었지만 움직이지 않을 수 없었다.

유모가 부상을 입은 상태. 노도장과 세 노마가 싸우는 와중에 무슨 일이 벌어질지 몰랐다.

하지만 세 노마는 무리할 생각이 없었다. 망혼진인만 상대하는데도 세 사람이 전력을 다해야 하거늘, 찰거머리 같은 두 놈이 달려오고 있었다.

죽마가 거혈마와 함께 망혼진인을 공격하며 소리쳤다.

"이봐! 일단 벗어나자고!"

단혈마도 상황이 불리하다는 걸 모르지 않았다.

"웅귀야, 가자! 나중에 보자, 망혼!"

그가 몸을 빼자 거혈마도 곧장 어둠 속으로 몸을 날렸다.

"형! 같이 가!"

죽마도 뒤로 물러서려 했다. 한데 단혈마가 갑자기 몸을 빼는 바람에 망혼진인의 지풍이 그를 향해 방향을 틀었다.

죽마는 일단 청죽마혼조로 망혼진인의 공격을 막고는, 한 발 늦게 신형을 날렸다.

망혼진인은 그들을 쫓지 않았다.

대신 바로 뒤까지 쫓아온 사도관이 버럭 소리치며 칼을 휘둘렀다.

"어딜 도망가는 거냐, 음흉한 늙은이들아!"

전력을 다한 그의 도에서 시퍼런 도기가 쭉 뻗는가 싶더니, 죽마의 뒤를 스쳤다.

"흡!"

죽마는 헛바람을 집어삼키며 정신없이 몸을 날렸다.

언뜻 그의 뒷모습을 보던 사도관이 통쾌한 웃음을 터트렸다.

"우하하하! 늙은이! 당분간은 앉아서 밥 먹기 다 틀렸구나!"

사도무영은 거친 숨을 몰아쉬는 와중에도 피식 웃었다.

아버지의 칼에서 뻗어나간 도기가 대꼬챙이 같은 노인의 엉덩이 부분 옷자락을 가르고 상처를 남긴 것이다.

멀리서 죽마의 분노에 찬 목소리가 들려왔다.

"나중에 만나면 절대로 용서치 않겠다, 이놈!"

사도관도 지지 않고 소리쳤다.

"나중에 만나자는 사람 하나도 안 무섭다, 이 음흉한 작자야! 칼이 똥구멍에 박히지 않은 걸 다행으로 알아라!"

사도무영은 사도관과 죽마가 주거니 받거니 말싸움을 하는 사이 망혼진인의 앞에 섰다.

숨도 거칠었고 작지 않은 내상을 입은 듯했지만, 기분은 그리 나쁘지 않았다.

누군가를 지켜주었다는 것에 가슴이 뿌듯했다. 또한 고수라는 자와 생사를 건 싸움을 벌이고도 크게 밀리지 않았다는 사실에 나름 자신감도 생겼다.

사도무영은 거친 숨을 가라앉히고 망혼진인을 향해 고개를 숙였다.

"고맙습니다, 노도장님."

망혼진인이 사도무영을 지그시 응시하며 물었다.

"몸은 괜찮으냐?"

"견딜 만합니다."

사도무영은 짧게 대답하고 사도관을 바라보았다.

"아버지, 지혈부터 하세요."

사도관은 어깨를 으쓱하며 자신의 몸을 둘러보았다.

옷자락이 찢어진 곳에서 피가 제법 많이 배어나오고 있었다.

그는 피가 많이 나오는 팔과 허벅지 쪽 혈도를 눌러 일단 피가 흘러나오는 것부터 막았다.

그때 조화설과 유모가 다가왔다. 달빛 아래 비친 두 사람의 얼굴은 창백했지만, 표정은 차분하게 가라앉아 있었다.

"정말 감사합니다, 도장님."

조화설과 유모는 허리를 숙여 고마움을 표했다.

망혼진인은 손을 저으며 카랑카랑한 목소리로 말했다.

"내게 감사해 할 것 없다. 어차피 놈들은 나에게도 골칫거리여서 언제고 부딪칠 놈들이었으니까. 그대가 진정으로 고마워해야 할 사람은 저 두 사람이다."

억양이 하남의 말투와 많이 달라서 매몰차게 느껴질 정도였다.

망혼진인은 그렇게만 말하고 사도무영을 향해 고개를 돌렸다.

『또 만나게 된다면, 내가 너에게 뭔가를 묻게 될 것이다. 심사숙고해서 답하도록 해라.』

그는 의미 모를 전음을 사도무영에게 보내고는, 대답도 듣지 않고 허공으로 떠올랐다.

"도장님!"

사도무영이 불렀지만, 이미 망혼진인은 어둠 속으로 녹아든 후였다.

"허, 그 양반, 성질도 급하네."

사도관이 어둠을 쳐다보며 투덜거렸다.

그때 옆으로 다가온 유모가 사도관 앞에 무릎을 꿇었다.

"조금 전…… 은인께 죄를 지었습니다, 대협. 용서해 주십시오."

유모의 말에 사도관은 어리둥절한 표정을 지었다.

"뭘……? 아! 아까 떠나려 했던 것 말이오? 사실 먼저 떠나라고 했어야 하는데, 그 꼬챙이 같은 늙은이가 워낙 악착같아서 말할 틈이 없었지 뭐요. 그러니 그 일은 조금도 미안해할 필요가 없소이다. 어서 일어나시오."

사도무영도 신경 쓸 것 없다는 듯 말했다.

"그건 아버지 말이 맞아요. 너무 마음 쓰지 마세요."

유모는 사도관을 향해 다시 한 번 고개를 숙였다.

"감사합니다, 대협."

고개를 들고 몸을 일으킨 그녀는 사도관의 피로 물든 몸을 보더니 앞으로 나섰다.

"제가 상처를 봐드릴 테니 일단 앉으세요, 대협."

유모가 나서서 상처를 손봐주겠다고 하자, 사도관의 눈빛이 반짝 빛을 발했다. 말은 좀 달랐지만.

"이 정도야 뭐 나 혼자 해도……."

"혼자 하시려면 쉽지 않을 것입니다. 부담 갖지 마시고 제게 맡기세요."

사도관은 사도무영을 바라보았다.

"무영이에게 부탁해도 되는데……."

사도무영은 슬그머니 고개를 돌렸다.

"아무래도 운기를 해야겠어요, 아버지. 그 곰 같은 사람의 도끼가 어찌나 강한지 내상을 입은 것 같거든요."

'제가 해드린다고 하면 원망할 것 같은 표정인데요?'

속으로야 그렇게 생각했지만, 말로 해서 아버지의 자존심을 건들지는 않았다.

여자 앞에서 약한 모습을 보이는 것은 마누라 하나면 충분하다

"험, 그럼 부탁하겠습니다."

사도관은 머쓱한 표정을 지으며 자리에 앉았다.

급하게 손 볼 곳은 세 군데였다. 왼팔과 등, 그리고 오른쪽 허벅지.

유모는 치마를 찢어 피를 닦아낸 후 팔과 등의 상처를 싸맸다. 그리고 허벅지의 피를 닦아냈다.

피를 닦아낸 그녀가 치마를 찢은 천조각으로 상처를 싸매려 하자, 사도관이 다급히 입을 열었다.

"자, 잠깐만. 다리는 내가 직접 하겠소."

정강이라면 맡길 수도 있었다. 하다못해 무릎 부근만 되어도.

그러나 허벅지는 달랐다. 상처가 너무 위쪽에 나 있었다. 비록 피를 닦기 위해서였지만, 유모의 손길이 닿자, 지혈해 놓았던 핏줄이 당장 터질 것만 같았다.

아니 허벅지의 핏줄보다 심장이 먼저 터질지도 몰랐다.

유모는 치마를 찢은 천을 앞에 놓고 뒤로 조금 물러났다.

사도관의 마음을 알았는지, 창백한 그녀의 얼굴에 옅은 홍조가 떠올랐다.

곁눈질로 그 모습을 바라보던 사도관은, 유모가 고개를 들자 급히 말했다.

"그보다는 내상을 입은 것 같은데, 당신도 운기를 해서 몸을 다스리시구려."

"예……. 대협께서도……."

사도관은 다시 한 번 머쓱하니 씩 웃고는 허벅지의 상처를 천으로 싸맸다.

세 사람이 운기를 마친 것은 근 반시진이 다 지나서였다.

마지막으로 운기를 마친 사람은 사도관이었다. 그는 몸을 몇 번 틀어보고는 자리에서 일어났다.

"일단 여기를 벗어나고 봅시다. 무영아, 가자."

사도무영은 혹시나 망혼진인이 돌아오지나 않을까 기대했었다. 하지만 반시진이 다 되도록 돌아오지 않자, 기다려봐야 소용없다는 것을 알고 사도관의 말에 순순히 따랐다.

"예, 아버지. 가요."

사도무영이 앞장서자 조화설과 유모가 뒤를 따라갔다. 사도관도 바닥에 떨어져 있는 칼을 주워들고 걸음을 옮겼다.

삼 장 정도 떨어져서 유모의 뒤를 따라가던 사도관은 고개를 갸웃거렸다.

'참 이상하단 말이야. 왜 여자는 저렇게 엉덩이를 흔들면서 걸어가는 거지?'

흔드는 게 아니다. 흔들리는 것일 뿐.

이유야 어쨌든, 보기 싫은 모습은 아니었다.

사도관은 두어 번이나 튀어나온 돌부리에 걸려 중심을 잃을 뻔했지만, 절정의 고수답게 재빨리 중심을 잡고 뒤를 따라갔다. 시선은 여전히 유모에게 둔 채.

한데 언제부턴가, 유모의 뒷모습을 바라보며 느긋이 따라가던 사도관이 걸음을 조금씩 늦추기 시작했다.

시선도 유모의 뒷모습에서 벗어나 길 양편을 번갈아 오갔다.

'뭐, 뭐지?'

지네가 등줄기를 타고 꿈틀거리며 기어가는 기분.

신경이 바짝 곤두선 사도관은 공력을 끌어올리고, 주위의 사소한 변화 하나도 놓치지 않으려 정신을 집중했다.

그때 문득 이상한 생각이 들었다.

'왜 이렇게 조용하지?'

조용해도 너무 조용했다. 문제는 단순히 조용하기만 한 것이 아니라는 것이었다.

억눌린 고요.

짐승들도, 벌레도, 바람소리마저 무언가에 억눌린 것처럼 느껴졌다.

이마에서 땀이 한 방울 흘러내리더니 눈썹 위에 매달렸다.

사도관은 눈도 깜박이지 않고 이를 악물었다.

『무영아, 조금씩 빨리 걸어라. 유모, 자연스럽게 움직여서 조 소저를 업으시오. 아무것도 묻지 말고 내가 하라는 대로 하시오.』

그는 두 사람에게 전음을 보내고 박도를 쥔 손에 힘을 주었다.

개미 기어가는 소리가 미미하게 들려온다.

후방을 가득 덮은 채 수억 마리 개미가 밀려오는 듯하다.

물론 진짜 개미는 아닐 터였다.

귀마궁의 추적자들!

그놈들이 온 것이다.

'환장하겠군! 음탕한 늙은이들을 겨우 쫓아냈더니 이제 아주 떼거지로 오네. 집에서 괜히 나왔나?'

조금은 후회가 되었다. 마누라에게 기죽어 지내긴 했어도 목숨을 걸 정도는 아니었다.

하지만 후회한다고 해서 되돌릴 수도 없는 일. 일단은 살기 위해 최선을 다해야 했다.

그때 유모가 서두르지 않고 조화설을 업었다.

사도무영도 속도를 높이기 시작했다.

의문이 있을 텐데 자신의 말대로 묻지 않는다. 그만큼 자신을 믿고 있다는 말.

사도관도 마음을 다잡았다.

'아냐, 아들도 있는데 내가 흔들리면 안 되지! 뭐 남자라면 한 번쯤 목숨 걸고 싸울 수도 있는 거 아니겠어? 그리고 내가 누구야? 전설의 문파 천화문의 당대 문주가 바로 나야, 나! 흥! 저깟 놈들 쯤이야……'

그랬다. 사도관은 백 년 전에 문을 닫은 것으로 알려진 천화문(天化門)의 당대 주인이었다. 비록 비전무공이 절전되어서 본문의 무공을 제대로 익히지 못한 반쪽짜리 문주지만.

 이를 악물고 박도를 움켜쥔 사도관의 눈빛이 형형하게 빛났다.

 만일 이영영이 보았다면 '저 사람이 정말 내 남편이 맞나?' 할 정도로 변화된 모습이었다.

 그 즈음, 사도무영도 심상치 않은 기운의 접근을 느꼈다.

 자신들을 공격할 자들은 두 부류밖에 없다. 세 노마와 귀마궁의 추적자들.

 세 노마가 다시 찾아왔다면 저렇게 은밀하게 움직일 리 없다. 그렇다면 귀마궁의 추적자라는 말. 아버지가 걱정되었다.

 '적어도 수십 명이 왔을 거다. 아버지 혼자서는 힘들어.'

 사도무영은 숨을 깊게 들이쉬고 도병을 움켜쥐었다.

 마침 저만치 어둠 속에 폭이 좁은 협곡이 보였다.

 넓이는 오륙 장가량 되어 보였는데, 높이가 십오륙 장은 됨직한 암벽이 대문의 기둥처럼 우뚝 서 있었다.

 협곡이 가까워지자 사도무영의 눈이 반짝 빛을 발했다.

 그는 빠르게 걷던 걸음을 다시 늦추고는, 유모와의 거리가 줄어들자 앞을 보면서 나지막하게 말했다.

 "먼저 앞서 가세요."

 유모는 아무 말도 하지 않고 사도무영을 지나쳐 앞으로 나섰다. 사도무영이 빠르게 말했다.

"쫓아오는 사람이 없다 싶으면 적당한 곳에 몸을 숨기고 기다리세요."

유모는 살짝 고개를 끄덕이고 걸음을 빨리 했다.

사도관이 사도무영의 생각을 눈치채고 다급히 전음을 보냈다.

『뒤는 걱정 말고 너도 가라, 무영아.』

적들이 점점 더 가까워진다. 계곡의 양쪽을 타고 넘어온 후 공격하려는 것 같다. 그 전에 아들을 최대한 멀리 보내야만 했다.

하지만 사도무영은 그 말을 따를 생각이 없었다.

조화설과 유모를 보호하는 것도 중요하지만, 아버지의 안전에 비교할 수는 없었다.

자신을 위해 혼자 적을 막고도 남을 아버지다.

그리 놔둘 수는 없었다.

'혼자보다는 둘이 나아요, 아버지.'

게다가 두 사람이 좁은 협곡을 막고 버티면, 적들도 유모와 조화설을 쫓기가 쉽지 않을 것이었다.

조화설을 업은 유모가 협곡을 완전히 지나가자, 사도무영은 걸음을 멈추고 뒤돌아섰다.

아버지가 십오륙 장 정도 뒤쳐져서 따라오고 있었다. 그리고 적은 아버지의 바로 뒤까지 다가온 상태였다.

여자 앞에서 약한 모습을 보이는 것은 마누라 하나면 충분하다

사도무영은 사도관이 다른 마음을 먹지 못하도록 소리쳐 불렀다.

"아버지! 빨리 와요!"

이제는 사도관도 어쩔 수 없었다. 그는 땅을 박차고 협곡을 향해 신형을 날렸다.

동시에 싸늘한 목소리가 어둠을 갈랐다.

"놈들이 눈치챘다. 잡아라!"

어둠으로 물든 숲속에서 검은 그림자들이 까마귀 떼처럼 날아올랐다.

대충 봐도 삼십 명은 되어 보였다. 역시나 귀마궁의 무사들이었다.

사도무영은 협곡 중간까지 들어간 후 다시 돌아섰다.

"아버지가 반을 맡아요!"

사도관은 그 말을 듣고 나서야 사도무영의 뜻을 눈치챘다.

"좋아! 해보자!"

그는 사도무영의 옆에 서서 적들이 협곡으로 들어오는 모습을 바라보았다.

귀마궁의 무사들은 조금도 망설이지 않고 협곡으로 들어왔다. 좁은 협곡이 마음에 걸리지만, 막고 선 사람은 기껏해야 둘에 불과하다. 망설일 이유가 없었다.

"이놈들! 지옥으로 보내주마!"

사도관이 소리를 내지르며 적들의 앞을 막았다.

무사들에게 밤의 어둠은 큰 지장이 되지 않는다. 눈으로 보는 것보다 본능으로, 기로 느끼는 것이 더 빠르니까.

하지만 사람이 많다 보면 그 기의 흐름을 느끼는 것이 쉽지 않다. 하수일수록 더욱 더 어려워진다. 한데 저들은 일반 무사, 자신보다 실력이 한참 떨어지는 하수다.

대낮에 싸우는 것보다 자신에게 유리한 상황.

사도관은 최대한 주위환경을 이용해서 적을 하나라도 더 처치할 작정이었다.

스스슥, 퍽! 서걱!

어둠 속에서 도광이 번뜩일 때마다 까마귀가 한 마리씩 바닥에 널브러졌다.

"크윽!"

"조심……. 컥!"

사도관은 산적을 처리할 때와 달리 도인(刀刃)을 사용했다. 사람 죽이는 것을 좋아하지는 않지만, 지금은 어쩔 수 없었다.

자신도 살아야 되고, 아들도 살아야 하니까.

사도무영도 혼신을 다해 적을 막았다.

세 노마와 싸운 지 얼마 되지 않는 터라 감각이 고조되어 있는 상태. 사도무영은 적에게 빈틈이 보일 때마다 추호도 망설이지 않고 칼을 그었다.

피가 튀고, 비명과 신음이 연이어 터져 나왔다.

이름 모를 계곡이 살광으로 뒤덮인 것은, 그야말로 순식간이었다.

그러나 귀마궁의 무사들도 순순히 당하고만 있지는 않았다.

화가 머리꼭대기까지 치솟은 엄우청의 목소리가 어둠속에서 울려 퍼졌다.

"놈들을 몰아붙여!"

능곡도 눈에 불을 켜고 소리쳤다.

"기껏해야 두 놈이다! 물러서지 마라!"

귀마궁의 무사들이 불나방처럼 달려들자 사도관과 사도무영은 조금씩 뒤로 물러섰다.

싸맨 상처가 다시 터져 온몸이 피로 물든 사도관은 아들이 걱정되는지 자신이 더 많은 적을 상대하려 했다.

사도무영도 피로 물든 아버지가 걱정되어서, 내상이 도진 상태에서도 도를 휘두르는 걸 멈추지 않았다.

그렇게 협곡의 중간지점까지 밀리는 사이, 두 사람은 귀마궁의 무사들을 대여섯 명 더 쓰러뜨렸다.

피를 뿜으며 쓰러지는 자, 비틀거리며 물러서는 자.

그들의 무기가 바닥에 떨어지며 날카로운 쇳소리가 귀청을 울린다.

쨍그랑. 따당.

순간, 눈을 반짝인 사도무영이 기합을 내지르며 도를 풍차처럼 휘둘렀다.

"이야앗!"

쉬쉬쉬쉭!

칼날에 바람이 갈라지고, 도광이 어지러이 춤을 췄다.

사도무영이 발광하듯이 칼을 휘두르자, 귀마궁의 무사들은 흠칫하며 두어 걸음 물러났다.

사도무영은 때를 놓치지 않고, 사도관을 부르며 발을 차올렸다.

"아버지!"

그의 발끝에 걸린 검 한 자루가 사도관 앞으로 튀어 올랐다.

사도관은 사도무영의 뜻을 눈치채고 오른손에 들린 박도를 힘껏 내던졌다.

패애애앵!

박도가 팔랑개비처럼 휘돌며 전면으로 날아가자, 귀마궁의 무사들이 대경하며 여름철 메뚜기처럼 뛰어 올랐다.

"조심해!"

"크악!"

"켁!"

두어 명이 박도에 맞아 가슴이 쩍 갈라지고 목이 반쯤 꺾였다.

사도관은 그 사이 사도무영이 발로 차올려준 검을 움켜쥐었다.

"이놈들아! 이제 본격적으로 해보자!"

사도무영도 사도관과 마찬가지로 칼을 내던졌다.

칼을 륜(輪)처럼 내던진 것은 뜻밖의 효과를 발휘했다. 두 사람이 던진 도에 네 명이 쓰러지고 두 명이 부상을 입은 것이다.

사도무영은 그 틈을 타 바닥에 떨어진 검을 하나 주워들었다.

비록 자신이 쓰던 검과 크기가 조금 달랐지만, 칼보다 훨씬 편안했다.

그때 엄우청이 욕을 퍼부으며 달려들었다.

"개자식들! 내 직접 토막을 내서 죽일 것이다!"

사도관이 달려드는 엄우청을 향해 검을 뻗으며 노성을 내질렀다.

"새파란 놈이 입에 걸레를 물었구나! 니 애비가 그리 가르치더냐!"

쩡! 쩌저정!

불꽃이 튀기며 어둠 속에서 상대의 얼굴이 환히 드러났다. 사도관이 다시 엄우청의 속을 긁었다.

"그 따위 실력으로 나를 어떻게 죽여? 가서 젖이나 더 먹고 와라, 어린놈!"

"이, 이……!"

엄우청은 핏대가 솟아 욕도 나오지 않았다.

아마 능곡이 말리지 않았다면, 둘 중 하나가 죽을 때까지 싸웠을 것이었다.

"이공자! 놈의 수작에 말려들지 마십시오!"

그는 능곡의 말을 듣고 나서 번쩍 정신이 들었다.

자신들의 목표는 어린 계집이지 앞에 있는 놈들이 아니었다.

그런데 이게 무슨 짓이란 말인가!

"능곡, 일단 협곡을 빠져나가자! 계집들이 멀리 도망가기 전에 잡아야 해!"

"예, 이공자!"

신형을 날린 두 사람은 협곡을 빠져나가기 위해 절벽의 벽면을 타고 달렸다.

사도관과 사도무영도 빠르게 뒤로 물러나며 두 사람의 앞을 막았다.

"무영아, 놈들을 막아!"

"걱정 말고 그쪽이나 잘 막아요!"

사도관의 공격은 박도를 휘두를 때와는 또 달랐다. 검풍이 몰아치며 번갯불 같은 검광이 엄우청의 전신을 노리고 쏟아졌다.

엄우청은 사도관이 도를 쓰는 줄로만 알았다가 뜻밖에도 검이 더 무섭다는 걸 알고 대경했다.

쩌저정!

협곡을 타고 울리는 날카로운 쇳소리.

"흐읍!"

끝내 사도관의 검이 어깨를 스치자, 엄우청의 입에서 신음이 터져 나왔다.

사도무영도 천화문의 검법인 천화십팔검 중 소천화(小天化) 육식을 펼치며 능곡을 가로막았다.

쩌저저적!

어둠이 갈가리 찢기며 뇌전이 능곡을 덮쳤다.

착각을 한 것은 능곡도 마찬가지였다.

도 대신 검을 잡았다고 해서 뭐가 달라지랴. 검을 잡은 것은, 도를 던졌기 때문에 다른 무기가 필요해서 그런 것이 아니겠는가? 그리 생각했다.

한데 그게 아니었다. 소나기 같은 검광이 쏟아진다. 조금 전의 왠지 어색하게 보이던 도법과는 완전히 다른 절묘한 검세다.

'뭐야?'

그는 다급히 검을 내지르며 사도무영의 공격을 막았다.

하지만 한 번 흐름을 탄 사도무영의 공세는 그가 막기엔 역부족이었다.

삼 초를 막아내기도 전에 사도무영의 검이 능곡의 가슴을 꿰뚫었다.

"크억!"

엄우청은 능곡이 살 맞은 까마귀처럼 무너지는 것을 보고 악을 쓰며 뒤로 빠졌다.

"일단 모두 뒤로 물러나라!"

그때까지 남은 귀마궁의 무사들은 모두 열세 명.

그들은 엄우청을 따라 뒤로 빠르게 물러났다.

사도관과 사도무영은 귀마궁 무사들이 협곡을 빠져나갈 때까지 바라만 보았다.

그러고는 그들의 모습이 보이지 않자, 몸을 돌려 유모와 조화설이 도주한 쪽을 향해 달려갔다.

진기를 급격히 소모한데다가 상처에서 흘러나오는 피로 온몸이 젖어 있는 상태였다. 경공은커녕 뛰는 것도 힘들었다. 하지만 두 사람은 행여나 조화설과 유모를 찾을 수 없을까, 그것만 걱정했다.

계곡을 따라 오 리가량 올라가자, 커다란 바위 밑에서 누군가가 기어 나왔다. 조화설과 유모였다.

"사도 대협."

"공자."

사도관은 곧 죽을 것처럼 일그러졌던 얼굴을 펴고 환하게 웃었다.

"하하하, 놈들은 도망갔소. 이제 갑시다."

"상처가 도진 것 같은데……."

유모가 피로 물든 사도관의 몸을 보고 안타까운 표정을 지었다.

사도관은 여기저기 몸이 쑤셨지만, 별거 아니라는 듯 목에 힘을 주고 말했다.

"전의 상처가 다시 터진 것뿐이오. 놈들이 다시 올지 모르니 좀 더 벗어난 다음에 손을 봅시다."

여자 앞에서 약한 모습을 보이는 것은 마누라 하나로 충분했다.

쉬지 않고 걷던 사도관 일행의 눈에 낡은 산신당이 보인 것은 통이 틀 무렵이었다.

그들은 그곳에서 잠시 쉬어가기로 했다.

지혈을 해서 피는 더 이상 흐르지 않지만, 상처를 그대로 놔두면 덧날지 몰랐다. 그리고 내상도 다스려야 했다.

2.

전각문이 열리더니, 세 사람이 햇살을 등에 지고 귀마전 안으로 들어왔다.

서진시대의 소문난 미남, 반악처럼 잘생긴 흑의청년과 날선 칼날처럼 보는 것만으로도 섬뜩함이 느껴지는 두 명의 중년인.

교에서 왔다는 사람들이었다.

엄호는 전각으로 들어서는 세 사람을 바라보며 씁쓸한 기분을 떨치지 못했다.

지금쯤 계집을 잡아 놨어야 하거늘, 잡기는커녕 놓쳤다는 보고만 올라온 상황이었다. 이십 명의 희생자만 내고서.

'멍청한 놈. 우광과 힘을 합쳤으면 충분히 잡을 수 있었을 것이거늘.'

아마 공을 세우기 위해 서둘렀을 게 분명했다.

그 생각을 하자 또 울컥 화가 났다.

하지만 그는 겉으로 표정을 드러내지 않고 자리에서 일어나 담담한 목소리로 입을 열었다.

"어서 오게. 먼 길을 오느라 수고가 많았네."

흑의청년이 포권을 취하며 살짝 고개를 숙였다.

"현유가 궁주를 뵙습니다."

나름 정중한 말투긴 해도, 엄호의 지위를 생각한다면 조금은 예의에 어긋나 보이는 행동이었다.

허리는커녕 고개조차 숙이는 둥 마는 둥 하다니.

그러나 엄호는 그런 청년에게 아무런 추궁도 하지 못했다. 추궁은커녕 두 눈 깊은 곳에서 은은한 경악이 출렁였다.

'현유라면 셋째 소교주가 아닌가?'

교에서 사람이 온다는 것만 알았을 뿐, 누가 오는지는 알지 못했다.

일반적으로 교의 명을 전할 때는 구천사자(九天使者)가 온다. 중요한 일이라 해도 구천사령(九天使令)이 움직일 뿐이다.

한데…… 세 명의 소교주 중 한 사람이 직접 온 것이다.

그만큼 중요한 일이라는 말.

'빌어먹을! 그렇게 중요한 계집이었나?'

엄호는 날카로운 바늘에 찔린 것처럼 가슴이 아릿했다.

소교주가 나서야 할 정도로 중요한 계집인 줄 알았다면, 아들들만 보내지는 않았을 것이다. 자신이 직접 가지는 못해도, 최소한 팔호법이라도 보냈을 것이다.

'그럼 잡았을 것이 아닌가!'

그러나 이미 엎질러진 물은 수백 리 밖을 흘러가고 있었다. 그나마 삼귀라도 보낸 것을 다행으로 생각하는 수밖에.

"허허허, 소교주께서 직접 오실 줄은 몰랐네. 그렇게 중요한 일인 줄 알았다면, 좀 더 신경을 썼을 텐데 말이야."

그는 짐짓 왜 미리 중요성을 알리지 않았냐는 듯 원망하는 표정으로 말했다.

그 말만으로도, 현유라 이름을 밝힌 청년은 귀마궁이 조화설을 아직 잡지 못했다는 걸 알고 곧장 본론을 꺼냈다.

"행방은 알아냈습니까?"

"호위무사들과 함께 도주하고 있는데, 지금 내 아들들이 추적하고 있네."

"호위무사?"

"두 명이라는데 제법 강한 무공을 지녔다고 하더군. 하지만 염려할 것은 없네. 부상을 입었다 했으니 곧 잡을 수 있을 게야."

현유는 눈살을 찌푸린 채 뭔가를 생각하더니 엄호를 똑바로 바라보며 물었다.

"어디쯤 있습니까?"

"직접 가려고 그러는가?"

"아무래도 그래야 할 것 같습니다."

"허어, 내 두 아들만이 아니라 본궁의 고수들인 삼귀까지 보냈다네. 그들이라면 충분히 잡을 수 있을 거네."

"그들의 실력을 못 믿어서가 아닙니다. 지금까지 그녀 주위에서 일어난 일을 하나하나 다 설명할 수는 없습니다만, 이해할 수 없는 일이 벌어져서 다 잡았던 그녀를 놓친 것만도 몇 번이나 되지요. 다시 말해, 실력만으로는 그녀를 잡을 수 없다는 말이지요."

현유는 이해할 수 없는 말을 하고는 입을 다물었다.

다물어진 그의 입꼬리가 보일 듯 말듯 비틀렸다.

'사실 당신들이 그녀를 잡을 거라고는 눈곱만큼도 생각하지 않았소. 당신들이 잡을 수 있는 여인이라면 왜 우리가 여태 잡지 못하고 있었겠소?'

그가 귀마궁에 바라는 것은 오직 하나였다.

조화설의 위치.

그것만 놓치지 않아도 귀마궁으로선 할 만큼 했다고 볼 수 있었다.

엄호는 눈살을 찌푸린 채 현유의 말을 되새겨 보았다.

"거 참, 괴이한 말이군. 허면 소교주는 그녀를 잡을 수 있단 말인가?"

현유는 묘한 웃음을 지으며 말했다.

"솔직히 말해서 저 역시 십 할 자신할 수는 없습니다. 허나 최소한 다른 사람보다는 확률이 높지요. 그녀와 저는 상극의 운명을 지닌 사이니까 말입니다. 제가 직접 온 것은, 바로 그 때문이지요."

말을 맺는 현유의 눈동자에서 은은한 묵광이 일렁였다.

'조화설, 너는 절대 내 손을 벗어날 수 없다. 비록 내 여자를 만들지는 못했지만, 다른 누구에게도 넘겨주지 않을 것이다.'

1.

정천맹 무양분타인 정가장은 소림의 속가문파로, 표국을 주업으로 하는 중소문파였다.

평상시라면 표행을 준비하느라 바쁜 아침이거늘, 오늘 만큼은 분위기가 무겁게 가라앉아 있었다. 밤사이에 들어온 소식 때문이었다.

―귀마궁의 무사들이 백석에 나타났다.

장주인 정추문은 그 소식을 접하자마자 표행을 중지시키고 정가장의 모든 무사들에게 대기명령을 내렸다.

그 후 일각. 간부들이 그의 집무실로 모여들자, 정추문은 심각한 표정으로 한 사람을 쳐다보았다.

"기 당주, 말해보게."

"알겠습니다, 장주."

용사당주 기주학은 짧게 대답하고는 모인 사람들을 둘러보며 새벽에 들어온 소식을 말해주었다.

"백석에 나타난 귀마궁의 무사들은 모두 백 명이 넘는다고 하는데, 누군가를 쫓고 있다고 합니다."

정추문의 옆에 앉아 있던 초로인이 물었다.

"그들이 누구를 쫓고 있단 말인가?"

"그건 정확히 모르겠습니다만, 귀마궁주 엄호의 두 아들이 직접 움직인 것 같다고 합니다."

초로인, 정가장의 장로인 원청은 그제야 정추문이 왜 심각하게 생각하는지 알고 표정이 굳어졌다.

"음, 그들이 움직였다면 단순한 일은 아니겠군."

마도십삼파의 하나인 귀마궁이 움직인 것만도 난감한데, 그들을 주도하는 사람이 귀마궁주의 두 아들이라면 보통 문제가 아니었다.

그는 고개를 들어 정추문을 바라보았다.

"어떻게 하실 생각이시오, 장주?"

정추문은 눈살을 찌푸리며 잠시 생각에 잠겼다.

귀마궁에서 누구를 쫓건 그것은 나중 문제였다. 그들이 복우산을 벗어났다는 것. 그것도 귀마궁주의 두 아들과 백 명이 넘는 인원이 움직였다는 것. 정작 큰 문제는 바로 그것이었다.

'왠지 불안해. 그동안 잠잠했는데…….'

지난 십여 년간의 강호는 전례 없는 평화의 시기였다.

마도십삼파가 간혹 말썽을 일으키긴 했지만, 지역적인 문제로 마무리되곤 했다.

한데 이번 일은 왠지 모르게 귀마궁의 일로만 끝날 것 같지가 않다.

'일단 놈들이 누굴 쫓고 있는지 알아봐야겠어.'

그들이 쫓고 있는 자가 누구냐에 따라 일의 경중이 판가름 될 터였다.

그는 생각을 정리하고 입을 열었다.

"기 당주, 즉시 총단에 소식을 전하고 본장의 무사들을 소집하게. 혹시 모르니 신양에도 도움을 청하도록 하고. 우리는 연락이 올 때까지 놈들의 뒤를 쫓으며 상황에 따라 움직이도록 하지."

"알겠습니다, 장주."

기주학이 고개를 숙이고 방을 나서자 정추문은 굳어 있는 간부들을 천천히 둘러보았다.

"상대는 귀마궁이오. 자칫하면 일이 크게 번질 수도 있으니, 놈들과 맞닥뜨리게 될 경우 심사숙고해서 행동하도록 하시오."

귀마궁이라는 이름만으로도 분위기는 이미 가라앉을 대로 가라앉은 상태였다.

간부들은 딱딱하게 굳은 표정으로 고개를 숙였다.
"예, 장주."

2.

단학은 공터에 모여 있는 자들을 바라보며 눈살을 찌푸렸다.
모두 십여 명.
자신이 뒤를 쫓던 귀마궁의 무사들이 분명해 보였다.
그런데 무슨 일이 벌어졌는지 반은 부상자였고, 나머지도 그리 좋은 표정들이 아니었다.
'저 자식들, 왜 저렇게 된 거지? 나머지는 어떻게 된 거야? 적어도 삼십 명 이상이 대공을 쫓아간 거 같은데?'
저들은 사도관 부자를 쫓아간 자들. 두 사람과 싸운 게 분명하다.
단학은 걱정이 되었다. 사도관이 절정고수라는 건 그도 알고 있었다. 사도무영 역시 일류고수로서 손색이 없는 실력을 지니고 있었고.
그러나 저들의 피해가 큰 걸 보니, 사도관 부자 역시 무사하다고만은 볼 수 없었다.
'아무래도 자세히 알아봐야겠어.'

그는 고개를 돌리고 얼굴이 제일 길쭉한 수하에게 명을 내렸다.

"연호, 가서 한 놈만 몰래 잡아와라."

연호는, 소변을 보러 숲속으로 들어온 귀마궁의 무사를 하나 잡아왔다.

단학은 연호가 귀마궁의 무사를 납치해오자 일단 오 리 정도 물러났다. 소리를 질러도 잘 안 들릴 곳까지.

그리고 나서야 귀마궁 무사의 혈도를 풀어주고 조용히 물었다.

"너희들이 쫓던 사람에게 당한 거냐?"

귀마궁의 무사는 순순히 입을 열지 않았다.

퉤!

오히려 침을 뱉으며 조소를 지었다. 자신이 얼마나 입이 무거운지 알려주려는 듯.

"눈구멍이 실지렁이보다 가는 놈이 궁금한 것도 많구나. 쓸데없는 짓 말고 그냥 죽여라."

단학의 실처럼 가느다란 눈가에 주름이 그어졌다. 단학 특유의 웃음이었다.

"훗, 그놈, 어디서 들은 건 있나 보군."

간혹 되지도 않을 배짱을 부리며 자신의 의지가 남보다 뛰어나다는 걸 자랑하고 싶어 하는 놈들이 있다. 단학이 봤을 때, 앞에 있는 놈은 그런 놈들 중에 하나일 뿐이었다.

이놈이 과연 자신의 이름을 알고 있을까? 자신이 누군지 알고도 과연 저런 배짱을 부릴 수 있을까?

문득 궁금해졌다.

"나는 단학이라고 하네. 오랫동안 강호에 나오지 않았는데, 들어보았는지 모르겠군."

눈을 부릅뜬 귀마궁 무사는 단학을 쏘아보더니 낄낄거리며 말했다.

"낄낄낄, 두더지 눈구멍도 네 눈구멍보다는 크겠군. 나는 너처럼 눈구멍이 작은 놈은 알지 못……."

퍽! 퍽!

단학의 주먹이 귀마궁 무사의 양쪽 눈두덩을 연이어 후려쳤다.

'자식이 어디서, 말끝마다 눈구멍 타령이야?'

귀마궁 무사는 골이 멍한지 한동안 정신을 차리지 못했다.

단학은 잠시 기다렸다. 상대의 눈두덩이 부어서 눈이 자신과 비슷하게 가늘어질 때까지.

그러고는 퉁퉁 부은 상대의 눈을 보고 물었다.

"죽고 싶은 방법이 있으면 미리 말해라. 내가 알고 있는 사람을 죽이는 방법은 모두 백스물두 가지다. 네가 원하는 대로 죽여주지. 아, 물론 네가 내 말에 충실했을 때의 이야기지만."

귀마궁의 무사는 그 정도에 굴복하지 않았다.

"그냥…… 네 맘대로 죽여라, 개자식아."

욕까지 하면서 강하게 버텼다.

단학은 그가 버티는 게 즐거운지, 웃으면서 친절하게 보충 설명을 해주었다.

"후후후, 죽이는 것 말고, 고문을 하는 방법은 모두 삼백열두 가지를 알고 있지. 네가 정 원한다면, 죽을 때까지 내가 알고 있는 모든 고문 방법을 다 펼쳐 보여주마."

"크크크, 거짓말하지 마라, 개자식아. 십여 년 전에 사라진 살문의 주인도 그만큼은 모를 것이다!"

단학의 가느다란 눈에서 한광이 번뜩였다.

"그도 내가 아는 만큼은 알아."

"웃기는 소리! 네가 그에 대해 알기라도 한단 말이냐?"

"물론이지. 내가 바로 천귀살 단학이거든. 네가 말한 살문의 주인."

순간 귀마궁 무사의 입이 꾹 닫혔다.

그제야 오래전에 들었던 말이 떠올랐다.

어떻게 알려진 것인지는 몰라도, 십여 년 전에 사라진 천귀살의 얼굴 모습에 대한 말이 강호에 떠돈 적이 있었다.

그는 강호에서 가장 가느다란 눈을 가진 사람 중에 하나라고 했다. 워낙 가늘어서 맹인처럼 보일 정도라고 했다.

바로 앞에 그런 눈이 있다.

'그의 입술은 눈과 정반대로 오동통하다고 했지. 바로…….

저자처럼…….'

한때 강호에서 가장 날카로운 눈이었으며, 강호인에게 가장 큰 두려움을 주었던 눈을 지닌 자. 핏빛의 오동통한 입술을 지닌 자.

자신이 들었던 소문이 잘못 된 게 아니라면, 앞에 있는 자는 진짜배기 천귀살이었다.

그렇게 생각하며 보니, 어둠조차 두려워서 그를 비켜가는 것처럼 느껴진다.

귀마궁의 무사는 학질이라도 걸린 사람처럼 몸을 떨었다. 몸이 떨리는 만큼 말투도 떨렸다.

"저, 정말…… 살문의 문주……십니까?"

단학은 통통한 입술을 살짝 비틀고는, 품속에서 날이 예리하게 선 소도를 하나 꺼냈다.

"맞아. 시간이 없으니 이제 시작해볼까? 우선 껍질부터 벗기고 보자고. 참을 만할 거야."

귀마궁 무사는 엉금엉금 기어가며 사정했다. 조금 전의 자신만만하던 목소리는 이미 겁먹은 강아지의 울음소리처럼 변해 있었다.

"구, 궁금한 것이 무엇입니까? 알고 보면 제가 아는 것이 상당히 많습니다요. 제발…… 뭐든, 뭐든 물어보십시요!"

"일단 얼굴껍질부터 벗기고……."

바로 그 순간, 귀마궁의 무사는 첫 번째 질문을 떠올리고 번

개처럼 대답했다.
"맞습니다! 예, 저희들이 쫓던 사람에게 당했습니다."
단학은 소도로 손톱 사이의 때를 긁어내며 다시 물었다.
"그래? 그런데 왜 그들을 쫓는 거지? 그들은 어떻게 되었어?"
귀마궁의 무사는 일각 동안 충실하게 대답해 주었다.
단학은 그 대가로 그의 목숨을 깨끗하게 끊어주었다.
서로 간에 고맙다는 말은 하지 않았다. 워낙 빨리 죽어서 말할 틈도 없었고.

그 시각, 엄우청은 수하 하나가 사라진 것을 발견하고 주위를 수색하기 시작했다.
단학은 그들이 숲으로 흩어진 것을 알고 제거하기로 작정했다.
어차피 그들은 사도관과 사도무영을 또 쫓을 거라고 했다. 다른 사람들과 합세해서.
그대로 놔둘 수는 없었다. 사도무영이 다치기라도 하면, 그 여파가 고스란히 자신에게 밀려올 테니까.
"후후후, 오랜만에 사냥을 한 번 해볼까?"
절로 피가 싸늘하게 식는다.
얼마 만에 느껴보는 기분인가.
단학의 오동통한 입술이 쪼개진 석류처럼 비틀리며 갈라졌다.

한 치 앞도 보이지 않는 밤. 사냥하기에 정말 좋은 날이다.

사실 단학은 피의 붉은색을 그리 좋아하지 않았다. 남들이야 믿거나 말거나.

그래서 밤에 주로 임무를 수행했었다. 밤은 피의 붉은색을 감춰주니까.

3.

사도관이 운기를 마쳤을 때는 이미 태양이 중천에 떠오른 후였다.

본래는 한 시진 정도 머물다 갈 생각이었는데, 상처를 손보고 흐트러진 공력을 다스리다 보니 생각했던 것보다 많은 시간이 흐른 상태였다.

사도관이 운기를 마치고 눈을 뜨자, 상처를 치료하기 위해 벗어놓았던 장포를 유모가 가져왔다.

온통 피로 절었던 옷이었는데, 유모가 계곡물에 빨아서 핏물이 반쯤 빠져 있었다.

사도관은 흐뭇한 마음으로 옷을 걸쳤다. 검붉은 자국이 남아 있고, 여기저기 찢겨져 있었지만 그럭저럭 걸칠 만했다. 옷을 걸친다기보다 유모의 마음을 걸치는 기분이었다.

그사이 사도무영도 운기를 마치고 자리에서 일어났다.

완벽하진 않아도 칠팔 할 정도는 회복된 듯했다.

그는 검을 들고 팔을 휘둘러보았다. 연이은 격돌의 충격으로 어깨가 뻐근했지만, 검을 휘두르지 못할 정도는 아니었다.

"이제 좀 괜찮아요?"

조화설이 다가와 물었다.

사도무영은 씩 웃으며 끄떡없다는 듯 말했다.

"이 정도야 뭐……. 걱정하지 않아도 됩니다."

완전하진 않지만, 그녀가 걱정하는 모습을 보고 싶지 않았다.

조화설은 웃음이 나오려는 것을 꾹 참았다. 유모가 상처를 치료할 때 사도관도 그렇게 말했었는데 똑같이 말한다. 누가 부자간 아니랄까봐.

그때 사도관이 일어나며 말했다.

"무영아, 마을을 찾아보자."

"예, 아버지."

사도무영은 검집도 없는 검을 대충 옆구리에 찔러 넣고 산신당의 문을 열었다.

황금빛 햇살이 눈부시게 밀려들었다.

햇살을 가슴에 안고 산신당을 나서는 사도무영의 입가에 가느다란 웃음이 걸렸다.

집을 나선 지 이틀, 강호에 나와 첫 번째 일거리를 맡은 지 하루가 지났다.

실감이 나지 않았다. 아직도 꿈을 꾸는 것 같았다.

이틀 전만 해도, 자신이 산신당의 문을 열고 아침을 맞이할 거라고는 상상조차 못했다.

아름다운 여인들을 호위하며 수천 리 여행을 하는 것은 책에서나 봤던 남들의 이야기일 뿐이었다.

누군가를 지키기 위해 목숨을 걸고 싸우는 것도, 적을 물리치고 아름다운 여인을 구하는 것도, 모두 자신과 상관없는 일인 줄로만 알았다.

─어느 영웅의 대륙기행.

굳이 이름 붙인다면, 그런 제목의 책속에서나 나올 법한 이야기들이 아닌가 말이다.

그런데 지금은 그 책속의 이야기가 현실이 되었고, 자신이 주인공으로 등장한 상황이었다.

사도무영은 현재의 상황이 즐거웠다. 물론 어제 저녁처럼 생사를 걸고 적과 싸우는 것은 별로 마음에 안 들었지만.

다행히 적을 물리쳤기에 망정이지, 하마터면 아버지와 함께 죽을 뻔하지 않았는가 말이다.

'만일 어머니가 지금의 상황을 안다면?'

갑자기 그 생각이 떠오름과 동시에 사도무영의 몸이 부르르 떨렸다.

"왜 그러냐? 아직도 몸이 안 좋냐?"

사도관이 속도 모르고 그렇게 물었다.

'어머니가 지금의 상황을 알면 어떻게 나올까 생각해봤어요!'

사도무영은 자신의 속마음을 말해주려다 그냥 참았다.

아버지는 자신보다 훨씬 심하게 떨 것이 분명했다. 그 모습을 조화설과 유모가 보는 걸 원치 않았다.

"빨리 나오세요. 적이 또 올지 모르는데, 최대한 멀리 벗어나야죠."

사도무영의 일행 중 황산의 위치를 정확히 아는 사람은 아무도 없었다.

황산에 대한 이야기를 책에서 많이 보긴 했지만, 황산이 얼마나 멋지다든가, 그곳에 진짜 신선이 살고 있다든가, 신선이 정말로 백학을 타고 다닌다든가, 하는 것은 황산의 위치와 아무런 상관도 없었다.

그들이 아는 것은 '안휘성 남쪽, 장강 아래에 황산이 우뚝 서 있다.' 그 정도뿐이었다.

그들은 태양을 보고 대충 방향을 잡은 후 남동쪽이다 싶은 곳을 바라보며 이동했다.

황산까지 이천 리 길. 조금만 틀어져도 엉뚱한 곳으로 갈지 몰랐다.

그런데도 네 사람 모두 얼굴이 밝았다.

'흐흐흐, 내가 여자와 같이 산신당에서 밤을 새웠다는 걸

마누라가 알면 펄쩍 뛰겠지?'

'그냥 누나라고 부를까? 에이, 그럼 단순히 누나동생 사이가 되잖아? 그건 싫은데……'

'열다섯 살 치고는 등이 굉장히 넓고 포근했는데……'

'저분은 왜 아들과 강호로 나왔을까? 성품을 봐서는 분명 부인께 사랑받는 분일 텐데……'

4.

단학이 산신당에 도착한 것은 사도무영 일행이 떠난 지 두 시진이 지나서였다.

"끄응, 한 발 늦었군."

단학은 인상을 잔뜩 쓰며 산신당을 둘러보았다.

사람이 머물다 간 흔적이 고스란히 남아 있었는데, 상처를 치료했는지 피 묻은 천조각과 핏자국이 보였다. 제법 많은 피를 흘린 듯 손바닥만 한 검은 자국이 대여섯 개나 되었다.

사도관과 사도무영 중 누군가는 깊은 상처를 입었다는 말이었다.

"공자는 안 다쳤어야 하는데……"

사도관이야 어느 정도는 다쳐도 괜찮았다. 어차피 돌아가면 무사하지 못할 테니까.

하지만 사도무영이 다쳤으면 큰일이었다. 그것도 얼굴을 다쳤으면, 팔다리 하나쯤 부러질 각오를 해야 할 터였다.
단학은 심각한 표정으로 한숨을 쉬었다.
"후우, 그런데 어딜 가려는 거지?"
귀마궁 무사의 말에 의하면, 사도관과 사도무영은 두 여인을 구해서 도주 중이라고 했다.
그들이 왜 두 여인을 구했는지, 어디로 가고 있는 것인지, 자세한 것은 그도 몰랐다. 그들은 그저 상부에서 내려온 지시대로 두 여인을 잡아가기 위해 뒤를 쫓고 있을 뿐이었다.
두 여인은 누굴까?
그것만 알아도 목적지를 알아낼 수 있을지 모르는데, 정보가 너무 없다.
남쪽으로 향하고 있다는 것. 그것이 그가 아는 전부다.
아는 게 없다 보니 은근히 짜증이 났다.
단학은 짜증이 잔뜩 난 목소리로 사도관을 씹었다.
"젠장, 아주 잘하고 있군. 집에서 도망친 것만으로도 모자라 이제는 여자들을 데리고 도망치고 있으니……. 그것도 아들까지 데리고 말이지."
장주가 알면 사도관은 끝장이었다.
단학은 짜증이 났지만, 같은 남자로서 조금은 걱정이 되었다.
사도관의 삶을 십여 년을 지켜본 그다.

얼마나 힘들었으면 아들까지 데리고 도망을 쳤을까 싶었다.
과연 자신이라면 어떻게 했을까?
'십 년도 더 전에 도망쳤겠지. 아니면…….'
맞아 죽더라도 한 번 대들어 보든가.
그러고 보면 사도관도 참 대단한 사람이었다. 그 긴 세월을 참고 살아오다니.
'쯔쯔쯔, 그러게 여자는 처음부터 잘 다스려야 하는데……. 그러지 못할 거 같으면, 나처럼 혼자 살던가. 그냥 지켜보면서 말이야.'
물론, 단학은 사도관이 불쌍하다고 해서 그에게 자유를 줄 생각이 전혀 없었다.
그를 잡아가지 못하면, 자신이 이영영의 분노를 고스란히 감당해야 할 테니까.
그는 잡념을 털어내고 앞으로 해야 할 일에 생각을 집중했다.
일단 첫 번째 문제는 귀마궁이었다.
"귀마궁이 쉽게 포기하지 않을 거 같은데……."
반드시 잡으라는 명령이 떨어졌다고 했다. 그것도 온전한 상태로 잡아야 한다고 했다.
첫째인 엄우광도 움직였다고 했으니, 어쩌면 지금쯤 그가 사도관의 뒤를 쫓고 있을지도 몰랐다.
단학이 이런저런 생각에 잠겨 있을 때였다. 수하 하나가 긴

장한 표정을 지은 채 산신당으로 들어왔다.
"상당한 숫자의 무사들이 접근하고 있습니다, 문주."
"정체는?"
"귀마궁의 무사들 같습니다."
'엄우광인가?'
그럴 가능성이 컸다.
"모두 몇 명이나 되느냐?"
"오륙십 명 정도로 보입니다."
숫자가 너무 많다. 자신들은 모두 다섯, 잘 봐줘도 십 대 일이다.
더구나 엄우광은 엄우청과 달랐다.
엄우청이 철모르는 애송이라면, 엄우광은 귀마궁의 후계자로 경험도 풍부하고, 젊은 층에서 나름 강자로 평가받는 자다.
또한 한 수 한다는 자들이 그를 호위하고 있을 것이 분명했다.
단학은 승산이 확실치 않는 싸움을 하느니 그들의 뒤를 따라 움직이기로 했다. 아니다 싶으면 따로 행동하면 될 테니까.
"놈들이 여자들의 행선지를 알면 좋겠군."

제6장
두 여인의 가슴에는
꽃이 피고

1.

다음 날 정오.

사도무영 일행은 동백산 북쪽에 도착했다.

지난 하루는 네 사람에게 그 어느 때보다 평온하고 즐거운 날이었다.

봄바람을 만끽하며 산야를 뒤덮은 야생화들 사이를 걷는 것도 즐거웠고, 객잔에서 사온 먹거리를 졸졸 흐르는 냇가에서 먹을 때는 꿀에 찍어먹는 맛이었다.

장원에 처박혀 이영영 눈치나 보던 사도관은 구름에 뜬 기분이었고, 사도무영은 이토록 넓고 아름다운 세상을 이제야 구경하게 되었다는 것에 어머니가 원망스러울 지경이었다.

물론 아름다운 세상을 아름다운 여인과 함께 걸으니 더 좋았다.

조화설과 유모도 크게 다르지 않았다.

아니 어쩌면 두 사람이 사도관과 사도무영보다 더 즐거웠다. 너무나 즐거워서 이러한 행복이 혹시라도 갑자기 깨지지 않을까 두려울 지경이었다.

그럴 수밖에 없었다.

'교'에서 빠져나온 지난 반 년, 긴장과 초조를 당연하다는 듯 느끼며 살아오지 않았던가.

그녀들에게 꽃피는 봄날에 산야를 거니는 일은 꿈에서나 가능했던 일이었다. 아니 꿈에서조차 '교'의 추적자에게 잡혀 끌려가는 꿈을 꾸는 게 다반사였다.

언제 잡혀갈지 몰라 불안에 떨어야 하는 나날은 그녀들에게 즐거움이라는 말조차 앗아가 버렸다.

몇 년 후가 될지 몰라도, 교에서 자신들을 포기할 때가 되어야 가슴에 묻힌 즐거움이 다시 싹을 틔울 수 있을 거라 생각했다.

한데 몇 년을 기다릴 필요도 없었다.

장원을 떠난 지 단 이틀 만에, 그녀들의 가슴에는 산야의 야생화보다 더 아름답고 환한 봄꽃이 피어난 상태였다.

숨을 내쉴 때마다, 그녀들의 입에서는 꽃향기보다 더 진한 향기가 뿜어져 나왔다. 행복이라는 향기였다.

그렇게 네 사람은 허공을 걷는 기분으로 야생화가 흐드러지게 핀 언덕을 걸었다.
 그때만큼은 유모에게 업혀가던 조화설도 잠시 내려서 걸어갔다.
 사도무영은 부근의 꽃과 모양이 다른 노랑꽃이 하나 보이자, 줄기를 꺾어 조화설에게 내밀었다.
 "이게 근처의 꽃 중에서 제일 예쁜 것 같은데요?"
 꽃잎이 다섯 장인 노랑꽃은 꽃잎 크기가 두 치는 되어 보였다.
 "어머, 예뻐라."
 반색한 조화설은 꽃을 받아들고 주위를 둘러보았다.
 그러나 주위 어디를 봐도 같은 꽃은 보이지 않았다.
 그녀는 같은 꽃을 찾지 못하자 하는 수 없이 사도무영이 준 꽃만 머리에 꽂았다.
 꽃처럼 아름다운 조화설과 노랑꽃은 너무나 잘 어울렸다.
 "괜찮아요?"
 멍하니 조화설을 보던 사도무영이 머쓱하게 웃으며 대답했다.
 "예? 예, 너무 예뻐요."
 "꽃이요? 아니면 제가요?"
 "그, 그게…… 둘 다요."
 "정말요? 정말 내가 꽃처럼 예뻐요?"
 "예……."

사도무영이 기어들어가는 목소리로 대답하며 머리를 긁적였다.

조화설은 얼굴을 살짝 붉히며 빙그레 웃었다.

싸울 때는 성난 호랑이 같았다. 그런데 지금 모습은, 덩치만 컸지 풋풋함이 그대로 느껴지는 십오 세 소년이었다.

두 사람이 머쓱한 표정으로 머뭇거릴 때다.

"하하하, 유모, 이거 받으시오."

사도관도 두 손에 가득한 꽃을 유모에게 건넸다. 유모는 노랑, 빨강, 파랑, 온갖 색의 꽃이 뒤섞인 꽃다발을 얼떨결에 받고는 수줍은 듯이 웃었다.

사도관은 알지 못했다. 유모가 남에게 처음으로 꽃을 받아봤다는 걸. 그녀의 심장에 꽃씨가 뿌려졌다는 걸.

네 사람은 한참 동안 꽃을 주거니 받거니, 꽃잎을 뜯어서 하늘에 던져 꽃비를 뿌리며 언덕을 올랐다.

적이 뒤에서 쫓아올지 모른다는 것도 그때만큼은 까맣게 잊었다.

그렇게 언덕에 올라서자, 저만치 구름모자를 쓴 높은 산이 보였다.

회하(淮河)의 발원지인 동백산(桐白山)이었다.

"하하하, 저게 동백산인가? 그럼 이제 동쪽으로 꺾어져서 가면 신양이 나오겠구나."

언덕 위에 우뚝 선 사도관이 지리를 잘 아는 것처럼 말했다.

사도무영과 두 여인은 그 말을 믿었다. 사도관의 말 때문이 아니었다. 오면서 농부에게 황산 가는 길을 물었는데 그렇게 말했던 것이다.

사도무영은, 동백산을 바라보며 서 있는 사도관을 재촉했다.

"뭐해요, 아버지? 빨리 따라와요."

"어? 어. 가자."

조화설과 유모는 웃음을 참으며 사도무영과 나란히 걸었다.

조화설의 머리에 꽂혀 있는 노랑꽃이 바람에 하늘거리며 흔들렸다.

유모의 손에 들렸던 꽃다발은 이미 모두 꽃눈으로 변해서 가슴에 쌓인 후였다.

2.

완만한 언덕을 두어 개 더 넘자 저 멀리 제법 큰 마을이 보였다. 농부가 말한 동백현이었다.

사도관 일행은 본래 그곳에서 식사를 하고 신양으로 갈 계획이었다.

하지만 그들은 동백현으로 들어갈 수가 없었다. 동백현까지 가기는커녕 언덕을 다 내려가지도 못하고 나무 뒤로 몸을 숨겨야만 했다.

수십 명의 무사들이 언덕 아래에서 올라오고 있었던 것이다.

사도무영은 한눈에 그들의 정체를 알아보았다.

귀마궁의 무사들이었다.

지난 하루, 가슴을 붕 뜨게 만들었던 행복의 기운이 일시에 식어버리고, 긴장감이 다시 네 사람의 마음을 무겁게 짓눌렀다.

언뜻 봐도 사오십 명은 되어 보인다.

사도무영은 몸을 낮추고 좌우를 둘러보았다.

왼쪽은 완만한 구릉으로 몸을 숨길만 한 곳이 없었다.

오른쪽은 울창한 숲이었는데, 들어가기가 겁날 정도로 우거진 숲은 산중턱까지 뻗어 있었다.

"아버지, 일단 산중턱까지 올라간 다음 동쪽으로 가요."

어차피 다른 방법이 없었다. 뒤로 도망쳐도 놈들이 언덕에 올라서면 다 보일 것이었다.

"내가 앞장서마."

사도관이 앞장서서 숲속으로 들어갔다.

넝쿨로 뒤엉킨 숲은 걸음을 옮기기가 쉽지 않았다. 게다가 가시가 달린 것도 많아서 옷자락을 붙잡고 늘어지기 일쑤였다.

사도관은 검으로 넝쿨을 쳐내며 안으로 들어갔다.

표가 나도 하는 수 없었다. 어차피 네 사람이 숲을 뚫고 가면 표시가 날 수밖에 없다. 지금은 표 나는 것을 두려워하기보다 저들에게 들키지 않는 게 우선이었다.

그렇게 오십여 장쯤 전진했을 때였다. 언덕 위쪽에서 누군가의 외침이 들렸다.

"저기 수상한 놈들이 숲속에 있다!"

높은 곳에서 보니 아무래도 숲속에서 움직이는 사도관 일행이 보인 듯했다. 연이어 외침이 이어졌다.

"계집도 있는 걸로 봐서 놈들인 것 같습니다, 공자!"

"제대로 쫓아왔군! 잡아라!"

사도관의 표정이 와락 일그러졌다.

"빌어먹을 놈들. 눈깔도 좋군."

사도관은 욕을 퍼붓고는 사도무영을 향해 손짓했다.

"이제부터 네가 앞장서라!"

"아버지?"

"잔소리 말고 아버지 말대로 해. 어서!"

아버지의 생각을 알지만, 막고 싶었지만, 지금은 고집을 피울 때가 아니었다.

"너무 멀리 떨어지면 안 돼요?"

"알았다니까."

"혼자 싸우려고 해서도 안 되고요?"

"걱정 마라. 이 아버지, 그렇게 무모한 사람 아니니까."

'무모하지 않아서 무작정 저를 따라 집에서 도망친 거예요?'

아버지가 조금은 못미더웠다. 그러나 마땅히 다른 방법이 없었다.

사도무영은 사도관을 한 번 노려보고는 앞으로 뛰기 시작했다. 다행히 넝쿨이 우거진 곳이 끝나고 소나무 숲이 펼쳐져 있어서 별다른 장애물은 없었다.

간혹 자잘한 나뭇가지들이 앞을 막았지만, 사도무영은 최대한 주위에 흔적을 남기지 않고 달렸다.

조화설을 업은 유모가 그 뒤를 따라가고, 사도관이 맨 뒤에서 주위를 살피며 따라갔다.

빠르게 두 개의 산등성이를 넘은 사도무영은 방향을 동쪽으로 틀었다.

아직까지는 적에게 꼬리를 잡히지 않았다.

이대로 조금만 달려 능선 두어 개만 더 넘으면 적을 따돌릴 수도 있을 것 같았다.

한데 급경사진 곳을 지나갈 때였다. 바로 뒤따라오던 유모가 갑자기 푹 아래쪽으로 꺼지며 다급한 소리를 내질렀다.

낙엽이 쌓여 있어 괜찮을 줄 알고 밟았는데, 낙엽 아래가 비어있었던 것이다.

"어머!"

그 소리는 그리 크지 않았다. 문제는 뒤이어 터져 나온 사도관의 목소리였다.

"조심하시오!"

산이 흔들릴 정도의 큰 목소리.

버럭 소리친 사도관이 황급히 신형을 날렸다.

유모가 조화설과 함께 주르륵, 삼사 장을 미끄러지고 있었다.

워낙 경사가 심한데다가 조화설마저 업고 있는 상태다.

절정고수도 신법을 펼치기 어려운 상황.

붙잡을 것이라도 있으면 좋은데 풀뿌리조차 보이지 않는다. 잔자갈과 마른 흙이어서 밟으면 밟는 대로 미끄러지니 도약할 수도 없다.

그 아래쪽은 족히 이십 장 높이의 낭떠러지.

떨어지면 유모든, 조화설이든 무사하지 못할 것은 자명한 일이다.

단숨에 유모 옆에 도착한 사도관은 유모의 허리를 잡은 다음, 검을 경사면에 깊숙이 쑤셔 박았다.

콱!

검이 한 자 깊이로 박히며, 낭떠러지를 일 장가량 앞두고 세 사람의 몸이 멈추었다.

굴러 내려가던 돌덩이들이 낭떠러지로 떨어지면서 요란한 소리가 온 산에 메아리쳤다.

쏴아아아. 우당탕탕.
사도관은 유모를 끌어당기며 안심시켰다.
"침착하게 움직이시오! 내가 올려줄 테니까!"
유모가 간절한 목소리로 소리쳤다.
"대협, 아가씨부터 올려주세요!"
사도관은 고개를 숙이고 유모를 바라보았다. 바로 코앞에 유모의 눈이 있었다.
간절한 눈빛. 자신은 죽어도 상관없다는 태도다.
한데 이상했다. 분명 멀쩡히 눈을 뜨고 있는 여자의 허리를 감고 있는데도 손이 떨리지 않는다.
사도관은 눈에 힘을 주고 고개를 끄덕였다.
"나를 꼭 붙잡고 있으시오! 내 반드시 두 사람을 다 구할 것이니까."
"예, 대협."
유모는 손을 뻗어 사도관의 허리를 감았다. 서로가 꼭 끌어안고 있는 상태.
사도관은 유모의 등에 업힌 조화설의 팔을 잡고 위로 올린 후 손바닥으로 조화설의 발을 받쳐주었다.
"내 손을 밟고 설 수 있겠소?"
"예, 대협."
조화설은 조금도 떨지 않았다. 위험에 처한 소녀의 행동치고는 신기하게 느껴질 정도였다.

어쨌든 그녀의 그러한 행동이 사도관에게는 다행이었다.
"좋소, 그럼 올라서보시오."
조화설은 침착하게 사도관의 손바닥 위에 올라섰다.
사도관이 위를 향해 소리쳤다.
"무영아, 내가 던질 테니까 잘 받아라!"
사도무영은 사도관의 말뜻을 이해하고 검을 한쪽에 내려놓았다.
"걱정 마시고 힘껏 던지세요."
"좋아! 간다!"
사도관은 조화설이 올라선 손에 공력을 집중시키고 힘껏 위로 던졌다.
사도무영은 왼손으로 나무를 잡고, 오른손으로는 아래쪽에서 솟구치는 조화설의 허리를 낚아챘다.
덥썩.
조화설은 조금도 당황하지 않고 두 팔을 뻗어 사도무영의 목을 둘렀다.
순간적으로 두 사람의 입술이 스치며 뺨이 맞붙었다.
"아……"
조화설의 나직한 탄성이 귓속으로 스며들자, 석상처럼 몸이 굳어버린 사도무영은 조화설의 허리를 붙잡은 채 움직이지 못했다.
뺨에서 전해지는 열기가 그대로 느껴지고, 귓전에서 쌔근거리는 나직한 숨소리가 천둥처럼 들렸다.

그때 조화설이 슬며시 고개를 돌렸다. 마치 귀신에 홀린 듯 사도무영도 고개를 돌렸다.

자연스럽게 두 사람의 입술이 부딪쳤다.

순간 조화설이 살짝 입술에 힘을 주며 사도무영의 입술을 눌렀다가 뗐다.

쪽.

사도무영은 멍하니 조화설을 바라보았다.

조화설은 자신이 하고도 어색한지 발개진 얼굴을 슬그머니 숙였다.

그때 사도관이 버럭 소리쳐서 천당에 가 있는 사도무영의 정신을 일깨웠다.

"뭐해 임마? 이번에는 유모다!"

아마 위를 올려다보았다면 위에서 무슨 일이 있었는지 조금이라도 짐작할 수 있었을지 몰랐다. 하지만 사도관도 품안의 유모 때문에 정신이 없어서 위를 쳐다보지 않았다.

사도관이 조화설처럼 유모를 던지려 하자, 유모가 속삭이듯이 사도관에게 말했다.

"대협, 저는 조금만 도와주시면 저 혼자서도 올라갈 수 있어요."

"응? 아, 그렇군. 그럼 나와 함께 올라갑시다. 일단 조금이라도 발을 지탱할 만한 곳이 있는지 찾아보시구려. 흙을 발로 차내면 하다못해 발가락이라도 찔러 넣을만한 곳이 있을 거요."

사도관은 평소의 그답지 않게 부드러운 목소리로 말하며 유모의 허리를 잡은 손에 힘을 주었다.

역시 이번에도 손은 떨리지 않았다.

'혹시……. 이 여인이야말로 진짜 내 짝이 아닐까?'

상상의 나래를 펴고 한껏 가슴이 부풀어 있는 그를 유모가 현실로 데려왔다.

"저기, 대협……."

"왜 그러시오?"

"검이 빠지려고 해요."

"응?"

사도관은 경사면에 박아 넣은 검을 바라보았다. 흙이 허물어지면서 반쯤 빠진 상태였다.

"험, 그럼 올라갑시다. 꼭 잡으시오! 셋을 센 다음에 전력을 다해 위로 올라갈 거니까!"

"예, 대협."

"하나, 둘, 셋!"

사도관은 검을 쥔 손에 힘을 주고 힘껏 위로 솟구쳤다.

유모도 몸을 최대한 가볍게 하고는, 경사면에 찔러 넣었던 발끝에 힘을 주었다.

두 사람이 막 위에 올라섰을 때였다.

두 여인의 가슴에는 꽃이 피고

"놈들이 저기 있다!"
"계집도 있다! 잡아라!"
귀마궁의 무사들이 건너편 능선으로 올라서며 그들을 향해 소리쳤다.
사도무영이 먼저 앞장서며 소리쳤다.
"가요, 아버지!"
사도관은 아쉬움을 접고 유모의 허리를 풀어주었다.
"우리도 갑시다."
"예, 대협."
조화설에 대해선 걱정하지 않았다. 사도무영이 업고 있었으니까.
'녀석, 유모가 부상을 입었을까봐 미리 업었군.'
사도관은 그렇게 생각하며 유모와 나란히 능선을 달렸다.

동쪽 능선으로 내려온 사도무영은 계곡을 따라 내려갔다.
사도관과 유모가 십여 장의 거리를 두고 따라오고, 귀마궁의 무사들과는 사십여 장으로 거리가 벌어져 있었다.
산 아래까지는 사오백 장 정도 남은 상황.
사도무영은 조금이라도 더 거리를 벌리기 위해 전력을 다해 경공을 펼쳤다.
한데 계곡을 막 빠져나왔을 때였다.
"내 이럴 줄 알았지!"

득의에 찬 목소리와 함께 양쪽 숲에서 이십여 명이 튀어나오며 앞을 가로막았다.

사도무영이 멈칫하자, 업혀 있던 조화설이 귀에 대고 속삭였다.

"그냥 달려요. 저들은 저 때문에 심하게 손을 쓸 수 없어요. 그리고 제가 비명을 질러도 놀라지 말아요."

멈칫했던 사도무영은 이를 지그시 악물고는, 두 다리에 힘을 주고 앞으로 내달렸다.

멈출 거라 생각했던 사도무영이 계속 달려오자 귀마궁의 무사들이 오히려 당황했다.

순식간에 사도무영과 귀마궁의 무사들이 뒤엉키며 검광과 도광이 번뜩였다.

비록 조화설을 업고 있는 상태이긴 하지만, 사도무영의 검세를 일반무사들이 막기에는 역부족이었다.

쩌저정! 따당!

검세를 이기지 못한 무사 서넛이 비틀거리며 뒤로 물러났다. 사도무영은 그 사이를 뚫고 지나가며 쉬지 않고 검을 휘둘렀다.

뒤이어 사도관이 달려들며 귀마궁의 무사들을 쓰러뜨렸다.

유모는 재빨리 바닥에 떨어진 검을 하나 주워들고는 사도관을 도와 길을 뚫었다.

하지만 사도무영과 사도관이 강하다 해도 상대는 귀마궁의 정예무사들로 이십 명이 넘었다.
 그들은 강력한 저항을 하며 사도무영의 진로를 방해했다.
 "아악!"
 그때 갑자기 날카로운 비명이 터져 나왔다.
 귀마궁의 무사들을 지휘하던 청의청년, 엄우광이 다급히 소리쳤다.
 "뒤에 있는 계집이 다쳐서는 안 된다! 놈만 공격해!"
 사도무영은 엄우광이 소리침과 동시에 시위를 떠난 화살처럼 앞으로 신형을 날렸다.
 귀마궁의 무사들은 조금 전처럼 강력하게 사도무영을 막지 못했다. 조화설이 다치면 사도무영을 잡아봐야 공을 세우기는커녕 죄만 지은 꼴이 되는 것이다.
 "저 여우같은 놈이!"
 노성을 내지른 엄우광이 눈에 쌍심지를 켜고 달려들었다.
 사도관이 냉랭히 소리치며 엄우광을 덮쳤다.
 "이놈! 여기도 있다!"
 엄우광은 하는 수 없이 몸을 돌리고 사도관의 공격을 막았다.
 그 사이 사도무영은 귀마궁 무사들의 마지막 저지선을 향해 돌진했다.
 도주와 격전으로 호흡이 거칠어지고 상당한 내력을 소모한 상태였지만, 여기서 멈출 수는 없었다.

뒤에서 따라오던 자들이 이십여 장 거리까지 가까워진 상태. 그들의 포위망에 갇히면 빠져나가기가 더욱 더 어려워질 터였다.

"비키지 않으면 죽는다!"

일성 대갈을 내지른 사도무영은 검을 앞세운 채, 포위망을 형성하고 있는 귀마궁의 무사들을 향해 달려들었다.

귀마궁의 무사들도 더는 물러설 수 없다는 듯 도검을 휘두르며 사도무영의 앞을 막았다.

그들은 조화설 때문에 함부로 공격을 하진 못하고 방어에만 치중했다.

잠깐 사이 뒤에서 쫓아오던 자들이 지척에 이르렀다. 모두 삼십여 명.

마음이 다급해진 사도무영은 부상을 무릅쓰고 귀마궁 무사들 사이로 뛰어들었다.

바로 그때 서쪽 산등성이에서 몇 사람이 쏜살처럼 내려왔다.

모두 다섯이었는데, 선두에서 날듯이 달려오는 사람은 단학, 바로 그였다.

그는 곧바로 사도무영이 있는 곳으로 날아들었다.

"공자! 내가 막을 테니 빠져나가시오!"

천귀살 단학의 무위는 사도관보다 강했다. 게다가 살문의 주인답게 일초 일초가 모두 살초였다.

그의 손에는 폭이 좁고 완만하게 휘어진 석 자 길이의 도가 들려 있었는데, 그의 도가 휘둘러질 때마다 예리한 도광이 신월처럼 번뜩이며 상대의 몸을 갈랐다.

"쉬쉬쉭!"

허공을 찢어발기는 소름끼치는 소리!

멋모르고 그를 막던 귀마궁의 무사들은 그의 일초조차 제대로 막아내지 못하고 낫에 베인 갈대처럼 힘없이 무너졌다.

"크억!"

"헉!"

단학의 수하들 또한 사도관을 도우며 귀마궁의 무사들을 상대했다.

개개인이 귀마궁의 무사들보다 훨씬 강한 자들. 단학과 살문 수하들의 합류는 사도관에게 놀람과 자신감을 동시에 불어넣어 주었다.

"우하하하! 단 형! 그대가 반갑게 느껴지기는 처음인 것 같소! 자! 이제 본격적으로 해볼까?"

엄우광의 얼굴에 당황한 빛이 떠올랐다.

'대체 이놈들은 누구란 말인가?'

하지만 세상은 한쪽 편만 들어주지 않았다.

"어딜 도망가려고 하느냐!"

얼음장처럼 차가운 일갈과 함께 세 사람이 사도무영의 앞을 막았다.

셋 모두 사십 대 중반의 나이로 보였는데, 백의, 홍의, 녹의를 입은 그들의 얼굴은 보는 이로 하여금 섬뜩함을 느끼게 하는 음침함이 서려 있었다.

귀마궁의 삼귀(三鬼)였다.

"흥! 귀마궁의 잡졸들이 기어 나왔구나!"

단학이 그들을 향해 신형을 날리며 도를 휘둘렀다.

삼귀 중 홍귀(紅鬼)가 갈고리처럼 생긴 기문병기를 빼들고는, 비릿한 조소를 흘리며 단학에게 마주쳐 갔다.

쩡!

단발의 맑은 쇳소리가 계곡에 울리는가 싶더니 홍귀의 몸이 뒤로 주르륵 밀렸다.

"이, 이 죽일 놈이……!"

자존심이 상한 듯 홍귀는 눈을 치켜뜨고 단학을 향해 재차 달려들었다.

단학이 코웃음 치며 도를 사선으로 들어 올리자, 도신을 타고 쭉 미끄러진 싸늘한 도광이 홍귀를 휘어 감았다.

당장이라도 목을 훑고 지나갈 것 같은 소름끼치는 도세가 좌우사방에서 밀려든다.

기겁한 홍귀는 갈고리로 단학의 공세를 막으며 뒤로 두어 걸음 물러났다.

따당!

"으음……"

충격을 받았는지 물러선 홍귀의 입에서 나직한 신음이 흘러나왔다.

홍귀가 연신 뒤로 밀리자, 백귀(白鬼)가 사도무영을 녹귀(綠鬼)에게 맡기고 단학을 합공했다. 그는 하얀색의 독수리 발처럼 생긴 철조(鐵爪)를 양손에 들고 있었는데, 발톱 끝은 날선 칼날처럼 예리했다.

"홍귀! 보통 놈이 아니다! 네가 좌측을 맡아라, 내가 우측을 맡겠다!"

사도무영은 백귀가 빠진 틈을 타 녹귀를 공격했다.

둘이라면 몰라도 하나라면 상대할 수 있을 것 같았다.

그는 처음부터 천화십팔검을 펼치며 상대를 몰아붙였다.

천화십팔검은 소천화 육식, 중천화 육식, 대천화 육식으로 이루어진 천화문 최강의 검법이었다.

비록 지금은 대천화 육식이 절전되어 십이 초밖에 남지 않았지만, 그것만으로도 능히 절기라 할 수 있는 검법이었다.

하늘을 가르며 떨어지는 천락단(天落斷)과 쐐기처럼 찔러 들어가 바위마저 부순다는 비월추(飛越錐)가 연속으로 펼쳐지자, 일시지간이나마 녹귀를 궁지로 몰아넣는 듯했다.

그러나 혼자의 몸으로 싸워도 대등한 녹귀를 조화설까지 업고 싸우는 상황이다.

처음에는 선공을 한 덕에 녹귀를 몰아붙였지만, 오 초가 지나자 녹귀가 반격하기 시작했다.

"어린놈이 제법이구나!"

하지만 그 역시도 조화설이 다쳐서는 안 된다는 걸 알기에 공격에 제한을 받을 수밖에 없었다.

사도무영은 방어에 치중하며 빠져나갈 틈만 엿보았다.

바로 그때, 홍귀가 잇새로 신음을 토해내며 비틀비틀 뒤로 물러났다. 단학의 도가 홍귀의 옆구리를 훑고 지나간 것이다.

"크윽!"

서너 걸음 물러나는 사이, 움켜쥔 홍귀의 옆구리에서 붉은 핏물이 흘러나와 홍의를 더욱 붉게 적셨다.

단학은 물러서는 홍귀를 보지도 않고 백귀를 향해 도를 틀었다.

상황이 급박하게 전개되자, 녹귀의 공세가 흔들리며 틈이 보였다.

사도무영은 기회를 놓치지 않고 전력을 다해 검을 뻗었다. 그러고는 녹귀가 급급히 뒷걸음치는 틈을 타 뒤로 몸을 날렸다.

"저 간교한 놈이!"

버럭 욕설을 퍼부은 녹귀가 사도무영을 뒤쫓으려 했다. 하지만 단학이 그대로 놔두지 않았다.

삼도를 휘둘러 백귀를 일 장가량 뒤로 밀어낸 단학은 곧바로 녹귀를 향해 신형을 날렸다.

"어딜 가려는 거냐!"

홍귀와 백귀가 협공을 하고도 막지 못한 자다.

녹귀는 단학이 날아들자 사도무영을 쫓으려던 생각을 포기했다.

계집을 잡는 게 아무리 중요해도 자신의 목숨보다 중요하지는 않았다.

사도무영은 녹귀가 자신에 대한 추격을 포기하자 이를 악물고 격전장에서 멀어졌다.

아버지가 염려되긴 했지만, 단학과 살문의 무사들이 합류한 이상 몸 하나 빼내는 것은 어렵지 않을 터였다. 아니 어쩌면 자신과 조화설이 없는 게 나을지도 몰랐다.

그렇게 삼십여 장을 달려 산을 거의 다 내려갔을 때였다.

"하하하하하."

낭랑한 웃음소리가 산을 흔드는가 싶더니, 사도무영이 달려가는 방향 저만치 앞에 있는 암봉 위에서 흑의청년 하나와 흑의중년인 둘이 내려섰다. 현유와 구천신교의 무사였다.

현유는 사도무영의 등에 업힌 조화설을 보며 조용히 웃었다.

"화설, 너는 더 이상 갈 수 없다.".

현유를 알아본 조화설은 가늘게 몸을 떨었다.

"맙소사, 저 사람이 직접 나오다니."

"누군데요?"

"현천교의 셋째 소교주인 현유라는 사람이에요."

그녀의 말을 들었는지, 현유가 빙그레 웃으며 고개를 저었다.

"나에 대한 것이 교의 비밀이라는 걸 모르지 않을 텐데……. 아깝구나, 그를 살려줄 수도 있었거늘."

조화설이 아는 현유는 그렇게 자비로운 사람이 아니었다. 자비롭기는커녕 뱀보다도 더 차가운 가슴을 지닌 사람이었다. 하기에 그녀는 사도무영을 살려줄 수도 있다는 현유의 말을 믿지 않았다.

"당신이 직접 나올 줄은 정말 몰랐어요."

"본래는 구천사령 중 두 사람을 보내려 했다. 하지만 그래서는 너를 잡을 수 없다는 걸 누구보다 내가 잘 알고 있지. 한데 역시 내가 생각을 잘한 것 같아."

현유는 사도무영의 어깨너머로 격전장을 바라보고는 한광을 번뜩였다.

"저런 자들이 너를 돕고 있었다니 말이야."

그의 가늘어진 두 눈에서 서릿발 같은 한기가 흘러나왔다.

"쌍암(雙暗), 그대들이 저들을 도와 싸움을 끝내도록 해라."

흑의중년인들은 아무런 말도 없이 훌쩍 몸을 날렸다.

가볍게 발을 구른 것 같은데도, 그들은 쏜살같이 격전장으로 날아갔다.

사도무영은 그들을 막고 싶었지만, 현유로 인해 움직일 수가 없었다. 그가 자신을 향해 다가오고 있었던 것이다.

"이제…… 네가 할 일은…… 다 했다. 화설을 내려놓고…… 편히 쉬도록 해라."

현유가 입을 오물거리며 나직이 말했다.

사이한 느낌이 드는 목소리.

거리가 아직 십 장이나 되는데도, 목소리가 머릿속에서 울린다.

흠칫, 몸을 떤 사도무영은 현유를 노려보았다.

현유는 의외라는 표정을 지은 채 사도무영을 바라보았다.

"보통 놈이 아니로군. 내 마혼심령술(魔魂心靈術)에도 흔들리지 않다니."

어쩐지 목소리가 기이하다 했더니, 뭔가 자신이 알 수 없는 사이한 마력을 목소리에 실어 보낸 것 같다.

사도무영은 정신을 바짝 차리기 위해 입술을 깨물었다.

짜릿한 통증과 함께 비릿한 피냄새가 입안에 가득 찼다.

그때 조화설이 빠르게 속삭였다.

"공자가 상대할 수 있는 사람이 아니에요. 저 뒤쪽에 옆으로 빠지는 길이 보였는데, 일단 그쪽으로 가요."

사도무영은 움찔하며 망설였다.

적에게 등을 보이고 도망쳐야 하다니.

자존심이 상했다. 하지만 말 몇 마디로 자신의 마음을 뒤흔든 자다. 현재의 몸 상태로 막을 수 없는 자.

'제길!'

그는 검을 쥔 손에 힘을 불끈 주고 땅을 박찼다.

"차앗!"

현유는 사도무영이 뒤로 도주하자 피식 웃었다.

"아직도 모르나 보군. 너는 절대 내 손을 벗어나지 못한다, 화설."

그는 느긋한 마음으로 사도무영의 뒤를 쫓았다. 십사오 장의 거리가 있었지만 조금도 걱정하지 않았다.

사도무영은 이십여 장을 뒤돌아간 다음, 조화설이 말한 샛길로 빠졌다.

잠깐 나무에 모습이 가려진 사이, 조화설은 자신의 목에 걸린 목걸이를 풀어 사도무영의 목에 걸어주었다.

아흔아홉 개의 검은 구슬로 엮어진 목걸이였는데, 구슬에는 제각기 다른 표정이 새겨져 있었다.

"화설……누이……?"

조화설은 사도무영의 목에 목걸이를 걸어주고 보이지 않게 옷깃으로 가렸다. 그러고는 빠르게 속삭였다.

"쉿, 아무 말 말고 일단 제가 하라는 대로 해요. 지금부터 현천수호령(玄天守護靈)의 구결 세 가지를 불러줄 테니 무조건 외워요. 그리고 나중에 목걸이를 차고 그 구결을 익히도록 해요. 혹시라도 훗날 저들과 마주칠 일이 생기면, 적잖은 도움이 될 거예요. 알았죠?"

사도무영은 의문을 접고 고개를 끄덕였다. 의문점을 일일이 물어볼 시간이 없었다.

그가 고개를 끄덕이자, 조화설이 그의 귀에 대고 구결을 불러주었다.

"첫 번째는 현천무광(玄天無光)이라는 거예요……."

현유의 추격을 벗어날 수 없다는 걸 누구보다 그녀가 잘 알았다. 그럼에도 사도무영에게 도주하라고 한 것은 운을 바라고 그런 것이 아니었다.

현유에게 잡혀가면 자신이 알고 있는 모든 것을 봉인할 수밖에 없다. 교주에게 넘어가면 끝장이니까.

그녀는 그 전에 자신이 알고 있는 것을 사도무영에게 알려줄 작정이었다.

난해한 구결을 사도무영이 얼마나 기억할지는 알 수 없었다. 이곳을 살아서 벗어날 수 있을지, 그조차 장담할 수 없는 상황이었다. 하지만 지금 당장 그녀가 취할 수 있는 방법은 오직 그것뿐이었다.

나머지는 하늘에 맡기는 수밖에!

다행이라면, 사도무영의 자질이 매우 뛰어나 보인다는 것이었다.

'셋 중 하나만 제대로 기억해도…….'

그녀는 그렇게 생각하며 빠르게 구결을 불러주었다.

사도무영은 조화설이 불러주는 구결에는 아무런 관심도 없는 사람처럼 죽어라 달리기만 했다.

그러나 그의 머릿속에는 정으로 석벽에 글자를 새긴 것처럼 조화설의 목소리가 꼬박꼬박 새겨지고 있었다.

일반적인 무공구결 같지는 않았다. 그래도 조화설이 이 와중에 구결을 불러주며 신신당부할 때는 그럴 만한 이유가 있을 터, 그는 한 글자도 놓치지 않고 외웠다.

한편, 사도관은 사도무영이 쫓기는 모습을 보고 눈을 부릅떴다.

뒤를 쫓는 자는 한 사람에 불과했다. 하지만 그 한 사람이 이곳에 있는 모든 적보다 더 위험해 보였다.

뒷짐을 진 채 가볍게 걸음을 옮기는데 칠팔 장을 죽죽 미끄러져간다. 초절한 경지의 신법. 결코 사도무영이 상대할 수 없는 고수였다.

"무영아!"

그는 전력을 다한 공세로 엄우광을 뒤로 밀어내고 사도무영이 도주하는 곳을 향해 몸을 날렸다.

흑의중년인이 도를 휘두르며 그의 앞을 가로막았다.

"비켜!"

사도관은 악을 쓰며 검을 뽑았다. 마음이 급한 만큼 혼신을 다한 공격이었다.

검첨에서 시퍼런 검광이 번갯불처럼 뻗어가자 흑의중년인도 전력을 다해 도를 휘둘러 막았다.

쩌저정!

도검이 정면으로 충돌하며 고막이 먹먹할 정도의 충격이 두 사람을 뒤로 튕겨냈다.

사도무영이 쫓기는 것에 안달난 사람은 사도관만이 아니었다.

단학도 그 광경을 보고는, 전면을 막고 있는 흑의중년인을 향해 연달아 삼도를 휘둘렀다.

흑의중년인은 온몸을 난자할 듯이 밀려드는 도세를 감당치 못하고 서너 걸음을 물러섰다.

그 틈을 타 몸을 빼낸 단학은 곧장 현유를 향해 날아갔다.

그 역시 현유가 자신 못지않은 고수임을 직감하고 있던 터였다. 어쩌면 자신보다 더 강할지도 몰랐다. 하지만 망설일 틈이 없었다. 어차피 사도무영에게 무슨 일이 생기면, 자신은 반쯤 죽은 목숨이었다.

단 세 번의 도약으로 현유에게 접근한 그는 도에 공력을 집중하고 도강을 일으켰다.

쉬아아악!

대기를 가르며 날아드는 도강이 채찍처럼 휘어져 밀려든다.

현유는 단학의 공세를 얕보지 못하고 쌍수를 들어 삼 장을 연속으로 쳐냈다.

순간 그의 양손에서 시커먼 묵빛 장력이 쏟아지며 단학의 도강을 뒤덮었다.

콰르르릉!

벽력음과 함께 청광과 묵광이 폭죽처럼 터져 나갔다.

이 장이나 뒤로 튕겨진 단학은 이를 악다물고 공력을 집중했다.

그때 곧바로 뒤쫓아 온 흑의중년인과 녹귀, 백귀가 그를 가로막았다.

앞이 막히자 단학의 눈에서 살광이 번들거렸다.

"죽일 놈들!"

그의 도에서도 시퍼런 광채가 넘실거리는가 싶더니 쭉 뻗어 나왔다.

백귀가 그걸 보고 해쓱하니 질린 표정으로 물었다.

"도, 도강! 대체 네놈은 누군데……!"

단학은 친절하게 설명해줄 시간이 없었다. 자신만큼이나 뒤로 튕겨진 현유가 다시 사도무영의 뒤를 쫓아간다.

자신의 일도로 인해 약간의 시간을 벌긴 했지만, 상대의 실력으로 봐서 사도무영을 따라잡는 것은 그리 어렵지 않을 것이다.

"지옥에 가서 알아봐라!"

단학은 도를 열십(十)자로 그으며 백귀를 덮쳤다.

동시에 흑의복면인과 녹귀도 단학을 공격했다.

물고 물리고, 누가 죽든 상대만 죽이면 된다는 식의 공격이다.

단학은 피하지 않고 백귀를 향해 도를 내리쳤다.

쩌적! 쾅!

도강이 백귀의 철조를 부러뜨리며 어깨까지 갈라버렸다.

"커억!"

입을 쩍 벌린 백귀의 팔이 툭 떨어져나가며 피분수가 뿜어져 나왔다.

단학은 백귀의 팔을 자르고 나서야, 살문의 절기인 환영보를 펼쳐 흑의중년인과 녹귀의 공격을 피했다.

하지만 그가 잠시 그들에게 막힌 사이, 현유는 이미 숲속으로 들어가 보이지 않았다.

현유가 단학의 공격을 받고 멈칫거린 시간은 서너 번 숨 쉴 시간에 불과했다.

하지만 그로 인해 벌어진 거리가 다시 좁혀지는 데는 그 몇 배가 더 걸렸다.

비록 반의 반각도 안 되는 시간이었지만, 그 시간이 사도무영과 조화설에게는 천금과도 같았다. 현유를 따돌리지는 못했지만, 두 번째 구결까지 불러줄 수가 있었던 것이다.

조화설이 현천수호령의 세 번째 구결인 여든한 자의 현천무무령(玄天無無靈)에 대한 구결을 불러줄 즈음 현유가 바로 뒤까지 쫓아왔다.

"죽기 좋은 곳이군."

현유의 차가운 목소리가 뒷덜미를 잡아당긴다.

사도무영은 넓은 공터가 나오자 즉시 방향을 틀어 숲으로 뛰어들었다.

그 와중에도 조화설의 목소리가 빠르게 이어졌다.

그가 막 숲을 빠져나올 즈음, 현유가 그의 머리 위를 날아넘으며 앞을 가로막았다.

"흥! 너희들이 감히 나에게서 도망칠 수 있을 거라 생각했더냐?"

아직 세 번째 구결을 반도 불러주지 못한 상태. 조화설은 안타까웠지만 더 이상 구결을 불러주지 못하고 입을 다물었다.

구결을 현유가 들으면 안 되었다. 자신이 사도무영에게 뭘 알려줬는지 알게 된다면, 현유는 사도무영을 절대 살려두지 않으려 할 테니까.

'하아, 조금만 더 시간이 있었어도……'

바로 그때였다.

반대편 숲속 저 안쪽에서 갑자기 고함소리가 터져 나왔다.

"어떤 새끼가 우릴 막겠다는 거야?"

"죽고 싶으면 어디 막아봐라!"

"막는 놈은 다 죽여 버려!"

동시에 갈참나무를 밟으며 세 사람이 날아들었다.

그들은 순식간에 십칠팔 장을 날아오더니 곧장 현유를 덮쳤다.

어이없게도, 숲속에서 나타난 자들은 죽마와 쌍혈마였다.

현유는 생각지도 못했던 방해자들이 나타나자 인상을 쓰며 쌍장을 휘둘렀다.

"웬 놈들이 내 일을 방해하는 것이냐?"

시커먼 먹구름이 그의 두 손에서 쏟아져 나왔다.

"이 자식이 어디서 먹물을 뿜어대!"

거혈마가 커다란 도끼를 내려쳤다.

"웬 놈? 새파란 새끼가 어디서!"

죽마는 버럭 욕을 하며 청죽마혼조를 내리쳤다.

오직 단혈마만이 뭔가 이상함을 느낀 듯 쥐눈을 굴리며 꼬챙이 같은 검에 전 공력을 쏟아 넣었다.

콰광!

네 사람의 공세가 뒤엉키며 폭풍 같은 기운이 일대를 뒤집어 놓았다.

그사이 사도무영은 또다시 숲속으로 뛰어들었다.

세 노마가 왜 이곳에 나타났는지 몰라도, 사도무영의 입장에선 그들마저 반가웠다.

그들 덕에 무사히 빠져나가기만 한다면, 일전의 일은 모두 용서해줄 수 있을 것 같았다.

하지만 현유의 무공은 그의 예상보다 훨씬 강했다.

그는 단 일장으로 세 노마에게 거센 충격을 주고는 다시 사도무영을 쫓아 숲속으로 들어갔다.

"운이 좋은 줄 알아라, 늙은이들!"

거혈마와 죽마가 숲속으로 들어가는 현유를 보고 고함을 내질렀다.

"어딜 가느냐, 이놈!"

"다시 한 번 붙어보자!"

그들은 소리치면서도 속으로는 현유가 돌아오지 않기를 바랐다.

'씨벌, 젊은 놈이 뭐 저리 강해?'

'크윽, 이거 내장이 틀어진 거 같은데?'

단혈마는 이를 지그시 악물고 현유가 사라진 숲을 바라보았다.

쫓기고 있던 와중에 코웃음 치는 소리를 듣고 자신들을 막으려는 놈인 줄 알았다.

그런데 그게 아니다. 계곡에서 싸우는 소리가 들렸는데, 놈은 그들과 한 패거리일 뿐이었다.

'지미, 우리와 상관없는 놈이었는데 괜히…….'

짜증이 난 그는 거혈마와 죽마를 닦달했다.

"이러고 있을 때가 아니다. 웅귀, 그 늙은이가 쫓아오기 전에 어서 가자!"

사도무영은 숲을 뚫고 정신없이 달렸다.

잔가지가 얼굴을 치고, 가시넝쿨이 다리를 감아도 오직 앞만 보고 달렸다. 그사이 조화설의 목소리가 끊이지 않고 그의 귓속으로 스며들었다.

그렇게 얼마나 달렸을까, 앞이 탁 트이며 초지가 나타났다.

동시에 머리 위에서 냉랭한 목소리가 울렸다.

"후후후후, 네놈은 절대 내 손을 빠져나갈 수 없다고 하지 않았느냐!"

사도무영은 삼 장 앞에 내려서는 현유를 보며 망설이지 않고 검을 뺐었다.

현유는 그의 공격에 조금도 당황하지 않았다. 오히려 가느다란 조소를 베어 문 채 천천히 두 손을 들어 올렸다.

"어리석은 놈!"

그의 두 손이 가슴까지 올라왔다 싶은 순간, 그의 손바닥에서 먹빛이 일렁였다.

조화설은 그걸 보고 대경했지만, 최대한 사도무영의 정신을 흔들지 않으려고 작게 말했다.

"절대 정면으로 부딪치면 안 돼요. 공격하는 척하면서 자리를 피해요."

사도무영은 자존심이 상했지만, 상황이 상황인 만큼 일단은 조화설의 말에 따랐다.

그는 검을 찌르는 척하면서 왼발을 축으로 몸을 빙글 돌리고는, 현유를 비켜서 사선으로 몸을 날렸다.

순간 현유의 입가로 싸늘한 조소가 번졌다.

"그 정도로는 내 손을 빠져나갈 수 없다, 애송이!"

그는 스윽, 바람에 날리듯이 뒤로 날아가며 쌍장을 흔들었다.

묵빛 장력이 사도무영의 측면을 향해 밀려갔다.

사도무영이 몸을 틀며 피하려 해보았지만, 묵빛 장력은 눈이라도 달린 것처럼 그의 뒤를 쫓아가 옆구리를 파고들었다.

사도무영은 도저히 피할 구멍이 보이지 않자, 묵빛 장력을 향해 검을 뻗었다.

쾅!

굉음이 울리며 사도무영의 몸이 옆으로 주욱 밀려났다.

'크윽!'

번개에 얻어맞은 것처럼 엄청난 충격이 전신을 흔든다.

사도무영은 악다문 이 사이로 터져 나오려는 신음을 억지로 삼켰다.

한데 등에 업혀 있던 조화설도 충격을 받았는지 나직한 신음을 흘리며 사도무영의 어깨를 움켜쥐었다.

"으음……."

현유는 가볍게 한 발을 내딛으며 다시 손을 들어 올렸다.

본래는 조화설을 다치게 할 마음이 없었다. 그러나 단학과 세 노마에게 공격을 받은 후 감정이 날카로워진 상태였다.

그들이 다시 와서 방해한다면 정말 놓칠지도 모르는 일. 현유는 조화설에게 약간의 내상을 입히는 한이 있더라도 이 자리에서 끝장을 볼 생각이었다.

"후후후, 아직도 내 손을 벗어날 수 있다고 생각하나?"

그는 나직이 웃으며 다시 사도무영을 공격했다.

사도무영은 혼신을 다해 현유의 장력을 막았다.

떠더덩!

현유의 묵빛 장력과 부딪칠 때마다 사도무영의 몸이 거세게 떨렸다.

목구멍이 콱 막힌 기분.

심장이 폭죽처럼 터질 것만 같다.

얼굴이 창백해진 사도무영은 안간힘을 다해 뒤로 물러났다.

강해도 너무 강했다.

아무리 연이은 싸움으로 내상을 입었다지만, 이 초조차 제대로 감당하지 못할 정도라니.

주르륵, 대여섯 걸음을 물러선 사도무영의 허리가 절로 구부러지고, 콱 막힌 목구멍에서 덩어리진 핏덩이가 쏟아졌다.

"욱!"

그때 조화설이 사도무영의 목을 두르고 있던 팔을 풀고 등에서 내려서려 했다.

사도무영이 입에서 피를 튀기며 다급히 말렸다.

"왜……!"

"당신은 할 만큼 했어요. 더는 안 돼요. 그리고…… 조금 전에 누이라고 불러줘서 고마워요."

"화설…… 누이."

조화설은 파르르 떨리는 표정을 애써 감추고 사도무영의 등에서 내려섰다.

그녀가 내려서자 현유도 더 이상 손을 쓰지 않았다. 그는 모든 것이 자신의 뜻대로 되었다 생각한 듯 만족한 표정으로 두 사람을 쳐다보았다.

그사이, 앞으로 나선 조화설이 현유와 사도무영 사이를 가로막고 섰다.

"이제 그만해요, 소교주."

현유는 묘한 눈빛으로 조화설을 바라보았다.

"도망치다 안 되겠으니 그만하자고?"

"저를 잡았으니 되었잖아요?"

"너를 업고 있던 저놈을 나더러 그냥 보내주라는 말은 아니겠지?"

묘한 말투, 깊은 곳에서 불꽃이 느껴지는 눈빛이다.

단순히 조화설을 도와주었다고 하는 말이 아닌 것 같다.

조화설은 곧 현유의 말뜻을 깨닫고 피식 웃으며 말했다.

"이제 열다섯 살이에요. 설마 질투하는 건 아니겠지요?"

현유의 얼굴에 의외라는 표정이 떠올랐다.

덩치에 비해 앳된 얼굴을 보고 많은 나이로 보지는 않았다. 조화설에게 누이라 부르는 것도 조금 이상했고.

그렇다 해도 설마 열다섯 소년일 거라고는 생각지도 못한

두 여인의 가슴에는 꽃이 피고 209

그였다.

"열다섯이라고?"

"그래요. 몸만 크지 아직 어려요. 당신보다 열 살이나."

현유는 그 말을 다르게 받아들였다.

"아주 위험한 놈이군."

"왜요, 자신이 없나요? 나중에 당신을 능가할 것 같나요? 호호호, 우습군요. 천하에 두려울 게 없는 당신이 그런 생각을 하다니."

조화설이 현유의 자존심을 자극했다.

현유는 눈살을 찌푸리고 조화설을 응시했다.

"저깟 놈은 백 년이 지나도 나를 능가하지 못한다."

"그런데 뭐가 두려워 제거하려는 거죠?"

차갑게 굳은 현유의 눈동자가 사도무영을 향했다.

"네가 저놈에게 뭔가를 말해주었다. 그것만으로도 죽일 이유는 충분하지."

"기껏해야 반의 반각밖에 안 되는 시간이었어요. 더구나 정신없이 도망치는 중이었죠. 그 시간에 내가 뭘 알려줄 수 있겠어요? 설마 모르시는 건 아니겠죠? 교주께서 제게 원하는 게 얼마나 방대한지 말이에요. 설령 제가 말해준다 해도, 소교주보다 훨씬 머리가 뛰어나지 않는 한, 그 판국에는 열 중 하나를 알아듣는 것도 불가능할 거예요."

현유의 눈썹이 송충이처럼 꿈틀거렸다.

지금까지 자신을 긴장케 하는 사람은 오직 둘뿐이었다.
교의 두 사형.
세상 밖에 더 있을지도 모르지만, 현재 자신이 아는 한은 그랬다.
그 두 사람만 아니라면, 누구에게도 지고 싶은 마음이 없었다.
묵령기조차 막아내지 못하는 열다섯 살 애송이 따위는 결코 자신의 적수가 될 수 없는 것이다. 그게 힘이든, 머리든.
"좋다, 화설. 앞으로 엉뚱한 짓을 하지 않겠다고 약속한다면 저놈을 살려주지."
조화설은 처연한 눈빛으로 사도무영을 돌아보고는 고개를 끄덕였다.
"약속하겠어요."
파르르 떨리는 조화설의 눈꺼풀에 눈물이 맺혀 있다.
가슴을 쥐어짠 눈물.
행여나 떨어질까 봐 눈도 깜박이지 않는다.
사도무영은 피범벅 된 입으로 소리쳐 불렀다.
"화설 누이!"
조화설은 가만히 고개만 저었다.
더 말하지 말라며. 소용없다며. 그것만이 당신이 살 수 있는 길이라며.
사도무영은 이가 부서질 정도로 턱에 힘을 주었다.

좋아하는 사람이 억지로 끌려가기 직전인데도 힘이 없어 보고만 있다.

호위하기로 한 자신이 오히려 여인의 몸을 담보로 목숨을 구걸하고 있다.

내상으로 인한 고통보다 몇 배나 더한 아픔이 그의 심장을 갈가리 찢으며 밀려들었다.

그때였다. 현유가 조화설을 향해 우수를 뻗더니 허공을 끌어당겼다.

"그럼 이리와라, 화설."

마치 끈으로 묶어 잡아당긴 듯 조화설의 몸이 그의 손안으로 딸려갔다.

"이게 무슨 짓……."

조화설은 현유의 강압적인 행동에 대항하며 발버둥 쳤다.

그러나 아무런 소용이 없었다. 현유의 가공할 허공섭물은 그녀가 버틸 수 있는 것이 아니었다.

"화설 누이!"

대경한 사도무영은 조화설을 부르며 땅을 박찼다.

단 한 걸음을 옮기고 심장이 터지더라도 가만있을 수가 없었다. 당장 하늘이 무너진다 해도 조화설을 구하기 위해 무언가를 해야만 했다.

그 순간만큼은, 죽음이라는 단어 자체가 머릿속에서 사라졌다.

현유는 오른손으로 조화설의 허리를 휘어 감고는, 비릿한 조소를 머금은 채 좌수를 홱 뒤집었다.

순간 그의 좌수에서 묵령의 기운이 벼락처럼 뻗어나갔다.

"안 돼요!"

조화설이 현유를 밀어내며 소리쳤지만, 현유는 일말의 동요도 없이 사도무영을 공격했다.

사도무영은 피하지 않고 혼신을 다해 검을 휘둘렀다.

더 이상은 피하지 않겠어!

"차아앗!"

쩡! 퍼벅!

묵령기의 위력을 견디지 못한 검이 사도무영의 손을 벗어나 허공으로 날아갔다.

"크윽!"

격한 신음이 피분수와 함께 터져 나오고, 사도무영의 몸뚱이가 일 장이나 뒤로 날아갔다.

경악한 조화설이 뾰족한 목소리로 악을 썼다.

"무슨 짓이에요! 약속했잖아요!"

현유는 뱀처럼 차가운 눈으로 그녀를 노려보았다.

"놈이 먼저 공격하는 걸 너도 봤지 않느냐? 후후후후, 걱정 마라. 그래도 너를 생각해서 죽이지는 않을 테니까."

당장 눈앞에서는. 시간이 지나면 어차피 죽을 테지만.

조화설은 부들부들 떨며 섬섬옥수를 움켜쥐었다.

두 여인의 가슴에는 꽃이 피고

"나쁜 사람, 저렇게까지 손을 쓰지 않아도 되잖아요."

현유는 이를 악문 조화설의 허리를 바짝 끌어안았다.

그러고는 나직이, 으르렁거리는 투로 말했다.

"네 조부와 애비가 배신하지만 않았다면, 너는 내 여자가 되었을 거다. 한 마디로 네 몸에 손을 댈 수 있는 사람은 나뿐이란 말이지. 그러니 저놈의 심장을 이 자리에서 뽑아버리지 않은 걸 다행으로 알아라. 앞으로 어떤 놈이든, 네 몸에 손을 대는 놈은 모두 심장을 뽑고 사지를 잘라 죽여 버릴 거다."

고개를 돌린 그는, 바닥에서 꿈틀거리며 악착같이 일어나려는 사도무영을 바라보며 마저 말을 마쳤다.

"더 이상 나를 자극하지 마라, 화설. 지금이라도 저놈의 두 팔을 잘라버리고 싶은 걸 참고 있는 중이니까."

충분히 그러고도 남을 사람이다.

그걸 알기에 조화설은 더 이상 따지지 않았다.

'미안해요, 사도 공자. 정말 미안해요. 제가 부탁만 하지 않았어도 이런 일을 당하지 않았을 텐데……'

현유는 조화설을 안은 채 허공으로 솟구쳤다.

"너는 이제부터 나만 생각해라, 화설."

사도무영은 바닥을 손으로 긁으며 겨우 고개를 들었다.

저만치 멀어져가는 현유의 뒷모습이 보였다.

언뜻 현유의 가슴에 안겨 있는 조화설이 자신을 바라본다.

그녀의 눈에서 눈물이 흐른다.
심장에서 피가 흘러나오는 것만 같다.
그녀가 현유의 어깨 너머로 손을 흔든다.
영원히 헤어질지 모르니 마지막 인사를 하는 걸까? 아니면 자신을 구해달라는 걸까?
'화설 누이……!'
하지만 그는 슬퍼할 새도 없었다. 현유가 아버지가 있는 곳으로 날아간 것이다.
'아버지! 아버지가 위험해!'
두 눈이 폭풍을 만난 돛단배처럼 흔들렸다.
현유가 얼마나 강한지 몸으로 뼈저리게 느낀 터다. 단학도, 아버지도 그를 상대할 수 없다.
그러나 그가 할 수 있는 일은 아무것도 없었다. 오히려 두 손으로 땅을 짚고 일어나려 하자, 눈앞이 하얗게 변하며 정신이 아득하게 가라앉았다.
'아버지…….'

휘익!
한 사람이 그곳에 나타난 것은, 사도무영이 정신을 잃은 직후였다.
"이런! 조금 늦었구나. 그 잡놈들만 아니었어도 구할 수 있었을지 모르거늘."

회색도복을 입은 노도인, 망혼진인이었다.

그는 사도무영의 맥문을 잡고 급히 상태를 살펴보았다.

순간 회색 동공을 파르르 떤 그가 경악성을 내질렀다.

"이, 이건, 구천마령기(九天魔靈氣) 중의 묵령기! 어떻게 묵령기가 여기에 나타났단 말인가?"

그러나 놀라고만 있기에는 사도무영의 몸 상태가 너무 좋지 않았다.

망혼진인은 손가락을 갈고리처럼 구부리고는 다급히 사도무영의 전신혈도를 두들겼다.

"어떤 놈인지 참으로 악독한 놈이로다. 묵령의 마기를 이 아이의 몸에 심어 놓다니. 하지만 내가 있는 이상 네놈 뜻대로 되지만은 않을 것이다."

바로 그때, 혈도를 두들긴 충격 때문인지, 기절한 사도무영의 눈이 번쩍 뜨였다.

한데 사도무영의 눈이 뒤집어지며 하얗게 변하는가 싶더니, 아래쪽에서 검은 점이 모습을 드러내는 것이 아닌가.

눈동자처럼 보이는 반투명한 검은 점 하나가, 핏발 선 안구에서 흑진주마냥 영롱한 빛을 발한다.

그걸 본 망혼진인의 몸이 사시나무처럼 떨렸다.

튀어나올 것처럼 두 눈을 부릅뜬 그는 정신없이 사도무영의 머리를 흐트러뜨리고 백회혈을 살펴보았다.

일순간, 망혼진인의 회색 동공에서 번갯불 같은 청광이 쏟아졌다.

 "오오오오, 맙소사! 신안(新眼)에 태천삼령성(太天三靈星)까지! 우흐흐, 하늘도 무심치 않구나! 천 년 염원이 내 대에서 이루어지다니!"

 망혼진인은 사시나무처럼 떨리는 손으로 사도무영을 안아 들었다.

 "회천수혼을 얻은 것도 우연이 아니었던 게야! 흐흐흐하하하!"

 광소와 함께 한 줄기 선풍(旋風)이 그를 중심으로 휘도는가 싶더니, 공터에서 그의 모습이 사라졌다.

 한편, 사도관은 안절부절못했다.
 아들이 숲속으로 도망쳤다. 그리고 한 사람이 뒤쫓아 갔다.
 문제는 아들을 쫓아간 자였다.
 단학조차 그를 막지 못할 정도라면, 아들이 조화설을 업은 채 그의 손을 벗어날 가능성은 열에 하나도 되지 않았다.
 사도관은 가슴이 터질 것 같았다. 마음은 다급한데 빠져나갈 수가 없다.
 '다 내 잘못이다, 무영아! 내가 말렸어야 하는데……. 아버지가 되어 가지고 집에서 도망치자고 했으니……. 크윽!'
 오랫동안 수련을 게을리 했기 때문인지, 이제는 몸조차 제대로 말을 듣지 않았다.

조금만 더 지나면 적에게 당해서가 아니라 스스로 지쳐서 무너질지 모르는 상태. 이곳에 더 있기에는 상황이 최악이었다.

아들을 위해서든 누구를 위해서든, 일단은 이곳을 빠져나가야 뭐든 할 수 있을 터였다.

"유모! 내가 포위망을 뚫을 테니 뒤를 따라오시오! 절대 멀리 떨어지지 말고!"

사도관은 유모를 향해 소리치고는, 검과 하나가 되어 흑의중년인을 향해 날아갔다. 유모도 부상을 입은 몸으로 이를 악문 채 그 뒤를 따라 움직였다.

흑의중년인은 사도관의 공세를 경시하지 못하고 신중하게 검을 들어 대응했다.

쩡!

두 사람의 검이 정면으로 뒤엉키는가 싶더니, 흑의중년인이 뒤로 다섯 자가량 주욱 밀렸다.

사도관은 흑의중년인과 부딪친 반동을 이용해서 검을 우측으로 틀어 엄우광을 공격했다.

엄우광은 사도관이 자신보다 강하다는 걸 알기에 혼자 대항할 마음이 없었다.

그가 뒤로 훌쩍 물러나며 소리쳤다.

"놈도 지쳤다! 공격해!"

대여섯 명의 무사들이 사도관을 향해 일제히 달려들었다.

"빌어먹을 놈들! 거머리 같은 놈들!"

사도관은 포위망이 쉽게 뚫리지 않자 바락바락 욕설을 퍼부으며 검을 휘둘렀다.

상처도 더 늘었고, 내상은 당장 쓰러져도 이상하지 않을 정도였다. 악으로 버티고 있는 것일 뿐.

사도관은 이러다가 이곳에서 죽는 것이 아닌가, 슬슬 걱정이 되었다.

하지만 자신이 쓰러지면 유모도 위험했다.

지금까지는 오직 '여자'라는 이유만으로 유모에게 심하게 손을 쓰지 않고 있지만, 언제 어떤 상황이 벌어질지 아무도 몰랐다.

그는 한 걸음도 물러서지 않고 귀마궁 무사들의 공격을 혼자서 다 받아냈다.

계곡 위쪽에서 청의를 입은 무사 수십 명이 쏟아져 내려오는 게 보인 것은 바로 그때였다.

그들을 본 사도관은 얼굴이 흙빛으로 변색된 채 이를 악물었다.

'씨블, 대체 얼마나 많은 놈들이 몰려온 거야?'

하지만 사도관의 우려와 달리 그들은 귀마궁의 무사들이 아니었다.

"정천맹의 무사들은 저 사람들을 도와라!"

"귀마궁 놈들이 왜 여기에서 설치는 것이냐!"

그 소리를 듣고 사도관의 얼굴이 환하게 밝아졌다.

'정천맹이다!'

정확히는 정가장의 무사들이었지만, 어쨌든 상관없었다. 정천맹의 무사들이 나타났다는 것. 그것만으로도 상황을 바꾸기에 충분했다.

귀마궁의 무사들은 정천맹의 무사들이 나타나자 당황하지 않을 수 없었다.

정천맹과의 싸움은 무조건 피해야 할 일이었다.

궁주도 정천맹을 자극하는 일은 최대한 피하라고 하지 않았던가.

엄우광이 이러지도 못하고 저러지도 못하고 있는 사이, 정가장의 무사들이 삼십 장 이내로 들어섰다.

그때 숲 쪽에서 현유의 외침이 들려왔다.

"목적을 완수했으니 그만 돌아가자!"

그의 명령이 떨어지자마자, 흑의중년인과 엄우광, 녹귀를 비롯한 귀마궁의 무사들이 썰물처럼 빠져나갔다.

격전장에 남은 것은 이십여 구의 시신과 사도관, 유모, 그리고 단학과 두 수하들뿐이었다.

피바다로 변한 초지 한가운데 서 있던 사도관이 급히 소리쳤다.

"유모, 무영이를 찾아봐야겠소!"

조화설이 적의 손에 넘어갔다. 사도무영의 신상에 무슨 일이 벌어졌다는 말과도 같았다.
 유모도 마음이 다급하기는 마찬가지였다.
 "예, 대협."
 단학도 수하들에게 명을 내리고 그의 뒤를 따라갔다.
 "시신을 챙겨라."
 살문의 수하들은 즉시 동료들의 시신을 챙겨 어깨에 걸치고 단학을 따라갔다.
 정가장의 무사들이 그곳에 도착했을 때는 사도관 등이 숲속으로 들어간 후였다.

 사도관은 멍하니 주위를 둘러보았다.
 사도무영이 있었을 만한 곳은 한 곳밖에 없었다.
 하지만 그곳에는 피만 고여 있을 뿐 사도무영의 모습은 어디에서도 보이지 않았다.
 '무영아……!'
 앞이 노랗게 보이고, 머리가 어질어질했다.
 그때 단학과 그의 수하들이 주위를 수색하고 돌아왔다.
 사도관은 다리가 후들거리는 걸 애써 참고 단학을 돌아다보았다.
 "찾았소?"
 단학은 착잡한 표정으로 고개를 저었다. 그의 실처럼 가느다란 눈이 감은 것처럼 딱 붙어서 눈동자가 아예 보이지 않았다.

"찾지 못했습니다, 대공."
"어딜 간 거지?"
"많이 다쳤으면 몸을 움직인 흔적이라도 남아 있어야 하는데, 어디에도 부상자가 움직인 흔적이 보이지 않습니다."

추적술에 있어서 강호 최고의 전문가 중 한 사람이 바로 단학이다. 그가 그렇다면 그런 것이다.

"그럼 하늘로 솟았다는 건가, 대체 어찌된 일이지?"

단학이 신중하게 자신의 의견을 피력했다.

"한 가지 가능성은, 누군가가 공자님을 구해갔다는 것입니다. 그렇지 않고서는 도무지 이해가 안 되는 상황입니다."

"누가 구해갔다고? 누가 무영이를……."

그때 문득, 조금 전의 일이 떠올랐다.

숲속에서 소란스런 소리가 들렸었다. 현유라는 자의 목소리뿐만 아니라 다른 사람의 목소리까지.

'맞아, 아까 시커먼 놈이 떠나간 뒤에도 숲에서 괴상한 웃음소리가 들렸었어!'

노인의 웃음소리 같았다. 걱정에 찬 웃음이었다.

일순간 뇌리에서 번쩍, 한 사람의 모습이 떠올랐다.

'혹시 그 노도장이?'

그럴 가능성은 일 할도 되지 않았다. 그러나 그 어떤 가능성보다 높았다. 어제만 해도 갑자기 나타나지 않았던가?

더구나 아들과 노도장은 마치 전부터 잘 아는 사이처럼 이야기를 나누었다.
 '혹시 무영이를 탐내고 있었던 게 아닐까?'
 자신이 모르는 사이 마음이 오갔다면, 뒤를 쫓아와 무영이를 구했을 수도 있었다.
 '제발 그랬으면……'
 사도관은 내심 그러기만을 바라며 힐끔 단학을 쳐다보았다.
 그는 노도장에 대한 것을 단학에게 말하지 않기로 했다. 그 말을 하면 집에 가서 기다리자고 할지도 몰랐다.
 대신 목에 힘을 주고 심각한 어조로 말했다.
 "단학, 잘 알겠지만, 나 혼자 돌아갈 수는 없네."
 단학도 마찬가지 신세였다.
 "저도 마찬가집니다, 대공."
 이대로 돌아가면, 이영영에게 맞아죽을지 몰랐다.
 사도관이 어찌 단학의 마음을 모를까.
 "나는 남쪽으로 가 볼 테니까, 그대는 동쪽으로 가 보게."
 "후우, 좋습니다. 그렇게 하죠. 한데 언제까지……"
 "기간을 정할 수는 없지만, 정 못 찾겠으면 돌아가겠네."
 서신만 보내고 좀 더 나중에 갈 수도 있고.
 단학은 왠지 찜찜한 마음이 들었지만, 지금으로선 마땅히 할 말이 없었다.
 "알겠습니다."

두 여인의 가슴에는 꽃이 피고

"그럼 먼저 가 보게."

사도관은 단학이 떠난 다음에야 그 자리에 주저앉았다.
더는 버티고 서 있을 힘이 없었다.
"으음……."
"대협."
유모가 깜짝 놀라 그를 부축했다.
사도관은 머리를 유모의 가슴에 기대고 고개를 저었다.
"쉿, 혹시 그가 다시 돌아올지 모르오. 그러니 조용히……."
"그분을 불러서 상처를 돌보시는 게……."
"내 부상이 심한 걸 알면 그는 나를 집으로 데려가려 할 거요. 나는 무영이를 찾을 때까지 집에 가고 싶지가 않소."
돌아가면 마누라 등쌀에 머리가 터져버릴 테니까.
그보다는 유모와 함께 무영이를 찾으러 다니는 게 훨씬 나았다.
"그럼 어떻게 하시려고요?"
"일단 어디 쉴 만한 곳을 찾아봅시다. 쉬면서 몸을 추스르고, 그 후에 무영이를 찾아봐야……."
스르르…….
사도관의 몸이 옆으로 기울어졌다.
긴장이 풀리자 그동안 입은 내외상의 충격이 한꺼번에 밀려들며 정신을 혼미하게 만들었다.

"대협!"

대경한 유모는 급히 사도관의 몸을 살펴보았다.

생각했던 것보다 사도관의 내상은 훨씬 심각했다. 단순히 심각한 정도라 아니라, 이대로 놔두면 목숨까지 위험해질지 모를 정도였다.

'이런 몸을 하시고도 나를 지키려고……'

유모의 눈에서 눈물이 주르륵 흘렀다.

자신만 아니었다면 이런 내상을 입을 이유가 없었다. 혼자의 몸이라면 얼마든지 적의 손에서 벗어날 수가 있었으니까.

결국 사도관이 깊은 내외상을 입은 것은 자신 때문이라는 말이었다.

"대협, 천한 계집이 뭐 그리 중요하다고……"

그녀는 눈물을 닦지도 않고 사도관의 몸을 조심스럽게 안아 들었다.

하늘을 올려다보는 그녀의 표정은 의외로 어둡지 않았다. 두 눈에서 흐르는 눈물은 여전했지만, 오히려 어떤 면에서는 밝게도 느껴졌다.

"비록 손가락질을 받았던 천한 몸이지만…… 천첩이 당신을 살리기로 작정한 이상, 당신은 절대 죽지 않을 것입니다, 절대로."

1.

 눈을 뜨자 붉고 파란 소용돌이가 두 눈에 가득 찼다.
 단순한 소용돌이가 아니었다.
 붉은 것은 지옥의 극양겁화(極陽劫火)요, 파란 것은 북천의 극음빙해(極陰氷海)다.
 지옥의 불길에 휩싸인 아수라가 참담한 비명을 내지르며 몸부림친다.
 반쪽으로 쪼개진 얼굴. 여섯 개의 팔 중 합장을 한 팔 두 개는 부러져 있고, 나머지 네 개는 지옥화(地獄火)에 녹아들어간다.
 반면 빙해에 빠진 십나찰(十羅刹)은 영원히 빠져나올 수 없는 얼음소용돌이와 함께 휘돌며 간절히 구원을 갈구하고 있다.

얼어붙은 얼굴. 쩍쩍 갈라지는 살결. 극한의 냉기로 인해 혼조차 얼어붙은 표정들이다.

사도무영은 눈 한 번 깜박일 수가 없었다.

처음에는 꿈인가 했다. 그러나 꿈이 아니었다. 물론 실제 상황도 아니었지만.

그것은 천장에 그려진 그림이었는데, 어찌나 그 광경이 생생한지 자신이 지옥겁화에 타들어가고, 빙해에 빠진 듯했다.

아수라가 손을 뻗어 자신의 멱살을 잡을 것만 같았다. 나찰녀들이 손을 뻗으며 살려달라고 소리치는 듯했다.

그런데 묘하게도, 아수라가 손을 뻗든 나찰녀들이 소리치든, 아무런 생각도 들지 않았다.

공포심도 들지 않았고, 측은함도 들지 않았다. 감정이 없는 나무인형처럼.

머릿속이 텅 빈 느낌.

그때였다. 텅 빈 머릿속으로 지나온 세월이 선명하게 떠오르며 스치듯 지나갔다.

'어머니……'

한때 어머니는 자신의 전부라 해도 과언이 아니었다.

누구도 어머니와 자신의 삶에 관여하지 못했다. 심지어 아버지조차 겉으로만 맴돌았다. 이상하게 아버지는 그 일에 대해 크게 따지지 않았다.

걷지도 못할 때부터 모자를 씌우고, 남 앞에 잘 내보이지도 않았다.

그리고 무엇 때문인지 열 살이 될 때까지 천보장 밖으로 나가지 못하게 했다. 열 살이 넘어서도 크게 달라지지는 않았지만. 한계가 천보장 내에서 천보장 인근으로 바뀌었을 뿐이었으니까.

몰래 어디를 간다는 것은 생각도 못했다. 항상 네 명의 호위 무사들이 붙어 다녔는데, 하루 이교대로 그를 호위했다.

처음에는 당연한 일로 생각했다. 사랑하는 아들을 보호하기 위해 그런가 보다 했다.

그런데 언제부턴가 어머니의 철저한 통제가 답답하게 느껴졌다. 숨이 콱콱 막히는 기분이 들었다.

결국 열한 살이 되었을 때 답답함을 참지 못하고 어머니에게 물어보았다. 왜 밖으로 못 나가게 하는지.

어머니는, 황금을 노리고 자신을 납치하려는 사람이 많으니 조심해야 한다고 했다.

납득할 만한 충분한 해명은 아니었다. 그렇다고 어머니의 말을 무시할 수도 없는 일. 그때부터 무공을 수련하는 일에 더욱 매달리며 답답한 마음을 달랬다.

다행히 곁에는 고수들이 많았다.

당장 어머니만 해도 엄청난 고수였다. 강호에 소문난 것보다 더 강했다. 심지어 아버지는, 어머니가 만약 강호로 나갔으면, 강호의 판도가 달라졌을 거라고 했다. 그 말을 다 믿지는 않지만.

그리고 아버지는, 당신이 천화문의 문주라고 했다. 물론 그 말도 다 믿지 않았다.

아들로서 아버지 말을 믿지 못하는 게 서글픈 일이긴 하지만 어쩔 수 없었다.

천화문은 밀천십지의 한 곳이 아닌가. 어머니에게 매일같이 당하는 아버지가 그런 엄청난 곳의 주인이라니! 그걸 곧이곧대로 믿는다는 게 오히려 이상했다.

어쨌든, 두 분 외에도 알게 모르게 한가락 하는 사람들이 장원에 많았다.

그들에게 무공을 배우면서 밖으로 나가고 싶은 마음을 꾹 누르고 내색하지 않았다. 밖으로 나가는 것을 포기한 것처럼.

열세 살이 되자, 어머니의 통제가 조금씩 느슨해지기 시작했다.

하지만 여전히 자신의 내심을 드러내지 않았다. 아직 세상으로 나갈 만큼 실력이 되지 않았다고 생각했으니까.

그렇게 열다섯이 된 어느 날, 어머니가 한 번 시험해보더니, 자신의 나이 또래에서는 적수가 거의 없을 거라고 했다. 그리고 스물이 되면 젊은 층에서 우뚝 설 거라며 기뻐했다.

내심 기뻤지만 내색은 하지 않았다. 아직은 스스로가 만족할 만한 수준이 아니었던 것이다.

한데 어머니가 갑자기 부르더니 청천벽력 같은 선언을 했다.

"이제 제법 남자 티도 나고 하니, 열여섯이 되면 혼인을 하도록 해라!"

말만 하라는 것이지, 하라는 게 아니다. 시키겠다는 것이다.
자신은 어머니가 강압적으로 혼인을 시키려는 게 싫었다.
천보장이라는 틀에 갇혀 사는 것도 싫었다.
세상에 나가 자유롭게 살고 싶었다.
여행도 하고, 친구도 사귀고…… 다른 사람처럼 그렇게 살고 싶을 뿐이었다.
그러기 위해선 집을 나올 수밖에 없었다. 아버지가 함께 나온 것은 생각지도 못한 일이었지만.

'그렇게 집을 나와서 화설 누이를 만났지.'
그날은 자신의 인생에 또 하나의 획이 그어진 날이었다.
그녀를 업고 다닐 때는 발바닥이 허공에 뜬 기분이었다.
목숨을 걸고 싸울 때도 겁이 나지 않았다. 피를 보고도 흔들리지 않았다. 적을 물리쳐야만 조화설을 보호할 수 있으니까.
그렇게 조화설과 함께 여행하며 오백 리를 걸었다.

때론 업고, 때론 나란히 걷고…… 입도 맞춰보고. 비록 한 번뿐이었지만.

그랬는데, 결국 떠나보내야만 했다.

아니 빼앗겼다.

그 빌어먹을 현유라는 놈에게!

'어머니, 아버지, 화설 누이…….'

자신의 실력 정도면 강호를 횡행하는데 부족함이 없을 거라 생각했다.

우물 안의 개구리 같은 생각이었다. 알량한 실력만 믿고 설치다가 좋아하는 사람도 잃고, 아버지와도 헤어지고, 이제는 죽음과 싸우는 상황이 되어 버렸다.

아! 아버지는 어떻게 되었을까? 무사하시겠지?

그럴 것이다. 아니 꼭 그래야만 했다.

목적했던 것을 취한 이상 놈에겐 아버지와 단학 아저씨를 상대할 이유가 없다. 놈만 아니라면 아버지와 단학 아저씨도 쉽게 당하지 않을 것이다.

그때 문득, 당연히 품었어야 할 의문이 뒤늦게 떠올랐다.

'근데 여긴 어디지?'

느낌으로 봐선 사찰이나 도관 같았다.

숲속에서 정신을 잃었는데 왜 이런 곳에 있는 걸까?

느낌으로 봐서 벌거벗고 있는 것 같다.

누가 자신의 옷을 벗긴 걸까?

혹시 꿈을 꾸고 있는 것은 아닐까?

그럴지 몰랐다. 그렇지 않고서야 지금 상황을 설명할 수가 없었다.

'꿈이면 보고 싶은 사람이라도 나오지.'

아버지가 자신을 구한 걸까? 아니면 단학 아저씨가?

당장은 그 외의 사람을 생각할 수가 없었다.

바로 그때였다.

덜컹.

문 열리는 소리가 들렸다.

고개를 돌리려 하는데 돌아가지 않았다. 손을 들고 싶은데 손도 들리지 않았다.

'어, 어떻게 된 거지?'

아무것도, 아무것도 움직여지지 않는다. 그저 눈동자만 움직이고, 눈꺼풀만 깜박일 수 있을 뿐.

다행이라면 고통도 느껴지지 않는다는 것이다.

정신만 멀쩡한 걸까? 혹시 몸은 못 움직이는 것이 아냐?

아니 내가 살아 있기는 한 걸까?

'정말 꿈 아냐?'

온갖 의문으로 머리가 지끈거리는데, 그때 불쑥 목소리가 들렸다.

"정신이 들었나 보구나. 너를 여기까지 데려오는데 꼬박 이틀이 걸렸다. 다행히 늦지 않게 도착하긴 했다만, 상태가 그리 좋은 것은 아니다. 지금은 움직일 수 없을 테니 억지로 움직이려고 하지 마라."

카랑카랑한 목소리. 들어본 목소리다.

눈알을 굴려보았다. 은은한 석양빛을 등에 진 노도인이 보였다. 망혼진인이었다.

'노도장님!'

목소리가 입안에서 맴돌았다. 말도 할 수 없는 것 같다.

그때 망혼진인의 목소리가 다시 방 안에 울렸다.

"묵령기에 신경이 끊기고 혈이 막혔다. 사실 지금까지 살아 있는 것만도 다행이지. 아마 천하제일의 신의라 해도 너의 내상을 완치시키지 못할 게야."

쿵!

충격에 뇌리가 하얗게 비고, 바윗덩이가 떨어진 것처럼 가슴이 무거워졌다.

'그럼 평생 이렇게 살아야 한단 말인가?'

꿈은 아닌 것 같다. 그래서 더 불안했다.

사도무영은 절망에 빠진 표정으로 멍하니 천장을 바라보았다.

아버지, 어머니, 꼴 보기 싫은 여동생 교교, 화설 누이······.

수많은 사람들이 스쳐 지나갔다. 이제 그들과 영원히 헤어질지 모른다는 생각을 하자 눈물이 나왔다.

그때 잠시 말을 끊었던 망혼진인이 속삭이듯 말했다.

"하지만 걱정 마라. 천하제일신의는 불가능할지 몰라도 노도는 네 몸을 고칠 수 있거든."

사도무영의 눈빛이 파르르 떨렸다.

천하제일신의도 불가능한 일을 망혼진인이 할 수 있다고?

그게 사실일까?

그 말을 하고 실실 웃는 망혼진인을 보니 왠지 못미더웠다.

혹시 돌팔이 의원도 고칠 수 있는 정돈데, 자신을 놀리기 위해 과장한 것이 아닐까? 오죽하면 그런 의심마저 들었다.

그래도 어쨌든, 내상이 나을 수 있다는 말은 그를 절망의 늪에서 끌어내기에 충분했다. 잠시였을 뿐이지만.

망혼진인이 담담하게 말을 이었다.

"대신, 너는 죽음과 같은 고통을 겪게 될 것이다. 그것도 아홉 번이나."

아홉 번이나 죽음과 같은 고통을 겪어야 한다고?

그런 무시무시한 말을 아무렇지도 않게 하다니!

노도장은 어떤 정도의 고통을 죽음과 같은 고통이라고 생각하는 걸까?

사도무영은 슬그머니 오기가 생겼다.

'지금 상태가 고쳐지기만 한다면 열 번이 문제겠습니까? 어디 마음대로 해 보시죠!'

"네 물건은 따로 잘 놔두었다. 이상하게 생긴 목걸이도 주머니에 넣어 놓았지. 너무 걱정 말고 쉬도록 해라. 곧 본격적인 치료가 시작되면 많이 힘들 테니까."

망혼진인은 물끄러미 사도무영을 바라보고는 몸을 돌렸다.

덜컹.

문이 다시 열리며 한 줄기 바람이 이마를 스치고 지나갔다.

저벅, 저벅…….

발자국 소리와 함께, 망혼진인의 목소리가 멀어졌다.

"열여섯만 넘지 않았어도 좋았을 걸. 그럼 굳이 죽음의 고통을 겪게 하지 않고도 고칠 방법이 있거늘……."

'응?'

사도무영의 눈이 튀어나올 것처럼 커졌다.

'저 아직 열여섯 안 되었어요! 노도장님, 잠깐만요! 덩치만 클 뿐이지, 저 아직 열다섯이라니까요!'

그러나 망혼진인은 그가 마음으로 외치는 소리를 들을 수가 없었다.

'노도장님!'

아무리 불러도 소용이 없었다. 방문은 매정하게도 텅, 소리와 함께 닫혀 버렸다.

그리고 다음 날부터 죽음과 같은 고통이 시작되었다.

2.

'크어억!'

눈을 부릅뜬 사도무영은 몸을 부들부들 떨었다.
망혼진인은 친절하게 사도무영의 입에 둘둘 말린 헝겊을 물렸다. 혹시라도 갑자기 턱이 움직여지면 혀를 깨물지 몰랐다.
어떻게 구한 아인데 혀를 깨물게 그냥 놔두랴.
"참아라. 제 몸을 찾기 위해선 참아야 하느니라."
'우흐흐흐, 저 열다섯 살이라니까요!'
사도무영은 속으로 그 말만 외쳤다.
그 말이라도 하지 않으면 미칠 것 같았다.
죽음과 같은 고통을 겪을 거라더니, 조금도 과장된 말이 아니었다.
생살이 찢기고 뼈가 갈린다.
개미가 혈도를 기어가며 집게 같은 입으로 물어뜯는다.
참는 것도 한계가 있다. 입을 움직일 수 있었다면 비명이 건물을 무너뜨렸을 것이다.
'끄어어어……!'
망혼진인은 측은한 눈으로 사도무영을 바라보았다.
지렁이처럼 툭툭 불거진 핏줄이 꿈틀거리며 움직인다.
이제 첫 번째 단계가 끝나간다.
약물을 몸속에 스미게 하고, 백열두 개의 침을 온몸에 꽂았다.
곧 침이 빠져나오고, 약기운이 혈맥을 따라 돌기 시작할 것이다. 그때의 고통 또한 지금까지 겪은 것 못지않다.

"내일 아침까지 고통이 이어질 것이다. 조금만 참으면 되니 힘들더라도 견디도록 해라. 아마 다섯 시진이면 끝날 거다."

다섯 시진!

사도무영은 돌아버릴 것 같았다.

속이 터져서 울 수만 있다면 울고 싶었다.

덩치 큰 게 무슨 죄라고!

'저 열다섯 살이라고요!'

사도무영은 눈을 빠르게 열다섯 번 깜박였다. 말을 못하니 어떤 방법이든 다 동원해야 했다.

망혼진인은, 눈을 빠르게 깜박이는 사도무영을 보며 자리에서 일어났다.

그리고 검은 천을 접어 사도무영의 눈을 덮어주었다.

"내가 보고 있으니 더 힘든가 보구나. 쯔쯔쯔……."

'으아아! 노도장님! 영감님! 망할 영감태기야! 나 열다섯 살이라고!'

그때였다.

툭!

침 하나가 절로 튕겨 나왔다.

순간, 사도무영은 몸을 덜덜 떨었다.

시뻘겋게 달궈진 불꼬챙이가 침이 빠진 곳에 쑤셔 박히는 것 같았다.

등줄기를 훑고 올라오는 극한의 고통!

뇌가 새카맣게 타들어간다.
 그때부터는 망혼진인을 원망할 정신도 없었다.
 고통을 참기 위해 어머니, 아버지, 조화설, 하다못해 자신을 잡으러 온 단학과 꼴 보기 싫은 짓을 잘하는 여동생 교교까지 떠올렸다.
 '얼굴만 예쁘면 다냐! 화설 누이가 너보다 백 배 나아! 끄어어어어!'
 하지만 그 정도로는 고통이 누그러들지 않았다.
 사도무영은 마지막으로 조화설이 알려준 현천수호령의 세 가지 구결을 떠올렸다.
 길고 긴 구결은 너무 복잡해서 이해는커녕 외우는 것도 힘들었다. 더구나 쫓기면서 머리에 새긴 거라 떠올리는 것도 쉽지 않았다.
 어쩌면 그래서 더 고통을 잊기에 좋을지 몰랐다.
 '일단 현천무광(玄天無光)부터……'
 조화설은 일부만이라도 기억하기를 바랐지만, 사도무영에게는 천부적인 암기력이 있었다. 책을 한 번 보고 통째로 외운 적도 있을 정도였으니까.
 비록 당장은 줄줄 암기할 수 없지만, 하나하나 떠올리면 거의 대부분을 기억해낼 수 있을 것이었다.
 '크으윽! 어디 누가 이기나 보자!'
 목걸이가 없는 게 조금 아쉬웠다. 조화설이, 목걸이를 차고 현천수호령을 익히라 하지 않았던가.

 아마 옷을 다 벗기며 조화설이 준 목걸이도 풀어놓은 듯했다.

 좌우간 지금은 목걸이가 문제가 아니었다.

 현천수호령을 익히려는 것이 아니라, 고통을 잊기 위해 다른 생각을 하려는 것뿐이니까.

 '하늘은 본디 빛이 없음이니……. 크어억! 제기랄! 빛이 없음은 곧 공(空)이요……. 끄으으으…….'

1.

후우우웅!

거센 바람이 동굴 입구를 스치고 지나가자 퉁소 부는 소리가 났다.

사도관은 눈을 뜨고 미소를 지었다.

상쾌한 느낌. 온몸에 활력이 넘쳐흐른다.

이런 기분을 느껴본 게 언젠지 기억도 나지 않는다.

'흠, 정말 기분 좋군.'

하지만 그도 잠시, 움찔한 그는 고개를 갸웃거리며 눈살을 찌푸렸다.

가만? 그런데 여기는 어디지?

동백산 산자락에서 싸움이 벌어졌었다. 그리고 아들이 사라진 것을 알고 단학과 함께 나누어져 찾기로 했다.

'그리고 정신을 잃었었지.'

사도관은 벌떡 몸을 일으키고 주위를 둘러보았다.

순간 그는 한곳에 시선을 고정시키고서 석상처럼 몸이 굳어 버렸다.

"유, 유모?"

한 여인이 자신의 옆에 누워 있다. 반라의 모습이다. 힘들게 옷을 걸치다 만 것처럼 옷자락을 움켜쥐고 있다.

흐트러진 머리카락, 해쓱한 얼굴, 뭔가를 해냈다는 만족한 표정.

'어, 어떻게 된 거지?'

그러고 보니 이상한 냄새가 났다. 밤꽃 냄새였다.

문득 그는 이상한 느낌에 자신의 몸을 내려다봤다.

'어헉!'

옷이 입혀져 있긴 하지만, 정상적인 상태가 아니다. 허리띠는 풀어져 있고, 억지로 끌어올린 듯 바지가 엉덩이 위쪽에 대충 걸쳐져 있다.

웃옷 역시 가슴 자락이 풀어져 있고.

설마 자신이 유모를 어떻게 하기라도……?

그러고 보니 꿈을 꾼 것 같았다. 조금 요상한……. 생각하는 것만으로도 낯 뜨거워지는 꿈을.

꿈속에서 그는 부드러운 동체를 끌어안고 몸부림을 쳤다. 입안을 헤집으며 달콤한 꿀을 쏟아내던 부드러운 그 무언가를 행여나 닳을 세라 조심스럽게 다루었다.

세상에서 가장 따뜻한 어딘가에 자신의 불기둥이 빨려 들어갈 때는 구름 위에 붕 뜬 기분이었다.

노를 저었다. 때론 자신이 저을 때도 있었고, 때론 상대가 저을 때도 있었다. 그때마다 하늘에서 오색구름이 밀려들고, 꽃비가 내렸다. 천상의 선녀가 노래를 불렀다.

상당히 오랫동안 그랬던 것 같다. 평생 한 번도 경험해보지 못했던 열락이 그의 몸을 태우고 상대의 몸마저 불살랐다.

그 시간은 끝이 없을 듯 이어졌다.

그리고 어느 순간, 그는 모든 것을 쏟아내며 폭발했다. 동시에 태양이 몸 안으로 쏟아져 들어왔다.

그냥 꿈인 줄 알았다. 그런데 그게 아닌 것 같다.

'말도 안 돼!'

그는 덜덜 떨리는 손을 뻗어 유모의 팔을 붙잡았다.

맥문을 통해 미약한 박동이 느껴졌다.

극심한 진기의 유출로 인해 탈진한 사람의 전형적인 맥박이다.

그때 유모가 눈을 떴다.

사도관은 죽을죄라도 지은 사람마냥 안절부절못하며 더듬거렸다.

"유, 유모. 내가…… 나도 이게 어떻게 된 것인지…… 뭐라 말을 해야 할지 모르겠는데…… 그게 말이지……."

유모가 가느다란 목소리로 입을 열었다.

"대협의 잘못이 아닙니다."

"그러니까 내가 잘못한 것은 아는데……. 에 또…… 내가 뭘 어떻게 한 건지 모르겠고……."

유모가 고개를 젓고는 힘겹게 몸을 일으켰다.

사도관은 반사적으로 손을 뻗어 유모가 앉는 것을 도와주었다.

"괘, 괜찮소?"

동굴 벽에 몸을 기댄 유모가 힘없이 웃으며 고개를 끄덕였다.

"한 번에 기운을 너무 많이 잃어서 일시적으로 탈진한 것뿐입니다, 대협. 걱정 마세요."

사도관은 두어 번 심호흡을 하며 마음을 진정시켰다. 그리고 어느 정도 마음이 안정되자 머뭇거리며 물었다.

"저기…… 힘들겠지만, 어떻게 된 일인지 설명해 주실 수 있겠소? 나보다는 유모가 더 자세히 알 것 같은데……."

"일단 운기행공을 해보세요."

"운기를?"

사도관은 고개를 갸웃거리고는, 유모의 말대로 운기를 해보았다.

찰나 그의 두 눈이 왕방울만 하게 커졌다.

하마터면 너무 놀라 진기가 꼬일 뻔했지만, 그는 가까스로 날뛰려는 진기를 누르고 유모를 바라보았다.

자신의 몸속에 든 진기가 멀쩡할 때보다 족히 두 배는 되었던 것이다.

"이, 이게 어찌 된 일이오?"

유모는 일단 옷을 단정히 손질하고는 사도관 앞에 무릎을 꿇었다.

"먼저 제멋대로 일을 처리한 점 사죄드리겠습니다. 그리고 제 말을 듣고 너무 노여워하지 마십시오. 워낙 다급해서 어쩔 수 없이 행하였으니……. 만약 대협께서 죄를 묻는다면 달게 받겠습니다."

사도관이 급히 손을 뻗어 유모를 바로 앉혔다.

"이러지 마시오. 이러면 내가 불편해지지 않소. 어떤 잘못을 했는지 모르겠지만, 그 어떤 잘못을 했다 해도 다 용서하겠소. 그러니 바로 앉아서 차분히 말을 해 주시구려."

유모의 해쓱한 얼굴에 약간의 열기가 돌았다.

그녀는 고개를 들어 사도관의 눈을 쳐다보았다.

진정으로 염려가 가득한 눈빛이 바로 앞에 있었다.

"대협……."

"아무 걱정 마시오. 내 다른 것은 몰라도, 한 번 입 밖에 내놓은 말은 반드시 지킨다오. 나는 그대를 절대 원망하지 않을 것이오."

사도관은 오히려 자신이 큰 잘못을 저지르지 않은 것 같다는 것에 안도하는 마음이었다.

유모는 잘게 떨리는 눈으로 사도관을 응시하고는 천천히 말문을 열었다.

"우선 천첩의 이름을 말씀드리겠습니다. 천첩의 이름은 나민이라 합니다. 지금은 현천교의 공녀인 아가씨를 보필하는 유모지만, 오래전에는…… 구천신교 아홉 종파 중 환희종파의 쌍희(雙嬉) 중 하나였지요."

'쌍희'라는 말을 내뱉는 유모의 입술이 파르르 떨렸다. 그 이름을 밝히는 것만으로도 그녀는 가슴이 다 타버리는 심정이었다.

하지만 사도관은 그 이름을 신경 쓸 정신이 없었다.

그가 눈을 휘둥그렇게 뜨고 소리치듯이 되물었다.

"구천신교? 그럼 현천교라는 곳이 바로 구천신교란 말이오?"

여기까지 온 이상 무엇을 숨길까.

그녀는 자신에 대한 것을 모두 말하기로 했다. 판단은 사도관이 알아서 하면 될 터였다.

"현천교는 구천신교를 이루는 아홉 종파 중 가장 강력한 힘을 지닌 현천종파를 말하는 것입니다. 실질적으로 그들이 나머지 종파를 다스리고 있지요."

천하에는 신비 속에 존재하는 세력 열 곳이 있으니 사람들은 그곳을 밀천십지(密天十地)라 불렀다.
 개중에는 사도관의 사문인 천화문이나 용검회(龍劍會), 회천도문(回天道門)처럼 사람들의 기억에서 희미해진 곳도 있고, 정파의 비밀단체라는 대정천(大正天), 여인들의 세상인 봉황궁(鳳凰宮), 그리고 모든 것이 신비에 쌓인 구천신교(九天神敎)처럼 아직도 강호인들의 가슴을 서늘케 하는 곳도 있었다.
 특히 그중에서도 구천신교는 구천십지(九天十地) 사마도의 하늘이라는 소문이 도는 곳이었다.
 사도관은 그 이름을 듣자 가슴이 답답해졌다.
 "그런데 왜 현천교에서 이제 힘도 없는 조 소저를 그렇게 악착같이 쫓아온 거요?"
 "아가씨는 현천교 대제사장 어르신의 손녀랍니다. 그들이 아가씨를 노리는 이유는 오직 하납니다. 대제사장에게는 최악의 경우 대교주를 제압할 수 있는 신비한 능력이 있는데, 아가씨가 그 열쇠를 지니고 있기 때문이지요. 그들은 최근에 와서 과거의 율법을 바꾸고 세상으로 나가려는데, 그것을 찾지 못하는 한 세상 밖으로 나와도 불안해 할 수밖에 없거든요."
 "이런! 그럼 이제 그들이 마음대로 나올 수 있다는 말이 아니오?"
 "그럴지도 모르지요. 하지만 당장은 쉽지 않을 거예요. 아직 교내에 과거의 현천을 추종하며 대제사장 어르신을 따르는 사람도 많고, 구천의 무리들이 본격적으로 움직이면 그들을 주시하던 천하의 다른 세력들이 가만있지 않을 테니까요."

"그거 참……. 이러나저러나 시기가 문제일 뿐, 언젠가는 강호가 한바탕 뒤집어지겠군."

"그렇다고 봐야 할 거예요."

"아, 조금 전 환희종파의 쌍희라 했는데, 그럼 당신도 구천신교의 내막을 잘 알고 있겠구려. 나에게 좀 더 자세한 것을 알려줄 수 있겠소?"

유모, 나민의 눈빛이 흔들렸다. 그러나 어차피 작심하고 말을 꺼낸 터. 그녀는 사도관의 두 눈을 똑바로 바라본 채 입을 열었다.

"그걸 알려드리는 건 어렵지 않아요. 하지만 그 전에, 환희교가 어떤 곳인 줄 아시나요?"

"내 어찌 알겠소?"

"환희종파는…… 음양의 도리를 따르는 곳이랍니다."

사도관의 눈이 커졌다. 조금은 순박한 그였지만, 그 정도 말을 못 알아들을 정도는 아니었다.

"그, 그럼……?"

그가 뭔가를 말하려 하자, 나민이 손을 들어 입을 막고 마저 자신의 말을 이어갔다.

"아마 대협이 생각하시는 것과 같을 거예요. 저는 열세 살 때부터 환희종파에서 키워졌답니다. 그리고 종주님의 눈에 들어 그분의 비밀제자가 되었죠. 그리고 십 년, 온갖…… 재주를 배웠어요. 그중에는…… 남자의 정기를 빼앗는 사악한 술법도 들어 있죠."

목소리가 떨려나왔다. 아무리 담담하려 해도 그럴 수가 없었다.

사도관은 멍하니 그녀를 바라보며 말을 잊었다.

나민은 숨을 두어 번 들이쉬고 다시 말을 이었다.

"그렇게 십 년이 지나자, 사부께선 저를 한 곳의 시비로 들여보냈어요. 그곳에서 제 운명이 바뀌었죠."

그녀가 시비로 들어간 곳은, 다름 아닌 대제사장의 가족이 유배되어 있는 곳이었다. 그녀는 그곳에 들어가 조화설의 부친인 조원백의 시비가 되었다.

목적은 대제사장의 아들인 조원백의 기운과 혼을 빼앗고, 그를 대교주의 종으로 만드는 것이었다.

그런데 사람의 일이란 것은 참으로 묘했다. 그녀가 꼭두각시로 만들려 했던 조원백을 흠모하게 될 줄 누가 알았으랴.

나민은 조원백의 혼을 제압하는 일을 차일피일 미루며 갈등했다.

한데 그녀가 망설이는 사이, 대제사장인 조광옥이 그녀의 정체를 눈치챘다.

하지만 조광옥은 그녀를 바로 죽이거나 내치지 않았다. 내치기는커녕 오히려 그녀를 설득해서 자신의 편으로 만들어버렸다.

조광옥에게 감복 당한 나민은 그날 이후로 갈등을 털어내고 조원백을 보호하려 했다.

그러나 그녀의 노력에도 불구하고 상황은 최악을 향해 빠르게 달려갔다.

유배시켰음에도 현천교의 사람들 중 대제사장을 따르는 자가 줄어들지 않자, 끝내 죽음을 내리고, 심지어 그를 따르던 자들까지 제거한 것이다.

다행히 조광옥은 자신이 어떻게 될지 짐작하고 있었기에, 일이 벌어지기 전에 미리 나민과 조화설을 빼돌렸다.

그 후 나민과 조화설은 오 년 동안 조광옥이 마련해 놓은 세 곳의 비밀거처를 전전했다. 그리고 마침내, 사도관과 사도무영을 만난 것이다.

나민은 간략하게 지난 일을 이야기해 주고 처연한 눈빛으로 사도관을 바라보았다.

그녀의 목소리가 다시 떨려나왔다.

"그분께선 죽음이 임박했다는 걸 아시고, 저에게 당신의 모든 것을 취하라 하셨어요. 어차피 죽을 목숨, 저승으로 가져갈 이유가 없다면서요."

두 줄기 눈물이 주르륵 흘러내렸다.

당시의 일을 떠올리자 도저히 참을 수가 없었다.

나민은 이를 악물고 겨우 떨림을 가라앉혔다.

"그동안 그 힘을 봉인시켰지요. 그분이 남기신 힘은 천첩처럼 더러운 몸을 지닌 여자가 함부로 쓸 수 있는 힘이 아니니까요."

그리고 봉인을 풀지 않았다. 조화설이 위급에 처한 걸 보고도.

거기에는 조원백도 미처 몰랐던 사실이 있었다.

그녀로선 그럴 수밖에 없었다. 봉인을 풀기 위해선 환락환희섭정공(歡樂歡喜攝精功)을 펼쳐야 했다.

문제는, 그 저주 받은 음마공을 펼칠 경우, 음마공의 노예가 되어 과거의 상태로 돌아갈 수 없다는 것이었다. 조원백의 진기를 포기할 때까지는.

게다가 환락환희섭정공을 펼쳐 봉인을 풀려면 하루 정도의 시간이 필요했다.

정작 급할 때는 아무 소용이 없는 힘.

조화설이 현유에게 잡혀가는 걸 보고도 손 놓고 있어야만 했던 그녀는 그 힘을 이용해 사도관을 구하기로 했다. 저승에 있는 조원백도 그러한 결정을 이해할 거라 생각했다.

사도관은 어렴풋이 나민이 무엇을 말하고자 하는지 알고 말을 더듬었다.

"호, 혹시…… 그걸 내게……?"

"혈도 곳곳이 막히고 심맥이 너무 상해서, 그대로 놔두면 무공은 물론 목숨까지 위험해질 것 같았어요. 아무것도 가진 것이 없는 저로선 할 수 있는 방법이 오직 하나뿐이었지요. 추잡한 계집이라 욕하셔도 좋아요. 이 자리에서 침을 뱉고 때리셔도 좋아요. 어떻게 하시든 죄는 달게 받겠어요."

사도관이 버럭 소리쳤다.

"그게 무슨 말이오? 당신은 나를 구하기 위해 모든 것을 내놓았는데, 왜 내가 당신을 원망하고 욕한단 말이오? 나 사도관, 그렇게 나쁜 놈 아니오!"

"대협……."

"험, 당신이 몰라 그러는데, 나 사도관은 은원만큼은 반드시 가리는 사람이오. 그리고 에…… 당신이 싫은 것도 아니고……."

슬그머니 고개를 돌린 사도관이 동굴 천장을 쳐다보았다.

문득 꿈속의 일이 어슴푸레 떠올랐다.

얼굴이 달아오르며 붉어졌다.

눈이 게슴츠레하게 풀리고, 갑자기 하추에 힘이 불끈 솟으며 뻐근해졌다.

'헛!'

흠칫한 그는 재빨리 정신을 차리고 힐끔 나민을 훔쳐보았다.

다행히(?) 그녀는 아직도 고개를 반쯤 숙이고 있었다.

'휴우, 못 봤겠지?'

그는 정색하며 짐짓 고민이 있다는 투로 말했다.

"으음, 사실 골치 아픈 일이 없는 것은 아닌데……."

나민은 고개를 숙이고 사도관의 처분만 기다렸다. 그 와중에 사도관의 몸 한부분이 변하는 것을 봤지만 못 본 척했다.
 사도관은 뭔가 잔뜩 고민에 쌓인 표정으로 고개를 갸우뚱거리더니, 에라 모르겠다는 듯 말했다.
 "별수 없지 뭐. 마누라가 뭐라고 하든 밀어붙이는 수밖에."
 "예?"
 나민이 고개를 살짝 쳐들고 사도관을 바라보았다.
 사도관이 말했다.
 "내 목숨을 구해준 사람인데, 마누라도 심하게 나무라지는 않을 거요. 정 뭐하면 몇 대 맞으면 되고. 설마 죽이기야 하겠소?"
 "무슨 말씀이신지……?"
 "마누라가 좀 사나워서 말이오. 아마 당신을 데리고 가면 나를 때려 죽이려고 할 거라, 그 말이오."
 갑자기 다른 여자를 데리고 집에 가면 어떤 부인이 그러지 않을까?
 한데도 사도관은 자신을 버리지 않고 끝까지 데려가겠다고 한다.
 나민은 가슴에 북받쳐 오르는 감정을 이기지 못하고 눈시울이 뜨거워졌다.
 "대협, 공연히 저 때문에 그러실 필요까지는……."
 "전부터 자주 맞아서 이골이 났으니 걱정할 거 없소. 하,

하, 하."

나민은 그제야 사도관의 말뜻을 정확히 알아듣고 조금은 어이없는 표정을 지었다.

"그럼…… 부인께서 전부터 대협을……?"

사도관이 쓴웃음을 지으며 멋쩍은 표정을 지었다.

"비무를 하다 보면 맞을 수도 있는 것 아니겠소? 내가 약하니 어쩌겠소? 허허허……."

비무를 핑계로 구타를 자주 당했다는 말.

그 말을 들은 나민의 눈이 묘한 빛으로 반짝였다.

'지금까지는 그랬을지 몰라도 앞으로는 쉽지 않을 거예요. 대협께선 배 이상 강해질 테니까요. 그리고…… 아마 하룻밤을 지내고 나면 대협을 대하는 태도가 달라질 거예요.'

환락환희섭정공으로 전해준 것은 단순히 조원백의 진기만이 아니었다. 나민이 오랫동안 봉인해 놨던 섭정공의 정수까지 자연스럽게 전해진 것이다.

그로 인해 사도관은 이전과 완전히 다른 '강한 남자'가 되어 있었다.

사도관은 미처 모르고 있지만, 그는 남자로서 엄청난 행운을 거머쥔 것이다.

행운을 거머쥔 남자, 강한 남자 사도관은 슬그머니 나민의 손을 잡았다.

"하나 바로 갈 생각은 없소. 한 달이 걸리든 두 달이 걸리든, 무영이를 찾아야 하지 않겠소? 그러려면 그대가 몸을 회복해야 할 것 같은데……. 혹시 말이오, 그 환락환희섭정공이라는 것으로 당신의 몸을 회복시킬 수는 없는 거요?"

나민의 얼굴이 살짝 붉어졌다.

"있기는 있습니다만……."

"험, 그럼 말해 보시오, 내가 어떻게 해야 하오?"

사도관이 은근한 어조로 말하며 나민의 손을 잡아당겼다.

나민은 못이긴 척 끌려가며 수줍은 듯 고개를 숙였다.

"천첩이 알려드리는 대로만 하시면 됩니다."

"어디 말해 보시구려."

2.

오늘따라 떠오르는 태양이 유난히 붉다. 구화산을 모조리 불태워버릴 것만 같다.

망혼진인은 떠오르는 태양을 바라보며 눈을 반개했다.

그가 있는 곳은 백 장 절벽 중간 지점에 세워진 낡은 도관 앞이었다.

기둥은 초석 대신 절벽에 박혀 있고, 마당이라 할 수 있는 곳에는 이끼가 파랗게 자라서 도무지 사람이 살만한 곳 같지가 않았다.

하지만 그 낡은 도관은 망혼진인이 살기 시작한 칠십 년 전에도 그랬고, 망혼진인의 사부가 살던 백이십 년 전에도 그랬다.

어쩌면 처음 도관이 세워진 오백 년 전에도 그랬을지 몰랐다.

망혼진인은 한 번도 도관을 대대적으로 수리해본 적이 없었다. 했다는 말도 듣지 못했다. 그저 문의 경첩이 부서져서 고쳤다든가, 아니면 방문에 바른 천이 삭아서 새로 바른 것 정도가 도관을 손본 전부였다.

간혹 길을 잘못 든 구화산의 승려들이 그 도관을 보고 하는 말이 있었다.

"어떤 작자가 저기에 도관을 지었지? 올라가는 길도 없는데 말이야."

"글쎄, 듣기로는 백 년도 넘었다는데, 사람이 살기는 사는지……."

그들은 가끔 내기를 했다.

"올해가 가기 전에 무너질 것이다."

"아니다. 그래도 삼 년은 가지 않겠나?"

그러나 도관은 아직도 무너지지 않고 건재했다.

언젠가 도관에 돌을 던진 자가 있었는데, 아마 무너지는 쪽에 돈을 건 사람일 것이 분명했다.

그런데…… 이제 정말 무너질 날이 얼마 남지 않은 듯했다.

요 며칠간, 지붕에 악착같이 붙어서 수백 년을 버텨온 기왓장이 이십여 장이나 떨어졌다. 처음에는 한두 장, 어제는 다섯 장이나 떨어져 박살났다.

이대로 가면 일 년은커녕 한 달도 지나지 않아 기왓장이 대부분 떨어질 것이었다.

망혼진인은 기왓장이 떨어지는 이유를 누구보다 잘 알고 있었다. 그래서 기왓장이 떨어져도 결코 놀라지 않았다.

"이제 세 번 남았군."

희미한 미소가 그의 입가에 떠올랐다.

지난 육 일간 기왓장이 떨어져 깨진 만큼 사도무영의 몸은 정상을 향해 빠르게 치유되고 있었다.

물론 아직 말은 하지 못했다. 몸도 움직이지 못하고.

그래도 상관없었다. 곧 말을 하게 되고 몸도 움직일 수 있을 테니까.

차라리 지금은 움직이지 못하는 게 나았다.

자칫하면 고통을 이기지 못하고 스스로 자해할지 몰랐다. 그러면 지난 수백 년의 공든 탑이 하루아침에 무너질 터였다.

그건 절대 원치 않는 일이었다.

'우흐흐흐흐, 구천의 무리들아, 아느냐? 회천의 하늘이 다시 열리고 있다는 걸!'

그는 태양이 완전히 모습을 드러내자 몸을 일으켰다.

이제 일곱 번째 치료를 해야 할 때였다. 아마 이번만 지나면 사도무영의 말문이 트일 것이었다.

문득 말문이 트인 사도무영이 제일 먼저 뭐라고 할지 궁금해졌다.

'녀석, 고맙다고 하겠지? 하지만 너무 고마워할 필요는 없다. 빈도 역시 바라는 게 있어서 구한 거니까.'

침상 위에는 벌거벗은 사도무영이 누워 있었다.

침은 거의 다 빠지고 마지막 세 개만 남은 상태였다.

바닥에 깔아놓은 천은 시커멓게 변해 있었는데, 은은히 고약한 냄새가 났다.

바라보는 사이 세 개의 침이 몸에서 빠져나왔다. 동시에 사도무영의 몸이 사시나무처럼 떨렸다.

전보다 훨씬 미약한 떨림이었지만, 그렇다고 해서 고통의 정도가 약화된 것은 아니었다.

망혼진인은 일 각가량을 더 기다렸다. 그러고는 떨림이 가라앉은 후에야 허공섭물로 사도무영의 몸을 그대로 들어 올렸다.

그리고 바닥의 천을 치우고 새 천을 깐 다음 사도무영을 내려놓았다.

사도무영은 아무런 감정도 없는 눈으로 망혼진인을 바라보았다.

"이제 일곱 번째 치료를 할 것이다. 지금까지 겪었던 고통보다 더 심할지 모른다. 하지만 꾹 참으면 얻는 게 있을 것이다."

망혼진인은 담담히 말하며 사도무영의 입을 벌리고 단약을 먹였다.

그러고는 추궁과혈로 약효를 온몸에 골고루 퍼뜨렸다.

그가 사도무영에게 먹인 약은 그의 사문에 비전으로 전해지는 회천제심단이었다.

소림의 대환단이나 무당의 자소단이 성약으로 이름을 날린다지만, 회천제심단도 그 못지않았다. 오히려 심맥강화와 악기를 몰아내는 것에는 더 뛰어난 약효를 발휘했다.

사문에선 회천제심단을 모두 열두 알 연단했는데, 지금 남은 것은 네 알뿐이었다.

그는 사도무영의 몸을 고치는 일에 네 알 남은 회천제심단을 모두 쓰기로 작정했다.

"이제 회천제침술을 펼칠 것이다. 허허허, 세 번만 참으면 되니 힘을 내도록 해라."

망혼진인은 침을 약물에 깨끗이 씻은 후 하나하나 사도무영의 전신에 꽂기 시작했다.

사도무영은 멀쩡한 정신으로 침이 꽂히는 것을 선명하게 느꼈다.

그는 침이 하나씩 꽂힐 때마다 망혼진인을 한 번씩 원망했다.

'저 열다섯 살이라고요!'

'그것도 모르고 무슨 도사를 한다고 그러세요!'

'망할 말코도사!'

'나중에 두고 봐요!'

망혼진인은 사도무영이 속으로 뭐라고 하든가 말든가 정신을 집중해서 침을 꽂았다.

그렇게 침을 다 꽂은 후에야 이마의 땀을 닦아내며 말했다.

"그 녀석, 이삼 년만 어렸어도 이런 고통을 겪지 않아도 되었을 걸, 쯔쯔쯔."

열다섯 살이었으면 다른 방법이 있었다는 말이다.

사도무영은 울화가 치밀어서 견딜 수가 없었다.

'으아아아아!'

그때였다.

갑자기 목이 근질거리더니, 쇳소리가 새어나왔다.

"커커커커……"

'흡!'

사도무영은 말문이 트였다는 걸 알고 부르르 몸을 떨어졌다.

그러나 아직 목이 움직이지 않기에, 그는 눈알만 굴려 망혼진인을 째려보며 소리쳤다.

그의 입에서 서러움과, 그간에 겪은 고통과 답답함이 몽땅 뭉뚱그려져 터져 나왔다. 비록 제대로 된 발음은 아니었지만,

뜻을 전달하기에는 충분했다.

"제 나이가…… 말이죠! 열다섯…… 살이라고요!"

소리치는데 갑자기 눈물이 확 솟구쳤다.

몇 마디 말을 할 수 없어 지난 칠 일간 죽음을 넘나드는 고통을 겪어야만 했다.

마음 같아서는 실컷 욕을 퍼붓고 싶었다. 그러나 어쨌든 자신을 구해주고, 살리기 위해 애쓴 것만큼은 분명하니 차마 욕을 할 수는 없었다.

망혼진인은 무슨 말인지 몰라 잠시 의아한 표정을 지었다. 그러다 곧 사도무영의 말뜻을 깨닫고 어이없다는 투로 말했다.

"네가 그러니까, 열다섯 살이라고? 이 덩치가 말이지?"

"덩치 큰 게 무슨 죕니까? 물어봤으면 됐잖아요!"

망혼진인이 탄식하듯이 말했다.

"빌어먹을! 그럼 괜히 아까운 약만 몽땅 썼잖아?"

사도무영이 당한 고통이야 둘째 치고, 그 귀한 회천제심단을 모두 썼다. 무지 아까웠다.

더구나 회천제침술을 펼치느라 얼마나 고생했던가?

사도무영은 망혼진인이 단약만 아까워할 뿐, 자신의 고통에 대해선 한 마디도 하지 않자 약이 올랐다.

"저는 칠 일 동안 죽을 뻔했는데, 그보다 약이 더 아까운 겁니까?"

"이놈아, 그 약이 어떤 약인지 아냐? 소림에서 대환단을 들고 와도 안 바꾸었던 약이야, 이놈아!"

"대환단이고 뭐고, 제가 칠 일 동안 어떤 고통을 겪었는지 아세요?"

"흥! 그 정도 고통이야 어쩔 수 없지! 누가 그놈한테 당하라고 하든? 덤빌 놈이 따로 있지 그래, 멍청하게 구천의 애송이에게 덤벼들어?"

"구천이고 십천이고, 그럼 어떡합니까? 화설 누이를 빼앗기게 생겼는데요!"

철천지원수를 보는 눈빛이다. 자신을 향한 마음이 아니다. 계집을 데려간 놈에 대한 원한이다.

망혼진인이 묘한 눈빛으로 사도무영을 노려보며 말했다.

"되찾고 싶냐?"

"물론이죠!"

"쉽지 않을 텐데?"

왠지 약을 올리는 말투다.

울컥한 사도무영은 이를 뿌드득 갈며 말했다.

"그래도 찾을 겁니다. 어떤 방법을 써서라도요."

"내가 방법을 일러줄까? 복수할 수 있는 힘도 주고 말이지. 뭐 쉽지는 않겠지만 말이야."

"도장님이요?"

"왜 마음이 있냐?"

사도무영의 두 눈에서 불길이 일었다.

"누이를 찾을 수만 있다면, 앞으로 열 번을 더 죽을 고통을 당한다 해도 상관없습니다."

"그래? 그 말 사실이지?"

"지키지 못할 말은 하지 않습니다."

"지금까지 겪었던 고통보다 더 심한 고통이 따를지 모르는데도?"

사도무영은 흠칫하며 망혼진인을 바라보았다.

심각한 표정. 뭔가 기대감에 잔뜩 부푼 눈빛이다.

왜 저런 눈빛을 보이는 걸까?

좌우간 이미 일곱 번이나 죽음과 같은 고통을 겪은 그였다. 처절한 고통도 몇 번 계속 되다 보니 이제는 처음처럼 견딜 수 없을 정도는 아니었다.

까짓 거, 그보다 더한 고통이라고 해봐야 얼마나 심하겠는가?

사도무영은 망혼진인의 눈을 똑바로 바라본 채 천천히 입을 떼었다.

"하겠습니다."

순간 망혼진인의 회색 눈동자에서 청광이 번뜩였다.

"후회하지 않을 거지?"

"안한다니까요?"

"좋아, 그럼 일단 하던 것은 마저 하고 보자. 삼 일만 참아라."

 마저 한다고? 그 말인 즉 삼 일간 더 고통을 겪어야 한다는 말이 아닌가?

 사도무영이 다급히 물었다.

 "이걸 계속해야 한단 말입니까? 열다섯 살이면 이런 고통을 겪지 않고도 방법이 있다면서요?"

 망혼진인이 슬그머니 자리에서 일어나며 말했다.

 "그거야 처음부터 알았으면 그랬지. 이제는 별수 없어. 끝까지 가는 수밖에. 험, 그럼 오후에 보자."

 "노, 노도장님!"

 사도무영이 소리쳤지만, 망혼진인은 탕, 소리를 내며 문을 닫고 나갔다.

 '나도 이놈아, 할 수만 있다면 회천제심단을 아끼고 싶어! 그게 어떤 건데…….'

1.

 여덟 번째 시술이 끝나고 침이 빠지자 몸이 조금씩 움직였다. 그리고 아홉 번째 시술이 끝나자 앉을 정도가 되었고, 마지막 열 번째 고통이 끝난 후로는 팔다리도 그럭저럭 움직일 정도가 되었다.
 횟수가 거듭될수록 고통은 점점 더 심해졌지만, 이골이 나서 그럭저럭 견딜 만했다.
 고통을 견디는데 가장 큰 도움이 된 것은 현천수호령의 구결이었다.
 현천수호령을 깨달았다든가, 묘리가 뛰어나서 고통을 줄이는데 도움이 되었다든가, 그런 이유 때문이 아니었다.

구결이 워낙 복잡하고 도무지 이해할 수 없는 내용이어서, 오기로 더 정신을 집중하다 보니 고통을 덜 느끼게 되었던 것이다.

고통을 견디기 위해 현천수호령의 구결은 얼마나 외웠는지, 어떤 글자가 몇 번째에 있는지 그것마저 알 정도였다. 깊은 내용은 아직 일 푼도 깨닫지 못했지만.

그가 억지로 힘을 주고 앉아 있는데 망혼진인이 들어왔다.

"호오, 일찍 정신을 차렸구나? 예상했던 것보다 회복이 빠른 걸?"

'회복이 빨라서 불만입니까?'

오기가 생긴 사도무영은 허리를 꼿꼿이 세우고 망혼진인을 맞이했다.

"하도 겪다 보니 그 지독한 고통도 고통 같지 않게 느껴지더군요. 아마 노도장님도 겪어 보면 아실 겁니다."

망혼진인은 그러고 싶은 마음이 먼지 한 톨만큼도 없었다.

"그래? 그거 다행이군. 그런 정신이라면 어떤 고통도 충분히 견딜 수 있겠어."

망혼진인의 회색 눈빛이 은은하게 청광을 띤다.

왠지 불안했다.

'또 무슨 수작을 부리려고?'

망혼진인은 다른 날과 다르게 처음 보는 물건을 하나 가져왔다. 길쭉한 상자였는데, 전날 그의 등에 있던 보따리 속에 들어 있었던 것과 같은 크기였다.

　느닷없이 어떤 물건을 가져왔다면 목적이 있을 터.

　사도무영이 의혹 어린 눈으로 상자를 보며 물었다.

"그게 뭡니까?"

　망혼진인은 감회 어린 눈으로 상자를 바라보았다.

"이 안에 본문의 모든 것이 담겨 있다고 해도 과언이 아니지. 빈도는 이걸 찾기 위해, 아니 백이십 년 전 지진으로 인해 무너져 사라져버린 본문의 성지를 찾기 위해 청성을 삼십 년간 뒤졌다. 그리고 마침내 하늘의 보살핌으로 이것을 찾아낼 수 있었지."

　뭔가를 찾기 위해 삼십 년 동안 노력한다는 것이 어디 보통 일인가?

　말만 들어도 굉장한 보물처럼 느껴졌다.

　세 노마가 끈질기게 노도장을 쫓아다닌 것도 저 상자 안의 보물을 노린 듯했다.

　'그런데 왜 그런 이야기를 나에게 하는 거지?'

　사도무영이 의아해하며 상자를 바라보는데 망혼진인이 말했다.

"이제 이걸 너에게 줄 것이다."

　사도무영이 눈을 반쯤 들고 물었다.

"그걸 왜 저에게……?"

"약속을 했으니까."

"예? 그게 무슨 말씀이십니까? 언제 그걸 저에게 주시겠다고 약속을……?"

"너는 어떤 고통도 마다하지 않겠다고 했다. 이 안에 든 물건을 취하려면 엄청난 고통이 따를 것이다. 물론 나도 말로만 들어서 어느 정도의 고통인지는 모르겠다만……."

'지옥에 열여덟 번 떨어지는 만큼의 고통이라 했지.'

그 말은 하지 않았다.

정신을 집중해도 하려는 일이 무사히 성공할 수 있을지 미지수다. 미리 정신을 흔들어서 실패의 확률을 높일 이유가 없었다.

대신 사도무영이 솔깃할 말을 해주었다.

"너는 빈도의 사문이 어딘지 아느냐?"

"모릅니다."

"혹시 회천도문이라는 이름을 들어봤느냐?"

들어보았다. 아주 유명했었으니까. 비록 지금은 말하기 좋아하는 호사가들의 회고담이나 책속의 이야기로만 남아 있지만.

"밀천십지 중에 한 곳으로 백수십 년 전에 갑자기 사라졌다는 곳 아닙니까?"

대답하던 사도무영의 눈이 서서히 가늘어졌다. 망혼진인이 질문한 이유를 짐작한 것이다.

"혹시 노도장님이……?"

망혼진인이 처연한 표정으로 고개를 끄덕였다.

 그러잖아도 자글자글하던 주름이 곱절은 더 되어 보였다.

 "본문은 본래 청성 깊숙한 곳에 존재했다. 한데 백이십 년 전, 청성 일대에 천지가 뒤집어질 대지진이 일어나면서 모든 것이 사라져 버렸지."

 그가 직접 겪은 일은 아니었다. 하지만 생존해 있는 사람 중 그보다 당시의 일을 잘 알고 있는 사람은 없었다.

 그의 스승이 세세히 설명해주었던 것이다. 언젠가는 반드시 찾아가야 할 곳이라며.

 스승의 말에 의하면, 얼마나 엄청난 지진이었는지 거대한 산이 폭삭 가라앉고, 밋밋하던 동산이 백 장 높이로 솟구쳤다고 했다. 회천도문의 도관이 있던 천장절벽도 단숨에 무너졌는데, 열두 명의 제자들이 대부분 무너진 절벽에 깔려 죽고 말았다고 한다.

 "당시 살아난 사람은 단 두 사람뿐이었다고 하셨지."

 망혼진인인은 아련한 눈빛으로 이야기를 이어갔다.

 그나마도 한 사람은 중상을 입어 백 일 만에 죽고, 한 사람만이 살아남았다.

 그 유일한 생존자가 바로 망혼진인의 스승인 귀원진인이었다.

 가까스로 목숨을 건진 귀원진인은 맥을 이을 후인을 찾기 위해 청성을 떠나 천하를 떠돌아다녔다.

문제는 회천도문의 맥을 잇기 위한 조건이 무척 까다롭다는 것이었다. 오죽했으면 백 년간 제자들의 숫자가 열둘을 넘지 않았을까?

귀원진인은 사십 년을 돌아다닌 끝에 항주에서 어렵사리 한 아이를 찾아냈다. 그게 바로 열두 살 먹은 망혼진인이었다.

망혼진인은 본래 서역상인과 항주의 기녀 사이에서 태어난 사생아였는데, 어머니의 보살핌을 못 받다 보니 고아나 다름없었다.

그는 운명에 이끌리듯 사부를 따라 구화산에 들어갔다.

그 후 그는 사부에게서 회천도문의 비전 절예를 전수받았다. 그러나 귀원진인이 지닌 것은, 회천도문이 구백 년간 전승 발전시켜온 열두 가지 무공 중 두 가지에 불과했다.

귀원진인은 그것만으로는 사문의 숙원을 이룰 수 없다는 걸 누구보다 잘 알기에, 매일같이 사라진 청성의 본문을 말하며 아쉬워했다.

망혼진인은 사부가 돌아가시자 청성으로 가서 사문의 흔적을 찾기로 작정했다.

사부의 말에 의하면, 고금에서 가장 강한 능력이 바로 회천도문에 존재한다고 했다. 그걸 찾아야만 사문의 숙원을 이룰 수 있다고 했다.

그는 구화산과 청성을 꾸준히 오가며 일 년 중 반은 구화산에서, 반은 청성에서 지냈다.

그렇게 삼 년을 헤맨 그는 끝내 회천도문의 흔적을 찾는데 성공했다.

문제는 회천도문의 전부라 해도 과언이 아닌 '그것'이 있는 장소를 찾는 일이었다.

회천수혼(回天手魂).

그러한 이름이 붙은 '그것'은 회천도문의 본관 지하 깊숙이 보관되어 있다고 했다.

본관은 천장절벽과 함께 무너지며 수백 장 지하에 묻힌 상태. 게다가 도관이 있었다는 흔적만 찾았을 뿐 묻힌 위치는 알지도 못하는 상황이었다.

사실 그가 생각해도 완전히 무너진 곳에서 '그것'을 찾는다는 것은 불가능에 가까운 일이었다.

하지만 그는 포기하지 않았다.

천장 깊숙이 묻혀버린 듯 모습을 드러내지 않아도 악착같이 쫓아다니며 하늘의 도움이 있기만을 바랐다.

그 일은 무려 삼십 년 동안 계속되었다.

그리고 마침내, 절벽이 갈라진 틈을 발견하고, 그 사이를 백 장이나 기어들어가서 본관의 건물을 찾아냈다.

마치 하늘의 보살핌이라도 받은 듯 지하는 반만 무너진 상태였다.

그곳에 '그것'이 든 상자가 있었다.

그런데…… 그렇게 노력해서 찾아내고야 말았거늘, 회천수혼은 그의 것이 아니었다.

그의 늙은 몸으로는 회천수혼의 능력을 얻을 수가 없었다.

회천수혼은 성장기가 멈추기 전의 육신을 지닌 자만이 얻을 수 있다고 했다. 억지로 얻으려 했다가는 처절한 고통과 함께 몸이 터져 죽을 뿐이라고 했다.

실망한 그는 청성에서 돌아오며 회천수혼의 주인이 될 사람을 찾기로 했다.

어차피 회천도문의 맥을 누군가에게 이어주어야 했다. 어쩌면 회천수혼을 찾느라 너무 많은 세월을 보내서 제자를 받아들일 시기가 늦었는지도 몰랐다.

아니나 다를까, 귀원진인이 그러했듯이 회천도문의 능력을 얻을만한 사람을 찾는다는 건 쉬운 일이 아니었다.

지난 삼 년, 그는 감숙과 청해, 사천, 섬서를 돌아다니며 회천수혼의 주인이 될 수 있는 사람을 찾으려 했지만 찾을 수가 없었다.

오히려 죽마와 쌍혈 등 자신이 보물을 가진 것을 안 자들이 혹처럼 달라붙어서 그를 귀찮게 했다.

그때 사도무영을 만났다.

일반인의 눈에는 절대 보이지 않는 회천도기(回天道氣)를 한눈에 알아보는 소년을.

망혼진인은 그날의 기억을 떠올리며 흐뭇한 미소를 지었다.

"회천은 하늘과 땅에 존재하는 모든 기운의 윤회를 말함이다. 본문에선 천지간에 있는 그 기운을 어떻게 운용하느냐에 따라 고하를 따지지. 그러다 보니 본문의 제자가 될 가장 기본적인 조건은, 다름 아닌 회천도기의 존재를 느낄 수 있느냐 하는 것이니라."

그는 제자가 될 자질이 있는 소년을 발견하고 기쁘기 그지없었다.

그러나 회천도문의 제자가 되기 위한 조건은 그것이 전부가 아니었다.

진심(眞心). 운명(運命).

회천도문의 능력은 무공이라기보다 정신적인 공부에 가까웠다. 회천도문이 '도문(道門)'으로 불리는 이유는 제자들이 도교에 심취해서 그런 것이 아니었다. 그들의 공부가 정신적인 도를 쌓지 않으면 얻을 수 없기 때문이었다. 그 와중에 도교의 교리도 어느 정도 받아들이긴 했지만.

어쨌든 진심이 없는 욕심만으로는 백 년을 노력해도 회천의 능력을 얻을 수 없었다.

또한 하늘이 인정해야 했다.

운명적인 만남.

의도하지 않았는데도, 드넓은 세상에서 세 번을 만났는데 그게 어찌 우연이랴.

두 번은 죽마와 쌍혈 때문에 만난 것이긴 하지만, 그렇다고 해서 망혼진인이 의도적으로 사도무영을 따라다닌 것은 아니었다.

"너를 세 번째로 보는 순간, 나는 회천수혼에 주인이 따로 있음을 확실하게 깨달았다."

그 말에, 긴 이야기를 묵묵히 듣고 있던 사도무영의 눈이 슬쩍 치켜떠졌다.

"제가 그 괴상한 이름이 붙은 물건의 주인이란 말입니까?"

"맞다."

너무 확고한 대답이다.

'네가 아무리 부정해도, 너는 본문의 제자가 될 수밖에 없는 놈이다.' 꼭 그렇게 들렸다.

사도무영은 찜찜한 표정을 지으며 망혼진인의 표정을 살폈다.

"왜 그런 생각을 하셨습니까? 그 물건에 제 이름이 적혀 있는 것도 아닐 텐데요."

망혼진인은 의미심장한 눈빛으로 사도무영을 보며 말했다.

"아니, 적혀 있었다. 비록 이름은 아니지만."

"예?"

정말 놀란 듯 사도무영의 눈이 커졌다.

망혼진인은 이게 바로 운명이라는 듯 천천히 상자의 뚜껑을 열었다.

"봐라, 여기에 뭐라 적혀 있는지."

사도무영은 상자를 노려보았다.

상자는 한 겹으로 된 것이 아니었다.

겉이 가죽으로 덮인 상자를 열자 안쪽에 또 다른 상자가 나왔다.

무엇으로 만들어진 것인지 안쪽의 상자는 맑은 빛이 나는 파란색이었다.

그곳에는 조금 큰 글씨로 '회천'이라는 글자와 '수혼'이라는 글자가 약간 떨어져서 새겨져 있었는데, 그 밑에 작은 글씨가 있었다.

> 신안(神眼)과 태천삼령성(太天三靈星)을 지닌 자가 나타나면 하늘과 땅에 혼돈(混沌)이 도래할 것이니, 그가 세 번 죽고, 세 번 살아나면, 어지러워진 세상의 모든 것이 바로잡힐 것이로다.

사도무영은 고개를 모로 꼬고 망혼진인을 쳐다보았다.

"이게 어쨌단 말입니까?"

"어지러워진 세상을 바로잡을 사람이 바로 이 물건의 주인이라는 말이 아니겠느냐?"

조금 억지가 섞인 주장이긴 했지만, 그렇다고 전혀 일리가 없는 말은 아니었다. 어쨌든 상자에 비슷한 내용이 적혀 있으니까.

'그 사람이 물건의 주인이다!'라는 말이 없어서 그렇지.

"좋습니다. 도장님의 말씀이 다 옳다고 해요. 하지만 그 내용과 저는 아무런 상관도 없지 않습니까?"

망혼진인이 손을 들어 사도무영의 머리를 가리켰다.

"네 머리 백회혈에 세 개의 점이 있지? 그게 바로 태천삼령성이다."

사도무영도 자신의 머리에 유난히 큰 점이 있다는 것을 알기에 바로 부정하지는 않았다.

'점이 무슨 별입니까? 갖다 붙이기는……'

속으로 냉소를 머금은 그는 어깨를 으쓱하며 말했다.

머리 위의 점이 태천삼령성이든 소천삼령성이든 상관없었다. 설령 그걸 인정한다 해도 어차피 나머지 하나는 자신과 상관이 없는 것이니까.

"그럼 신안은 또 뭡니까? 설마 저에게 남들이 볼 수 없는 것을 볼 수 있는 재주가 있다는 말을 하시려는 것은 아니겠지요?"

망혼진인이 주름진 입술을 비틀며 묘한 웃음을 지었다.

"만일 그렇다면?"

피식, 사도무영은 자신도 모르게 실소를 흘렸다.

"말도 안 되는 소리 마십쇼. 저는 귀신을 보지 못하거든요? 제가 비록 워낙 심한 고통을 겪어서 지금 제정신이 아니긴 하지만, 그렇다고 완전히 돌아버리진 않았다고요."

"그러니까, 만일 그럴 수 있다면 어떻게 하겠느냐? 이 물건의 주인이 되고, 회천도문의 제자가 되겠느냐?"

보통 문파도 아니고, 밀천십지의 하나인 회천도문의 보물을 주겠다고 한다. 감지덕지 절을 하면서 받아야 마땅했다.

한데 괴이하게도 뭔가 모를 찜찜함이 자꾸 거부하게 만들었다.

사실 도문의 제자가 되는 거야 도사만 되지 않는다면 상관없는 일이었다.

그 일보다는 회천수혼 자체가 문제였다. 그곳에서 상대를 억압하려는 기이한 힘이 느껴지고 있는 것이다.

'저 물건이 뭔데, 사람의 정신을 억압하려는 것처럼 느껴지는 걸까?'

하지만 다른 선택이 없었다.

조화설을 구할 수만 있다면 어떤 고통도 참을 수 있다고 했다. 망혼진인의 부탁을 들어주겠다고 반은 응낙한 거와 마찬가지.

게다가 망혼진인은 자신의 목숨을 구해준 사람이 아닌가.

까짓 것, 못할 것도 없었다.

"좋습니다!"

물론 조건도 걸었다. 자신이 있었으니까.

"단! 노도장님이 잘못 아신 거면, 화설 누이를 되찾을 수 있는 방법을 바로 알려주셔야 합니다."

"그야 얼마든지."

망혼진인도 자신 있게 대답했다.

사도무영은 눈에 힘을 주고 고개를 슬쩍 끄덕였다.

"자, 이제 시험해 보시죠. 어디 귀신이 있으면 데려와 보세요."

"일단 눈을 뒤집어 까봐라."

"예?"

"시키는 대로 해봐."

"이렇게요?"

"더."

"이렇게……요? 더는 안 되는데……."

"더!"

"안 된다니까요?"

망혼진인이 버럭 소리를 질렀다.

"된다니까! 구천신교 놈에게 잡혀간 화설인가 하는 계집아이를 생각해 봐! 그게 아니면 네 아버지가 놈들에게 당하던 때를 떠올리든지! 어서!"

"화설 누이나 아버지를?"

"놈이 그 계집아이를 겁탈했을지 모른다! 아니 분명 그랬을 거야! 놈은 구천신교의 수라귀 같은 놈이거든?"

망혼진인이 계속 몰아붙이자, 사도무영의 몸이 잘게 떨렸다.

"그, 그놈이 정말 그랬을까요?"

"그렇게 예쁜 계집아이를 그놈이 그냥 두었을 것 같으냐?"

"아, 아닙니다! 절대 그럴 리 없습니다! 화설 누이는 놈에게 당하지 않을 거라고요!"

"흥! 세상일이란 네놈 생각처럼 그리 만만하지 않은 법이다. 힘이 없어 좋아하는 계집을 뺏긴 놈이 무슨 할 말이 있느냐? 힘 있는 놈만이 원하는 계집을 차지할 수 있는 세상이니라!"

"그럴 리 없다니까요!"

"네 아버지도 그렇지. 어쩌면 놈들에게 죽었을지 모른다. 왜 그 일에 대해선 분노하지 않는 거냐? 놈들이 네 아버지의 목을 쳤을지도 모르는데! 이놈! 네 아버지를 죽인 그놈들을 가만 놔둘 것이냐?"

"아, 아버지를? 아버지는 무사하실 텐데……."

"네놈이 봤느냐? 봤어? 네 아버지가 무사했으면, 왜 내가 너를 데려갈 때까지 오지 않았겠느냐? 그놈들 때문에 네 아버지가 온몸을 피로 물들였는데, 놈들에게 복수하고 싶은 마음도 없느냐? 네놈은 불효자가 될 생각이더냐!"

망혼진인은 사도무영의 분노를 끌어올리기 위해 고함을 내지르듯 소리쳤다.

사도무영은 조화설에 대한 생각과 아버지에 대한 생각이 겹치자, 가슴에서 용암이 끌어올라 뇌리가 새카맣게 타버리는 듯했다.

이를 으드득, 간 그가 분노에 차 소리를 버럭 내질렀다.
"아버지! 화설 누이!"
그 순간이었다.
그의 안구가 조금 더 돌아가는 듯하더니, 핏발선 눈에 흑진주처럼 검은 눈동자가 떠올랐다.
이전처럼 정신을 잃은 상태에서 떠오른 게 아니었다. 분노가 극에 달해서 떠오르긴 했지만, 정신은 말짱했다.
눈동자가 떠오르자 뭔가가 앞에 보이기 시작했다. 그리고 점차 선명하게 모습을 드러냈다.
사도무영은 묵광이 번뜩이는 눈으로 망혼진인을 바라보았다.
망혼진인의 노구에서 은은한 빛이 흘러나오고 있었다. 전에는 보이지 않던 빛이었다.
한데 그 빛을 보자, 망혼진인의 생각을 모두 읽을 수 있을 것처럼 느껴졌다.
왠지 남의 마음을 읽는다는 게 꺼려져서 당장 시험해 보지는 않았지만.
그리고 주위의 광경도 이상했다.
고개를 든 그는 천장을 바라보았다.
소용돌이 문양에 갇혀 있던 수라와 나찰이 겁에 질려 벌벌 떨고 있는 것처럼 느껴졌다.
사도무영은 자신이 본래의 눈으로 앞을 보고 있는 게 아니라는 걸 깨닫고 말을 더듬었다.
 "노, 노도장님…… 이, 이게 어찌된 일……."
 망혼진인은 이마를 잔뜩 찌푸리고 힘들게 입을 열었다.
 "그만 눈알을 다시 돌려라."

 사도무영은 상자를 사이에 두고 망혼진인을 노려보았다. 벌써 한 시진째였다.
 이글거리는 눈빛이 아닌 무심하게 가라앉은 눈빛이었다.
 "어떻게 된 거죠?"
 그가 나직이 묻자, 망혼진인은 작은 단약을 입안에 넣고 오물거리며 답했다. 식사대용으로 먹는 오곡단이었다.
 "어떻게 되긴? 내가 내기에서 이긴 거지."
 "제가 본 것, 그게 뭐죠?"
 "직접 본 네가 알지, 내가 아냐?"
 사도무영이 고개를 쑥 내밀고 소리쳤다.
 "노도장님!"
 "이놈아, 귀 안 먹었어!"
 "제가 정말 귀신을 볼 수 있는 눈을 가진 건가요?"
 "아 글쎄, 네가 본 것을 내가 어떻게……."
 "그런 뜻이 아니라는 걸 알잖아요!"
 망혼진인은 오곡단을 꿀꺽 삼키고 사도무영을 뚫어지게 바라보았다.

"네가 뭘 봤든, 그것은 너만 볼 수 있는 거다. 다시 말해 신안을 지닌 사람만이 볼 수 있는 거다, 이 말이지."

사도무영은 다시 한 번 눈을 뒤집어서 망혼진인의 마음을 읽어볼 수 있는지 시험해 보고 싶은 마음이었다.

하지만 망혼진인의 말도 어느 정도 일리가 있었고, 자신 또한 헛것을 본 것은 분명 아니었다.

"정말 제가 신안을 지녔단 말이죠?"

"네가 확인했잖냐?"

'그럼 나에게 귀신이 씌웠다는 말인가? 설마 진짜 도사가 되어야 할 팔자는 아니겠지?'

한숨이 절로 나오려고 했다. 그때 문득 상자에 쓰여 있는 글귀가 떠올랐다.

그가 눈을 크게 뜨고 어이없다는 표정을 지으며 물었다.

"그럼…… 제가 세 번 죽는다는 말이잖아요?"

망혼진인이 쓸데없는 걱정을 한다는 투로 말했다.

"죽었다가 살아난다잖아?"

"정확히 말씀하시죠. '살아나면'이라고 했지, 반드시 살아난다는 말은 없잖습니까?"

망혼진인은 계속 물고 늘어지는 사도무영을 지그시 바라보았다.

"이미 한 번 죽었다가 살아났지 않느냐? 이제 두 번밖에 안 남았는데 뭐가 두려우냐? 그래도 정 두렵다면…… 별수 없지,

약속을 지키지 않아도 좋으니 그만 둬라. 에혀, 사람을 잘못 본 내가 죽일 놈이지……. 다 죽은 놈을, 어떻게 제자로 삼아 보려고 사문의 영단까지 소비해가며 애써서 살려놨더니……. 하아……. 회천도결을 알려준 것은 또 어찌해야 하나. 다 늙어서 사문에 죽을죄를 짓다니……. 허어……."

한숨을 내쉰 망혼진인은 쓸쓸한 눈빛으로 상자를 내려다보았다.

결국, 약속도 지키지 않는 놈. 목숨을 구해줬는데도 모른 체하는 놈. 은인을 죄업의 구렁텅이로 밀어 넣는 놈이 되기 직전이다.

'말을 해도 꼭…….'

사도무영은 벙어리가 된 것처럼 입을 꾹 닫고 망혼진인을 쳐다보았다. 그러다 망혼진인이 처연한 표정으로 상자를 향해 손을 뻗자, 마주 손을 뻗었다.

"누가 안 한다고 했습니까?"

망혼진인이 눈을 슬쩍 쳐들고 물었다.

"그럼 약속을 지키겠다는 게냐? 두 번 더 죽을지 모르는데?"

포기했다는 듯 사도무영이 힘없이 대답했다.

"다시 살아난다면서요?"

망혼진인이 주름이 자글자글한 입술을 삐죽 내밀어 상자를 가리켰다.

"저기에 그렇게 써져 있으니까, 맞겠지 뭐."

그 모습을 본 사도무영은, 망혼진인이 전과는 조금 다르게 보였다.

사람을 잘못 본 것은 자신 같았다.

냉정하고, 괴팍하고, 무뚝뚝할 줄 알았는데, 그게 아니었다. 사람의 마음을 살살 건드려서 빠져나갈 곳도 없게 만드는 게, 천 년 묵은 능구렁이 같았다.

'휴우, 은혜를 갚는다는 마음으로 하자. 사도무영아, 죽음이 두려워 은혜도 모르는 파렴치한이 될 수는 없는 일 아니냐? 그렇지?'

그리 생각하자 마음이 조금 가벼워졌다.

어차피 결정 난 일. 사도무영은 거두절미하고 상자를 끌어당겼다.

"어떻게 하면 됩니까?"

망혼진인이 히죽 웃으며 말했다.

"녀석, 진작 그럴 것이지. 힘, 일단 뚜껑을 열어라."

사도무영은 파란 상자의 걸쇠를 빼내고 뚜껑을 잡았다. 손에 땀이 차 있는지, 표면이 끈적끈적하게 느껴졌다.

다행히도 손은 떨리지 않았다.

'후우읍......'

깊게 숨을 들이쉰 사도무영은 천천히 뚜껑을 열었다.

상자 안에 든 물건은 붉은 천으로 덮여 있었다.

붉은 천에는 강렬한 필체로 무시무시한 뜻을 가진 몇 글자가 쓰여 있었다.

　　연자가 아니면 취하지 마라. 강제로 취하려 하면, 온몸
　의 피가 말라붙고, 혼이 다 타버린 후 몸이 터질 것이니라!

가끔씩 아버지가 하던 욕이 목구멍에서 맴돌았다.
'지미······.'
어차피 이판사판인 상황. 사도무영은 이를 꽉 악물고 붉은 천을 천천히 걷어냈다.
순간, 파르스름한 광채가 아지랑이처럼 피어오르며, 손 모양으로 생긴 물건이 보였다.
두 개가 양쪽으로 놓여 있었는데, 하나의 길이가 한 자 정도 되었다.
겉모습만 보면 옥으로 만든 의수(義手)같기도 했고, 살짝 스친 촉감이 말랑말랑하고 부드러운 것이 조금 뭉툭하게 생긴 장갑처럼 보이기도 했다.
영롱하고 푸른 아지랑이에 둘러싸인 두 개의 손.
사도무영은 그걸 본 순간 자신도 모르게 나직이 뇌까렸다.
"이게 회천수혼인가? 멋지군."
그는 홀린 듯 손을 뻗어 손 모양의 회천수혼을 집어 들었다.
회천수혼은 정말 장갑이라도 되는 듯 손이 들어갈 수 있는 구멍이 뚫려 있었다. 구멍의 크기도 작지 않고, 재질도 딱딱하지 않아서 손을 넣으면 들어갈 것 같았다.

손끝을 통해 느껴지는 시원한 느낌.

'무엇으로 만들었는지 몰라도 기분 나쁜 느낌은 아니군.'

그때 망혼진인이 딱딱하게 굳은 목소리로 입을 열었다.

"전설로 전해지기에는, 조사께오서 우연히 가루라의 내단을 얻어 그것을 만들었다고 한다."

물론 진짜 전설의 새인 가루라의 내단인지 아닌지는 아무도 몰랐다. 믿는 사람도 거의 없었다. 전설은 원래 황당한 면이 있으니까.

이야기를 하는 망혼진인 역시 마찬가지였다. 그럼에도 그가 회천수혼에 집착한 것은 다른 이유가 있어서였다.

"그걸 만든 조사께서는 세수 백삼십이 되어 등선하기 직전 평생의 심득을 그 안에 남기셨다고 한다. 그러나 역대 조사들께오선 그 안에 든 것을 찾으려 온갖 노력을 해보았지만, 수백 년이 지나도록 아무것도 찾지 못하셨지."

사도무영이 힐끔 망혼진인을 쳐다보았다.

'조사들도 못 찾은 것을 나 보고 찾으라는 건 아니겠지?'

다행히 그건 아니었다. 망혼진인이 말을 이었다.

"그러다 오백 년 전, 초대조사께오서 남긴 심득이 무엇인지를 구대 조사님이 알아내셨다."

뭘까?

사도무영은 자신도 모르게 궁금해져서 망혼진인의 입을 주시했다. 망혼진인은 사도무영의 기대를 저버리지 않고 답을 말해주었다.

"그것은…… 바로 회천수혼, 그 자체였다."

뜻밖의 대답.

사도무영은 고개를 숙여 손에 들린 회천수혼을 내려다봤다. 그때 망혼진인이 엄숙한 표정으로 말했다.

"초대조사께오서 남긴 심득을 네가 얻을 수 있을지, 아니면 얻지 못할지는 하늘도, 땅도 모른다. 다만 그곳에 적힌 말이 빈말이 아니라면 네가 얻을 가능성이 크다 해야겠지."

"얻지 못한 채 죽을 수도 있고 말이죠."

사도무영이 나직이 뇌까렸다. 그러나 망혼진인은 아무런 표정 변화도 없이, 손을 들어 회천수혼을 가리켰다.

"거기에 두 손을 넣어라."

엄숙한 표정. 이전과 판이한 느낌이 드는 목소리여서, 도무지 어떤 게 망혼진인의 참모습인지 헷갈릴 지경이었다.

사도무영은 회천수혼을 든 채 다시 한 번 심호흡을 했다. 그리고 회천수혼의 구멍에 천천히 손을 집어넣었다.

이제 죽든 살든 운명에 맡기는 수밖에 없었다.

회천수혼은 생각대로 부드러운 재질이어서, 막혀도 조금 힘을 주면 큰 무리 없이 통과되었다.

완전히 손을 집어넣자, 바깥과는 달리 의외로 따뜻한 기운이 느껴졌다.

기분이 좋은 정도.

기이하긴 했지만, 그리 싫은 느낌은 들지 않았다.

'정말 나와 인연이 있는 물건인가?'

그가 회천수혼을 바라보는데 망혼진인의 목소리가 이어졌다.

"이제부터 내가 일러주는 회천도결을 따라 외워라. 처음에는 구결만 불러줄 것이고, 두 번째부터 구결을 천천히 풀이해 줄 것이다. 그러니 두 번째부터는 구결이 이르는 대로 진기를 인도해라."

여전히 굳은 목소리. 표정마저 석상처럼 굳어 있다.

앞으로 벌어질 일에 대해선 망혼진인조차 아는 게 없다 보니 긴장한 듯했다.

사도무영은 더 이상 망설이지 않았다.

극심한 고통이 뒤따를 거라 했는데, 고통은커녕 기분 좋은 느낌만 들었다.

'그냥 나를 놀리려고 그랬나 보군. 그것도 모르고 괜히 긴장했잖아?'

그가 슬며시 웃음 지을 때였다. 망혼진인의 입에서 구결이 흘러나오기 시작했다.

"천지 사이의 기운을 내 안에 들이니……."

마음이 편해진 사도무영은 망혼진인이 불러주는 회천도결을 따라 외웠다.

2.

구결 암송은 반각이 채 걸리지 않았다.

그는 한 번 듣고 모두 외웠지만, 망혼진인이 재차 암송하는 것을 막지 않았다. 혹시라도 틀린 곳이 있을지 모르니까.

그렇게 두 번째 구결암송이 시작되고, 다섯을 셀 시간이 지날 무렵이었다. 손에 낀 회천수혼에서 느껴지던 뜨거운 열기가 조금씩 강해지기 시작했다.

그러나 그리 심하지는 않았기에, 사도무영은 별다른 생각 없이 진기의 인도에만 집중했다.

한데 구결암송이 반쯤 지날 때였다.

열기가 급작스럽게 강해졌다. 단순히 강해진 것이 아니었다. 손에 불이 붙은 것 같았다.

대경한 그가 흠칫 몸을 떨자, 망혼진인의 일갈이 귀청을 먹먹하게 울렸다.

"갈! 정신을 집중해라!"

사도무영은 그제야 망혼진인의 말이 자신을 놀리기 위해 한 헛소리가 아님을 알았다.

그는 정신을 집중하고 망혼진인이 풀이해주는 구결대로 진기를 움직였다.

처음에는 천천히, 시간이 갈수록 빨라졌다.

다행히 구결대로 진기를 움직이면 고통이 덜어지니 그로선 최선을 다하지 않을 수 없었다.

하지만 그것도 잠시 뿐이었다.

망혼진인이 세 번째 구결을 풀이하는데, 손목 아래에 머물러 있던 열기가 스멀거리며 팔을 타고 올라왔다.

당연히 고통도 함께 전이되었다.

일순간, 비명이 목구멍까지 솟구쳐 올라왔다.

사도무영은 부들부들 떨면서도 악착 같이 고통을 이겨냈다.

'지지 않을 거야! 나는 반드시 이 고통을 이겨내고 화설 누이를 구해낼 거다!'

하지만 그것은 시작에 불과했다.

망혼진인이 말한 극한의 고통은 단순히 팔에서만 일어나는 게 아니었다. 얼마 지나지 않아 온몸으로 퍼지기 시작했다.

살과 뼈가 지글지글 타들어가는 느낌.

'끄으으으으!'

비명이라도 지를 수 있으면 좋겠는데, 그조차도 마음대로 할 수 없었다.

화기가 목까지 밀려든 것이다.

이대로 온몸이 녹아버리는 건 아닐까?

망혼진인에게 시술을 받으며 느꼈던 고통과는 비교한다는 것 자체가 우스웠다. 당시의 고통이 바늘에 찔린 정도라면, 지금은 눈먼 장님이 불꼬챙이로 아무 곳이나 찔러대는 것 같았다.

뇌수가 말라붙어 머릿속이 텅 빈 느낌.

그곳에 남은 것은 오직 하나, 처절한 고통뿐이었다.

'끄아아아아!'

순간이었다.

눈이 휙 뒤집어지며 흑진주 같은 제삼의 눈이 드러났다. 그리고 곧 그곳에서 시퍼런 불길이 활활 타오르며 뿜어져 나왔다.

처절한 고통과 회천수혼의 기운으로 인한 현상이었지만, 망혼진인이 옆에서 보기에는 혼이 타들어가는 것처럼 보였다.

'신안이어야 한다는 것이 저러한 현상 때문이었나?'

전부는 아니더라도, 이유의 일부는 될 것 같았다.

눈을 부릅뜬 망혼진인은 네 번째 구결암송을 마치고는, 힘주어 말했다.

"회천도행을 할 때마다 회천수혼의 기운이 조금씩 너의 몸으로 녹아들 것이다. 힘들어도 참고 마지막 심득까지 얻도록 해라. 너는 할 수 있을 게야!"

조금씩 녹아든다고?

뭐야? 그럼 한 번에 끝나는 것이 아니라는 말이잖아?

그럼 회천수혼의 기운을 완전히 얻으려면, 오늘과 같은 고통을 얼마나 겪어야 한단 말이지?

사도무영은 고통에 몸부림치면서도, 그 말을 담담하게 하는 망혼진인에게 살의가 일었다.

'미, 미친…… 짓……. 크어어어어!'

하지만 그 와중에도 회천도결의 암송과 진기의 운행을 멈추지 않았다. 멈추면 고통이 훨씬 더 강하게 밀려드는 것이다.

고통을 조금이라도 덜 느끼려면, 죽으나 사나 회천도결을 외우고, 그 운용결에 따라 진기를 움직이는 수밖에 없었다.

그때 망혼진인이 오곡단을 한 알 입안에 넣고 자신의 짐작을 말했다.

"내 예상으로는 일 년이면 충분하지 않을까 싶은데……."

'일 년? 끄어어어어어!'

순간, 사도무영의 칠공에서 시퍼런 불길이 뿜어졌다.

1.

사도관은 나민이 어느 정도 몸을 추스르자, 사흘 동안 주위를 탐문했다. 하지만 사도무영에 대한 것은 어디에서도 들을 수가 없었다.

완벽한 실종.

오히려 그것이 사도관에게 확신을 주었다.

그는 사도무영을 망혼진인이 구해갔다고 철석같이 믿었다.

설령 그게 아니어도, 죽지는 않았을 거라 단정했다.

거기에는 그와 사도무영만의 비밀이 숨어 있었다. 아직 사도무영은 모르고 있지만.

그가 만약의 일을 생각해 알려주지 않은 것이다.

물론 일체 걱정이 안 된다면 그건 거짓말이었다. 죽진 않았어도 큰 부상을 입었을지 모르는 일이 아닌가?

하지만 그는 고심 끝에 사도무영을 찾는 일은 단학에게 맡기기로 했다. 사람을 찾는 걸로 따지자면 자신보다 단학이 훨씬 나았다. 사도무영이 죽지 않은 이상 단학이 찾아낼 것이었다.

아버지로서 너무 냉정한 결정일지 몰랐다. 그래도 하는 수 없었다.

아들은 강호에 나가기를 갈망했다.

강하지 않고는 살아갈 수 없는 세상이 강호가 아니던가. 그 정도도 못 견딘다면, 살아가기 힘든 곳이 강호였다.

새끼를 절벽에서 떨어뜨리는 수사자의 마음이랄까?

그는 속이 새카맣게 타들어가도 기다릴 생각이었다. 보다 강해진, 성숙해진 아들을 볼 수 있기를 바라며.

그는 아들이 그리 될 거라 자신했다.

자신의 아들은 하늘이 선택한 사람이니까.

그동안 그는 자신을 되돌아볼 생각이었다.

자식도 제대로 지키지 못하는 아버지가 되고 싶지 않았다. 아내에게 떳떳한 남편이 되고 싶었다.

그러기 위해선 실력을 키워야 했다.

사도관은 굳은 결심을 하고 발길을 돌려 사문이 있는 여량산으로 향했다.

사도관이 나민과 함께 여량산에 도착한 것은 봄꽃이 만개한 사월 초. 동백산의 일이 벌어진 지 팔 일째 되던 날이었다.

떠난 지 오래 되었음에도 절진으로 가려진 계곡은 그대로였다. 그가 사부와 함께 십이 년을 살았던 통나무집도 지붕이 풀로 뒤덮인 채 그곳에 그대로 있었다.

그는 먼지로 가득한 통나무집을 나민과 함께 정리했다.

나민도 청소를 하고 물건을 정리하며 조화설에 대한 걱정을 떨쳤다. 그녀는 사도관과 함께 여량산으로 오면서 현천교에 관계된 모든 일을 가슴 한구석에 묻기로 했다.

이제 그녀의 능력으로 할 수 있는 일은 거의 없었다.

조광옥과 조원백과 조화설에게는 미안하고 죄스러웠지만, 조화설을 구하기 위해 구천신교로 가서 목숨을 잃고 싶지 않았다.

그녀는 사도관과 함께 있는 시간이 너무 행복했다.

태어나 처음으로 느끼는 행복한 시간.

마치 말로만 들었던 신혼살림을 하는 기분이었다.

그녀는 그 시간을 누구에게도 방해받고 싶지 않았다.

'저도 제 삶을 살고 싶어요, 아가씨. 이해해 주세요.'

2.

나민과 함께 사문이 있는 여량산으로 돌아온 지 닷새가 지났다.

사도관은 사문의 무공을 재정립하며, 시간이 날 때마다 천화십팔검의 묘리가 숨겨져 있다는 천화동을 찾아 절전된 대천화 육식을 찾으려 노력했다.

한때 천하에서 제일 강하다는 다섯 가지 검법 중 하나로 꼽혔던 천화십팔검이다.

그런 만큼 소천화와 중천화도 절기라 말하기에 부족하지 않았다. 그러나 천화십팔검이 진정한 위력을 발휘하기 위해선 대천화 육식을 익혀야만 했다.

그는 소천화와 중천화는 이루었지만, 대천화 육식은 발도 못 디딘 상태였다. 그의 사부도 마찬가지였고.

삼백 년에 걸쳐 대천화를 해석한 비급이 백 년 전, 조사의 죽음과 함께 소실되어 버린 탓이었다.

그렇다고 대천화를 익힐 방법이 아주 없는 것은 아니었다.

천화동의 벽면은 초대조사께서 검무를 펼칠 때 새겨진 흔적으로 가득 차 있었는데, 본래 대천화를 해석한 비급도 그걸 보고 만들어진 것이었다. 다시 말해 천화동의 흔적을 해석할 수 있으면, 대천화를 익힐 수 있다는 말이었다.

백 년 동안 삼대에 걸쳐 노력했음에도 해석해내지 못할 정도로 난해한 것이 문제일 뿐.

사도관이 천화동의 석벽에서 뭔가를 발견한 것은, 그가 석

벽을 마주한 지 엿새째 되던 날이었다.

"와하하하하! 그랬군, 그랬어!"

대소가 여량산에 메아리치며 울려 퍼졌다.

사도관은 천화동을 빠져나와 나민을 찾았다.

"나민, 잘하면 절전된 천화십팔검의 대천화를 찾을 수 있을 것 같소!"

나민은 환하게 웃으며 그와 함께 기쁨을 나누었다.

"그게 정말이에요?"

"그렇소. 오늘에서야 깨달았소만, 사부님과 사조님, 그리고 나까지 백 년 동안 헛수고만 했지 뭐요. 검을 보지 말고 마음을 봤어야 하는데, 검에서만 대천화를 찾으려 했으니……. 어쨌든 이제 실마리를 찾았으니 머지않아 완성할 수 있을 것 같소."

"정말 잘 되었군요."

"이게 모두 당신 덕분이오!"

"천첩이 한 게 뭐 있다고……."

"당신 덕분에 공력이 늘지 않았다면, 내 어찌 이곳으로 와서 깨달음을 얻을 수 있었겠소?"

성큼성큼 걸음을 옮긴 사도관은 덥석 나민을 끌어안았다.

나민은 못이긴 척 안기고는 고개를 숙였다.

"아이……."

"음하하하! 조금만 기다리시오. 내 뼈를 깎는 노력으로 그것을 익혀 당신을 지켜줄 것이오."

혹시 질투할지 모르는 마누라로부터!

"상공, 상승무공을 깨닫는 것은 천운이 있어야 한다고 했습니다. 천운으로 무공을 얻어 기껏 저 같은 사람을 지키기 위해 쓰다니요?"

"무슨 소리! 내게는 당신이 천하보다 더 중요하오!"

나민은 가슴에서 종소리가 울리는 듯했다. 그 울림이 어찌나 큰지 가슴에서 생긴 물방울이 위로 올라와 눈으로 새어나올 것 같았다.

하지만 입술을 살짝 깨물고 격동을 참았다.

"상공, 저를 지키고자 싸우려는 대상이 혹시 대부인 아니십니까?"

"그건…… 그건 그런데……."

"대부인께 잘해드려야 제가 편안하다고 말씀드렸잖습니까?"

"그 사람 성질을 당신이 몰라서 그러는 거요. 그 사람은 나를 손안에 장난감처럼 생각하고 있소. 솔직히 말해서, 그 사람이 싫은 게 아니라, 그 사람이 나를 그렇게 대하는 게 싫은 거요. 나는 그 사람의 그러한 버릇을 바꾸고 싶소."

"대부인께서도 상공을 사랑하시기에 그러시는 걸 거예요."

사도관이 뒷머리를 긁적였다.

"그야 그렇소만……."

어느 정도는 사실이었다. 자신을 너무 깔봐서 문제지.

아니었다면, 이영영의 성격으로 봐서 아이를 둘씩이나 낳지도 않았을 것이었다.

나민은 조용히 웃으며 사도관의 가슴을 쓸어 만졌다.

"어차피 아드님을 찾은 다음에 돌아가신다고 하셨지요? 그럼 무공을 완성한 후 강호에 나가 이름을 떨치세요. 대부인께서 절대 얕보지 못할 정도로. 그리 되면 굳이 대부인과 싸울 필요도 없이 저를 지키려는 목적도 달성될 거예요."

움찔한 사도관이 나민을 내려다보았다.

미처 그것까지는 생각을 못했다. 나민을 지키기 위해 이영영과 대치할 생각만 했지.

그는 나민을 와락 껴안았다.

"하하하하! 맞소, 맞아! 그런 방법이 있었구려! 당신 말대로 그렇게 합시다. 사문의 무공을 모두 익힌 다음, 강호에 나가는 거요. 나가서 사문의 영광도 되찾고, 내 이름도 떨칩시다!"

나민은 사도관의 가슴에 얼굴을 기대며 빙그레 웃었다.

"상공은 충분히 그럴 수 있을 거예요."

"고맙소! 내 편협한 마음을 바로잡아 줘서."

"고마운 건 저예요."

"무슨 말을? 하하하, 그런데…… 곧 해가 질 것 같은데……. 방으로 들어갑시다."

"먼저 들어가세요. 식사를 준비할 게요."

"식사는 나중에 하고, 오늘의 기쁨을 먼저……."

나민은 슬쩍 사도관을 밀어내고 눈을 흘겼다.
"조금만 참아요."
"한 끼 정도야 굶어도 괜찮은데……"

3.

오월에 접어들자 태양이 달아오르기 시작했다.

한여름의 문턱이 바짝 다가온 계절. 조금만 더 지나면 개도 혀를 내밀고 그늘을 찾아갈 때가 도래할 터였다.

하지만 낙양 천보장의 황금원은 바깥 날씨와 달리 싸늘하게 식은 지 오래였다.

그 안에서 나직이 들리는 여인의 목소리는, 마치 옥쟁반 위의 옥잔이 부딪쳐서 깨지는 소리 같았다.

"못 찾았단 말이지?"

"예, 장주. 도인으로 보이는 노인이 누군가를 안고 가는 것을 봤다는 말을 듣고 인근 백 리를 수소문했습니다만, 신양에서 종적이 완전히 끊겼습니다."

"그 도인에 대해 알아낸 것은?"

"회의를 입었다고 하는데, 강호에는 그런 도복을 입는 도문이 없는 걸로 알고 있습니다."

"그럼 일반 도인이란 말이냐?"

"그럴 수도 있고, 아니면 강호에 알려지지 않은 기인일 수도 있다는 생각입니다. 일단 범위를 더 넓혀서 조사해 보도록 하겠습니다."

어쨌든 아들이 죽지 않은 것만은 분명한 것 같다.

이영영은 내심 안도하며 질문을 돌렸다.

"그 인간은?"

"대공의 행적도 오리무중입니다."

이영영은 고개를 숙이고 있는 단학을 노려보았다.

남편과 아들이 사라졌다.

남편이 사라진 거야 별 문제가 아니었다. 다 큰 어른이 어디가서 굶어죽지는 않을 테니까. 무공도 제법 강해서 누구에게 맞고 다니지는 않을 테고.

그러나 아들이 사라진 것은 완전히 다른 문제였다.

열다섯 살의 소년이 험난한 강호에 나가 생활할 수 있을까?

불안했다.

아들이 일류고수의 실력을 지녔다는 것은 그녀의 불안감을 누그러뜨리는데 아무런 도움도 되지 않았다.

아들은 아들일 뿐이었다.

아직 어린아이.

'일단 혼인 날짜를 연기하자고 해야겠어.'

그것도 문제였다. 한 달 보름밖에 남지 않았는데, 그때까지 찾는다는 보장이 없는 한 연기하는 수밖에 없었다.

이영영은 이런저런 생각을 하며 이마를 찌푸렸다.

아들의 안전도 걱정되고, 혼인도 물 건너가기 직전이고, 은근히 짜증이 났다.

'정신을 차렸으면 연락을 해야지. 엄마가 이렇게 걱정하고 있는데, 엄마 생각도 안 나나?'

아들의 마음을 모르는 것은 아니었다. 답답하기도 했을 것이다. 하지만 그녀가 아들을 남들과 다르게 키운 것은 나름대로 사정이 있기 때문이었다.

"삼태성이 역삼각으로 찍힌 아이가 세상에 나가면 난세가 도래한다."

그녀는 속으로 코웃음 쳤다.

'흥! 한 달 보름이나 지났는데 아무 일도 없는 걸 보면, 청진 사숙이 헛소리를 한 게 분명해.'

아니라면 지금쯤 꿈틀거림이라도 느껴져야 하는데 너무 조용했다.

귀마궁이 소란을 피우긴 했지만, 그들도 지금은 복우산에 처박혀 있는 상태고, 눈을 부릅뜨고 상황을 주시하던 정천맹도 신경을 끈 지 한 달이 다 되어간다.

반만 맞는다더니 아들과는 상관없는 일인 게 분명했다.

'그래도 혹시 몰라서, 세상에 드러나지 말라고 이름까지 무영(無英)이라고 지었는데…….'

그때 문득, 갑자기 화가 끓어올랐다.

그녀가 단학을 향해 물었다.

"귀마궁 놈들이 우리 무영이를 다치게 했다고 했지?"

"예, 장주. 그리고 대공께서도 전신에 자잘한 부상을……."

"흥! 그 인간이야 몸이 조금 괴상해서 자잘한 상처 정도는 금방 나을 거니까 괜찮아. 지금쯤 펄펄 날아다닐걸?"

단학은 토를 달지 않았다.

사도관이 사도무영을 꼬드겨서 데리고 나갔다 생각하는 이영영이다. 말 한 마디 잘못하면 어디 한 군데 부러지는 것은 일도 아니었다.

그리고 사도관의 상처가 빨리 낫는다는 것은 그도 알고 있는 일이었다. 이영영의 실수로 찢어진 상처가 사흘 만에 낫는 걸 본 적이 있으니까. 보통 사람은 좋은 약을 써도 열흘 갈 상처였거늘.

'그건 누구보다 장주가 잘 알겠지. 가끔 두들겨 팼으니까.'

그때 이영영이 바깥에 대고 말했다.

"서 총관을 불러와라!"

"예, 마님!"

시비가 화들짝 놀란 목소리로 대답했다.

곧 학사 차림의 중년인이 안으로 들어왔다. 천보장의 자잘한 일을 총괄하는 총관, 서풍기였다.

"부르셨습니까, 장주님."

"우리와 귀마궁 간에 거래가 얼마나 되지?"

"직접적인 것은 없사옵고, 간접적으로 한 달에 은자 일천 냥 정도의 물건을 여주의 방가장을 통해 대주고 있습니다."

"그래? 좋아, 방가장에 말해서, 오늘부터 귀마궁으로 가는 모든 물품의 발송을 중단하라고 해."

서풍기는 눈치가 빠른 사람이었다. 돌아가는 분위기가 심상치 않다는 걸 알고 즉시 고개를 숙였다.

"알겠습니다, 장주."

이영영은 거기서 멈추지 않았다.

"귀마궁과 거래하는 모든 상인들에게 전해. 앞으로 귀마궁에 물건을 대주려거든, 본장과 전면전을 벌일 각오를 하라고 해! 무기든, 옷이든, 먹거리든, 뭐든 일체 주지 말라고 해!"

그것은 결코 단순한 일이 아니었다.

눈치 빠른 서풍기도 눈을 크게 뜨고 반문하지 않을 수 없었다.

"장주님, 그럼 반발이 적지 않을 텐데요?"

"내 아들을 죽이려 한 놈들이야. 무슨 말인지 알지? 마음 같아서는 당장 달려가서 확 뒤엎어버리고 싶은데, 놈들 배후 때문에 꾹 참고 있는 거야."

그제야 정확한 상황을 알게 된 서풍기는 입을 다물었다. 더 토를 달면 상인들의 반발을 걱정하기 전에 자신의 안위를 걱정해야 할지 몰랐다.

'여차하면 전쟁이 벌어지겠군.'

귀마궁에 물건을 대주는 자들이 낙양에만 해도 적지 않다. 그들과 싸움이 벌어지지 않을 수 없을 터였다. 그리고 여차하면, 귀마궁에서도 사람이 나올지 몰랐다.

 하지만 이영영이 그리 마음먹은 이상, 전쟁은 이미 시작되었다고 봐야 했다.

 '귀마궁도 안 됐군, 하필 건들 사람이 없어서······.'

 서풍기는 아주 오랜만에, 가슴에 가라앉아 있던 피가 끓기 시작했다.

 그는 마도십삼파의 하나인 귀마궁이 조금도 두렵지 않았다. 명을 내린 사람이, 다름 아닌 황금선랑 이영영인 것이다.

 "말씀대로 지시하겠습니다."

 이영영은 일사천리로 명을 내리고는, 차가운 눈으로 단학을 쳐다보았다.

 "나가서 무영이를 찾아라, 최대한 빨리. 그대가 동원할 수 있는 사람들은 다 동원해 봐. 이름값은 해야 하지 않겠어?"

 단학은 주먹을 불끈 쥐고 고개를 숙였다.

 "예, 장주."

 이영영은 생각지도 못했다.

 자신도 모르는 사이, 그녀 역시 난세의 혼돈에 빠져들고 있다는 걸.

4.

 선선하던 바람이 뜨거운 열풍으로 변한 지 오래.
 귀천도관이 있는 구화산 절벽도 태양의 열기에 유난히 벌겋게 느껴졌다.
 그러나 도관 안은 바깥세상과 딴 세상인 냉랭한 한기만이 맴돌았다.
 사도무영 때문이었다.
 그는 봄꽃이 만발하던 몇 달 전과 많이 달라져 있었다.
 홀쭉해진 얼굴. 휑하니 들어간 눈.
 그의 모습 어디에서도 열다섯, 아니 이제 열여섯이 된 소년의 모습은 보이지 않았다.
 어느 누구라도 석 달 가까이 제대로 된 식사도 못한 채 고통과 싸우다 보면, 다 그의 모습처럼 될 것이었다. 아니면 이미 죽었든지.
 특히 그의 휑하니 들어간 눈은 무심하게 느껴지는 가운데 시퍼런 독기만이 남아 있었다.
 도관 안이 서늘하게 느껴지는 것은 그의 눈빛 때문이었다.
 사도무영은 그 눈으로 망혼진인을 노려보았다.
 독사가 앞에 있다면 고개도 들지 못할 것이고, 호랑이가 있다면 꼬리를 말고 강아지 울음소리를 낼 것이었다.
 그만큼 독한 눈빛이었다.

하지만 망혼진인은 독사나 호랑이와 달랐다. 사도무영이 눈에 힘을 주고 보든가 말든가, 그는 사도무영이 끼고 있는 회천수혼을 보고 흡족한 표정을 지었다.

"이제 삼 할 정도 흡수한 건가? 석 달 만에 삼 할이라. 그럼 앞으로 육칠 개월이면 충분하겠군."

그 말인 즉, 육칠 개월은 더 고통에 시달려야 한다는 말이다.

그 말을 하면서 만족한 표정을 짓다니!

사도무영은 가슴에서 불덩이가 솟구쳤다.

'당사자가 아니니 상관없다 이거죠? 일 년이든, 십 년이든?'

석 달에 삼 할의 기운을 흡수한 것은 사도무영의 자질이 모자라서가 아니었다.

회천도결은 매일 운기하는 것이 아니었다. 그랬으면 아마 사흘도 못가서 미쳐 죽었을 것이다.

하루는 운기하며 기운을 흡수하고, 이틀은 그 기운을 다스리는 일에 주력해야 했다.

첫날은 멋도 모르고 하루 반을 운기하다 탈진해서 쓰러졌는데, 망혼진인은 사도무영이 정신을 차리자 그제야 그 사실을 알려주었다. 깜박 잊었다면서.

진짜 환장할 일은, 몇 번을 거듭해도 고통이 약하게 느껴지지 않는다는 점이었다.

사흘에 한 번씩 지옥에 들어가는 기분.

그 기분을 어찌 망혼진인이 짐작이나 할 수 있을까?

사도무영이 아니면 아무도 몰랐다.

그런데…… 자기는 그런 고통을 겪고 있는데! 망혼진인이 별거 아니라는 투로 묻는다.

"할 만하지?"

사도무영은 망혼진인을 잡아먹을 듯이 쏘아보며 손을 쑥 내밀었다.

"사부님이 한 번 해보실래요?"

마음 같아서는 회천수혼을 빼서 바닥에 내던지고 싶었다.

하지만 그럴 수가 없었다. 첫날 이후 손에 딱 달라붙어 버렸으니까.

사부는, 자신도 그럴 줄은 미처 몰랐다는 말로 모든 책임을 털어냈다.

'신기하네!' 그 말까지 덧붙이면서.

망할! 누구는 환장하겠는데!

사도무영이 그날의 일을 생각하며 노려보자 망혼진인이 슬며시 말을 돌렸다.

"네가 얻을 걸 내가 왜 한단 말이냐? 시답잖은 소리 말고 이거나 먹어라."

망혼진인이 내민 것은 엄지손톱만한 오곡단이었다.

한 끼에 다섯 개. 그나마도 고통을 겪는 날은 한 끼가 전부였다. 얼굴이 광대뼈가 톡 튀어나올 정도로 홀쭉하게 마른 것은 당연히 일이었다.

사도무영은 망혼진인이 내민 오곡단을 한 알 한 알 입에 넣고 씹었다.

무엇으로 만들었는지 맛도 더럽게 없었다.

망혼진인은 오곡단에 다섯 가지 곡식과 구화산의 영험한 약초 네 가지가 섞여 있다고 했는데, 사도무영은 믿지 않았다.

'영험한 약초? 훗, 도라지라도 몇 뿌리 넣었으면 다행이지.'

그래도 먹으면 그럭저럭 허기가 가시니 먹지 않을 수도 없었다.

그가 오곡단을 누구 씹듯이 힘주어 씹는데 망혼진인이 말했다.

"청성에 다녀와야 할 것 같다. 그곳에 뭔가가 더 남았다면 마저 정리를 해야 할 것 같거든. 얼마나 걸릴지 모르겠다만, 아무래도 한두 달 안에는 오지 못할 거 같다. 그러니 그동안 너 혼자 회천수혼의 기운을 흡수하고 이 사부의 무공을 익혀야 할 것 같구나."

그거야 대환영이었다.

'아예 회천수혼을 다 흡수할 때까지 오지 마시죠. 안 계신다고 어영부영 게으름피우지는 않을 테니까요.'

마음은 그래도 대답하는 말투에는 아쉬움을 잔뜩 담았다.

"사부님의 뜻이 그렇다면 어쩔 수 없죠. 혼자서라도 열심히 하는 수밖에요."

"먹을 것은 내가 다 준비해 놨다. 아마 일 년은 충분히 먹을 수 있을 거다. 아끼면 이 년도 먹을 수 있을 것이고. 혹시라도 다른 것을 먹을 생각이라면 포기해라. 회천수혼의 기운을 다 받아들이기 전까지는. 네 몸은 당분간 다른 음식을 받아들일 수 없을 테니까."

'윽! 그것을 계속 먹어야 한단 말인가? 사부님이 안 계시면 날아다니는 새라도 잡아먹으려 했더니……'

사도무영이 속으로 구시렁대는데 망혼진인이 심각한 표정으로 불렀다.

"무영아."

'왜 또 저런 표정이지?'

일단 대답부터 하고 봤다.

"예, 사부님."

"혹시나 해서 말하는데, 회천수혼을 다 흡수하기 전에는 이곳을 떠나지 마라. 사람들이 마인으로 몰지 모르니까."

"예?"

'무슨 뜻이지?'

그냥 하는 말이 아닌 것 같다. 어차피 떠날 마음도 없었지만, 그 말을 들으니 의문이 들었다.

왜 사람들이 자신을 마인으로 본단 말인가?

그때 망혼진인이 손을 들어 사도무영의 눈을 가리켰다.

"네 눈이 회천수혼만큼이나 파랗게 번쩍이거든. 사람들이 보면 귀신이 나타났다면서 놀랄 거야."

도관에는 자신의 모습을 볼 수 있는 물건이 아무 것도 없었다. 하다못해 물도 호리병에 받아서 먹는 터였다. 억지로 대접에 따라놓고 얼굴을 비추지 않는 이상 자신의 눈이 어떤 색인지 알 수가 없었다. 눈 색깔에 신경 쓸 여유도 없었고.

"회천수혼 때문입니까?"

"그런 것 같다. 똑같은 거 보니까."

"그럼…… 계속 이럴까요?"

"회천수혼을 모두 흡수하면 괜찮아지겠지."

"정말입니까?"

"그거야 나도 모르지."

"사부님!"

토닥토닥.

망혼진인은 사도무영의 어깨를 두들겨 주고는 자리에서 일어났다.

"너무 걱정 말아라. 눈 색깔이 좀 파랗다고 설마 사람을 죽이기야 하겠냐? 더구나 회천수혼을 네 것으로 만들고 회혼지와 선풍류를 완전히 익히면, 너를 죽일 수 있는 사람도 별로 없을 것이다."

'끄응, 좋은 말을 기대한 내가 그렇지.'

망혼진인은 그렇게 청성으로 떠났다.
 현재 남은 회천도문의 두 가지 무공, 회천지(回天指)와 선풍류(颱風流)가 적힌 책 한 권과 세 단지의 오곡단만 남겨 둔 채.
 사도무영은 그날부터 혼자서 회천수혼을 흡수해야만 했다.
 그 전에도 별 도움은 받지 않았던 터라 새로울 것도 없었다.
 온몸이 불구덩이에 빠진 것 같은 고통도 여전했고, 눈알이 뒤집어지며 제삼의 눈이 드러나는 것도 마찬가지였고, 혼자서 그 모든 고통을 감내해야 한다는 것도 사부가 있을 때와 달라지지 않았다.
 조금 달라진 거라면, 언제부턴지 그 고통을 자신이 조금씩 즐기고 있다는 점이었다.
 오늘은 어디까지 타들어갈까?
 이러다 심장이 펑, 터지면 그래도 살 수 있을까?
 눈알이 정상으로 돌아가지 않는 거 아냐?
 이 고통을 남들에게 전이시키는 방법은 없을까? 그러면 내 마음을 알 수 있을 텐데.
 '크크크크……'
 정신적으로 문제가 생기는 것이 아닌지, 슬슬 걱정이 되었다.
 한데 그렇게 다시 한 달이 지나자, 왠지 옆구리가 빈 것처럼 허전한 감이 들었다.
 회천수혼을 반 가까이 흡수한 것도 별로 기쁘지 않았고, 오곡단은 쓴 것인지 단 것인지, 맛이 있는 건지 없는 건지, 그 느낌조차 들지 않았다.
 대신 온갖 생각이 들며 자꾸만 밖을 내다보는 버릇이 생겼다.
 석 달쯤 되면 돌아오실까?
 무사하기나 한 건지 모르겠네. 청성에 갔다가 병이라도 들었으면 큰일인데. 나이를 많이 드셔서 쉽게 낫지 않을 텐데. 설마 청성에서 돌아가시는 건 아니겠지?
 현천수호령에 생각이 미친 것은 그즈음이었다.
 지난 넉 달간, 회천수혼을 흡수하지 않는 날은 현천수호령을 풀이했다. 혹시라도 무슨 일이 벌어질지 몰라 직접 익히지는 않고.
 그런데 어느 정도 기본적인 것이 풀이되자 엉뚱한 생각이 든 것이다.
 만일 회천수혼을 낀 상태에서 목걸이를 걸고 현천수호령을 익히면 어떤 일이 일어날까?
 회천수혼은 현천수호령에 어떤 반응을 일으킬까?
 무지 궁금했다.
 '한 번 해볼까?'
 망혼진인이 있었다면 감히 시도해볼 생각조차 갖지 않았을 것이다. 잘못하면 욕만 뒈지게 얻어먹을 테니까.
 하지만 그가 없으니 모험을 하고 싶은 생각이 슬그머니 고개를 들었다.
 이상하다 싶으면 재빨리 중단하면 될 것이 아닌가?
 사도무영은 손에 낀 회천수혼을 내려다보았다.
 사부 말로는, 회천수혼을 완전히 흡수하면 푸른색이 없어지고 투명하게 변한다고 했다.
 정말 그랬다.
 지금의 회천수혼은 처음보다 푸른색이 조금 약해져 있었다. 두께도 얇아진 것 같고.
 이를 지그시 악문 사도무영은 고개를 들었다.
 '해보자!'
 결정을 내린 이상 망설이지 않았다.
 그는 주머니에서 목걸이를 꺼내 목에 걸었다.
 그리고 심호흡을 두어 번 한 다음, 천천히 현천무광의 구결을 떠올리며 정신을 집중시켰다.
 하지만 한참이 지나도록 회천수혼이나 목걸이에서 아무런 반응도 일어나지 않았다. 회천도결을 운기하면 열기를 뿜어내던 회천수혼도 싸늘하게 식어 있었다.
 '아무런 영향도 미치지 못하는 건가?'
 현천수호령은 정신적인 무공에 가까워서, 진기를 움직이는 일반적인 무공구결과 많이 달랐다. 그러다 보니 회천수혼에 영향을 미치지 않는 듯했다.
 약간의 실망감과 별일이 일어나지 않았다는 안도감이 이질적으로 교차했다.

  그렇다고 조금 하다 말고 멈추기에도 어정쩡한 상황. 그는 내친 김에 현천수호령의 두 번째 현천무진의 구결을 떠올렸다.

  회천수혼이 싸늘히 식다 못해 차갑게 느껴지기까지 했다.

  거기에서 뭔가 이상함을 느꼈어야 했다. 그러나 사도무영은 열기가 일어나지 않자, 별다른 생각 없이 마저 현천무무령까지 연이어 암송했다. 그러고는 모든 정신을 회천수혼을 낀 손에 집중했다.

  머릿속이 시원해지며 현천수호령의 구결이 선명하게 맴돌았다.

  그렇게 얼마나 지났을까.

  사도무영의 이가 달달 떨렸다.

  그가 이상함을 느꼈을 때는, 이미 견딜 수 없는 한기가 그의 목과 가슴을 하얗게 얼려버린 뒤였다.

  '뭐, 뭐야?'

  그는 급히 구결의 암송을 멈추고는, 회천도결의 운기법대로 진기를 움직였다. 순간, 두 손과 가슴 깊은 곳에서 뜨거운 불꽃이 송곳처럼 피어나며 한기를 몰아내기 시작했다.

  '휴우, 다행……'

  하지만 안도한 것도 잠깐 뿐이었다. 회천수혼에서 열기가 이전보다 더 강하게 일어난 것이다.

  얼어붙었던 살이 불속에 던져져 쩍쩍 갈라지는 느낌!

그 고통은 이전보다 더하면 더했지, 조금도 덜하지 않았다.
'흐억!'
대경한 그는 회천도결의 운기를 멈추었다.
한데 그때부터 의외의 일이 벌어졌다. 회천수혼의 기운이 제멋대로 날뛰기 시작한 것이다.
운기를 완전히 멈추었는데도 소용이 없었다. 회천수혼의 기운은 천적을 만난 것마냥 스스로 살아서 움직이며 한기를 향해 달려들었다. 괴이한 것은, 한기 역시 열기에 대항하며 쉽게 수그러들지 않는다는 것이었다.
마치 두 기운이 서로 사도무영의 몸을 차지하기 위해 싸우는 것만 같다. 몸이 갈가리 찢겨지는 충격에 눈앞이 아득해진다.
그러나 이제 막 피어나기 시작한 현천수호령의 기운이 회천수혼의 기운을 이긴다는 것은 처음부터 불가능했다.
회천수혼의 기운은 한기가 밀려나자 기고만장해서 온몸으로 퍼져나갔다. 사도무영의 인도도 받지 않고서.
혈맥이 제멋대로 날뛰고, 온몸이 덜덜 떨렸다.
사도무영은 그제야 뭔가가 잘못되었다는 걸 깨달았다.
주화입마!
그랬다. 말로만 들었던 주화입마의 초기증상이었다.
진기든 신기든, 스스로 생명이 생기고, 주인의 통제를 벗어나면 마에 물든다.
지금이 딱 그런 상황이었다.

'이런, 젠장!'

속으로 욕을 퍼부은 사도무영은 현천수호령을 떠올렸다. 당장 미쳐 날뛰는 회천수혼의 기운을 막아야 하는데 다른 방법이 없었다.

현천수호령으로 맞서면 되지 않을까?

본능적으로 그렇게 생각한 그는 정신을 집중하고 현천수호령의 구결을 암송했다.

될지 안 될지 몰라도, 하는 데까지 해보는 수밖에!

전력을 다해 현천수호령에 집중하자, 스멀거리며 한기가 피어오르기 시작했다. 그리고 그만큼 열기도 강해졌다.

사도무영은 그때부터 진짜 지옥에 빠졌다.

호기심 한 번 품은 대가치고는 너무 지독했다.

'끄아아아아! 사부님!'

구화산에 들어와 고통을 겪은 이후 처음으로 사부도 애타게 불러보았다.

그러나 그의 옆에는 아무도 없었다.

측은한 눈으로 몰래 바라보는 눈도 없었다.

바깥에서, 제자의 고통이 덜하기만을 바라며 하늘에 대고 밤새 비는 사람도 없었다.

고통은 온전히 그의 몫이었다.

'사부님! 잘못했어요! 으아아아아!'

눈을 뜨자 창문을 통해 들어오는 햇살로 인해 눈이 부셨다.

얼마나 지난 걸까?

정신을 잃기 전과 해가 뜬 방향이 달랐다.

적어도 한나절은 지났다는 말.

'살긴 산 건가?'

천천히 진기를 끌어올려 보았다. 다행히 주화입마에 들지 않은 듯 진기유통에는 이상이 없었다.

'휴우……'

사도무영은 안도하며 자신의 손을 내려다보았다.

회천수혼은 여전히 파르스름했다. 두께는 더욱 얇아진 상태. 전과 다른 점이라면, 파르스름한 회천수혼에 희미한 문양이 새겨져 있다는 것이었다.

처음 보는 문양.

검붉게 느껴지는 그 문양은 뇌전(雷電)처럼 보이기도 했고, 용이 날아오르는 것처럼 보이기도 했다.

이게 좋은 일일까, 아니면 나쁜 일일까?

'제길, 나도 모르겠다. 일단 뭐 좀 먹고 보자.'

5.

현천수호령으로 모험을 한 지 한 달째.

사도무영은 이를 갈며 마음을 가라앉혔다.

전보다 깊숙이 쑥 들어간 눈에서 시퍼런 안광이 번뜩였다.

'죽이려면 죽여라. 어차피 두 번 더 죽어야 한다고 했으니, 기왕이면 두 번 더 죽여라. 그리고 살려놓기만 해!'

호기심에 현천수호령을 시험해 본 것은 지금 생각해도 미친 짓이었다. 그렇다고 해서 손해만 봤냐 하면 그것은 아니었다. 예정했던 것보다 회천수혼을 배는 빨리 흡수할 수 있었으니까.

하지만 조금도 반갑지 않았다. 빨리 흡수한 만큼 고통도 두 배가 되었으니까.

시간도 많은데, 차라리 시간이 더 걸려도 고통이 덜한 게 낫지 않은가 말이다. 그런데 이제는 하지 않으려 해도 어쩔 수 없었다. 하나를 끌어올리면 하나가 자동으로 움직였다.

둘은 천적을 만난 짐승처럼 으르렁대며 싸웠다.

사도무영으로선 누가 이기든 상관없었다.

어느 쪽이 이기든 빨리 승부가 나서 고통만 덜어지면 되었다.

'어차피 부딪쳐야 할 일이라면 빨리 결정을 내자!'

오기가 생긴 그는 하루도 쉬지 않고 두 기운을 끌어올렸다.

그렇게 한 달, 죽기 직전까지 몇 번 갔다 오다 보니, 이제는 죽는 것도 겁나지 않았다.

그는 심호흡을 한 번 하고는, 회천도결과 현천수호령의 구결을 떠올렸다. 상반된 구결을 동시에 떠올린다는 것은 쉬운 일이 아니었다.

그러나 불가능한 것도 아니었다.

사도무영은 죽을 위기를 몇 번이나 넘기면서, 살기 위해 발버둥 치면서, 자신도 모르게 한 가지 재주를 익히게 되었다.

마음을 둘로 나누어 두 가지 구결을 한 번에 암송하고, 기운도 따로따로 움직일 수 있게 된 것이다.

몇 달간 지옥에 빠진 고통을 겪었으니 그 정도 보상은 있어야 하지 않겠는가!

'자 시작해보자! 이놈들아! 크하하! 빨리 나와라!'

쏴아아아!

쉬이이이익!

몸속에서 회오리바람이 휘도는 소리가 나는 듯했다.

기다렸다는 듯 두 기운이 웅크리고 있던 곳에서 튀어나온 것이다.

'빌어먹을 놈들! 아주 작정을 했군! 어디 마음대로 해 봐라!'

사도무영은 회천수혼의 기운과 현천수호령의 기운을 동시에 움직였다.

이판사판, 누가 이기든 마지막이라는 심정으로!

'이기는 놈이 내 편이다! 한 번 싸워봐!'

〈2권에서 계속〉

향공열전 鄕貢列傳

진행 신무협 장편 소설
ORIENTAL FANTASY STORY & ADVENTURE

최고의 작품만을 선보이는 무협의 거장!
『천사지인』,『칠정검칠살도』,『기문둔갑』의
베스트셀러 작가 조진행이 심혈을 기울인 역작!

대림사(大林寺) 구마선사가 남긴 유마경(維摩經)의 기연.
월하서생 서문영, 붓을 꺾고 무림의 길로 나선다!

이제, 과거 시험은 작파하고 무공을 배우겠다!

dream books
드림북스

흑마법사 무림에 가다

박정수 판타지 장편 소설

FUSION FANTASY STORY & ADVENTURE

『마법사 무림에 가다』의 박정수!
이번에는 흑마법으로 무림을 평정한다.
마교에서 부활한 대흑마법사 마현의 무림종횡기!

무림인들은 자기 실력의 3할은 숨겨 둔다고?
그렇다면 내가 숨겨 둔 비장의 3할은 바로 흑마법이다!

dream books
드림북스

창룡검전

오랜 숙고 끝에 드디어 선보이는 『학사검전』 2부!

창룡전 학사의 붓 끝에서
무림을 격동시킨 폭풍우가 몰아친다!

무림의 격류(激流) 속으로 다시 돌아온 창룡검주 운헌.
그가 소중한 사람들을 지키기 위해 붓 대신 검을 들었다!